살고
싶다

초판 1쇄 발행 2014년 5월 23일
초판 5쇄 발행 2014년 7월 1일

지은이 이동원
펴낸이 이수철
주 간 신승철
편 집 박상미
마케팅 정범용
관 리 전수연

펴낸곳 나무옆의자
출판등록 제396-2013-000037호
주소 (140-750) 서울시 용산구 한강대로 109 용성비즈텔 802호
전화 02) 790-6631~2 팩스 02) 718-5752

홈페이지 www.hmbooks.co.kr
인쇄 제본 현문자현 종이 월드페이퍼

값 13,000원 © 이동원, 2014
ISBN 979-11-952602-0-1 03810

국립중앙도서관 출판시도서목록(CIP)

살고 싶다 : 이동원 장편소설 / 지은이 : 이동원. ─
서울 : 나무옆의자, 2014
p. ; cm
수상 : 제10회 세계문학상 수상작
ISBN 979-11-952602-0-1 03810 : ₩13000

한국 현대 소설[韓國現代小說]

813.7-KDC5
895.735-DDC21   CIP2014014207

제10회
세계문학상
수상작

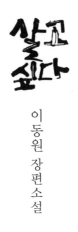

살고
싶다

이동원 장편소설

나무옆의자

:: 차례

0

한일월드컵과 16대 대통령 선거가 열렸던 2002년, 서울시청 앞이 붉은색으로 물들었던 여름을 지나 내장산 단풍이 절정에 다다랐던 초가을, 나는 전라북도의 한 부대에서 복무하고 있었다.

1

"살고 싶다."

전투화 끈을 묶던 나는 주변을 살폈다. 붉은 취침등 아래 야간조 내무실은 장사가 끝난 정육점 진열장 같았다. 반대편 침상엔 탄약고 A조 근무자들이 빠져나간 침낭이 돼지껍데기처럼 말려 있었다. 옆에서 자던 부사수는 준비를 마치고 행정반에 가 있었다.

준비라고 해봐야 전투화를 신고 장구류를 착용하면 끝이었다. 5분 대기조를 제외한 전 중대원은 취침 시 전투복을 벗어야 했지만 이교대로 밤샘 근무를 서는 탄약고 야간조는 병장이건 이병이건 전투복을 입고 오 분이라도 더 자는 쪽을 택했다. 근무를 위해 일어날 때마다 짝을 찾지 못해 자살한 처녀귀신이 등 뒤에 매달려 있는 것 같았다. 나는 처녀귀신의 손을 떼어내듯 어깨를 주무르며 방금 내가 한 말을 되뇌었다.

살고 싶다.

삼류 드라마에선 걸핏하면 등장인물이 혼잣말을 하며 자신의 생각과 감정을 시청자들에게 전달한다. 독백은 캐릭터를 이야기 속에 녹여내 영상으로 보여줄 자신이 없는 작가들이 쓰는 손쉬운 방법이다. 나는 그것을 일종의 직무유기라고 생각했다. 훌륭한 작가라면 독백 따위에 의지해서는 안 된다.

내 인생도 막장 드라마로 가기 시작한 건가.

나는 소리 없이 웃었다. 소리 내어 웃었다면 더 음산하고 드라마틱한 장면이 됐겠지만 나는 무서운 영화가 싫었다.

하지만 독백이 나온다고 반드시 형편없는 작품은 아니다. 게으른 작가가 캐릭터의 입을 빌려 한 설명이 아니라 내면에서 진실하게 나온 독백은 시대를 뛰어넘는 명대사로 회자되기도 한다.

죽느냐 사느냐, 그것이 문제로다!

심지어 일급 시나리오가 독백으로 가득한 경우도 있다. 영화 「캐스트 어웨이」에서 무인도에 갇힌 톰 행크스는 외로움을 견디다 못해 배구공에 윌슨이란 이름을 붙여주고 혼자 대화를 주고받는다.

군대도 무인도처럼 사회와 격리된 곳이다. 물론 나 혼자 이곳에 사는 건 아니었다. 이 기억 자 형태의 막사에선 팔십여 명의 남자들이 함께 생활하고 있었다. 하지만 자대에서 나는 낫 놓고 기억 자도 모르는 덜떨어진 존재였다. 덜떨어진 존재는 결국 혼자가 되고 만다.

그래도 아직 사물에 이름을 붙이거나 사물과 대화를 나누지는 않았다. 나는 이제 겨우 혼잣말을 했을 뿐이다. 나는 전투화에 말을 거는 대신 줄을 팽팽히 묶고 옆에 뭉쳐놓았던 장구류를 들어 착용했다.

불 꺼진 복도를 걸어 기역 자가 꺾이는 곳에 있는 행정반에 들어갔다. 부사수가 내 총까지 꺼내놓고 대기하고 있었다. 총기관리수칙에 어긋나지만 당직 사관인 소대장은 이미 꿈나라로 가 있었다. 소대장을 깨우기 싫었던 나는 근무 투입 신고를 건너뛰고 행정반을 나갔다. 양손에 총을 든 부사수가 허겁지겁 나를 따랐다. 총을 건네는 부사수의 얼굴이 본의 아니게 신호를 어긴 초보 운전자 같았다.

"자고 있잖아. 시끄럽게 하면 싫어할 거야."

내가 총을 받아 어깨에 걸며 말했다.

반대편 복도 끝의 흡연실에서 담배를 피우던 당직 하사가 나를 보고 손을 흔들었다. 내 동기였다. 나는 손을 흔들어주려다 옆에서 우렁찬 목소리로 경례를 하려는 부사수의 입을 막았다.

"전부 다 깨우려고?"

"아."

부사수가 멋쩍게 웃었다.

부사수는 백일 휴가도 다녀오지 않은 이병이었다. 흔히 사고는 이병이 친다고 생각하지만 대부분은 욕 한 번 들어먹으면 끝날 일이다. 부대를 뒤흔드는 사고는 이병보단 병장이, 사병보단 장교가 친다. 별이라도 달면 나라를 뒤집어놓는 사고를 치는 것도 가능하다. 가끔 자신이 별인 줄 아는 이등별님이 혜성처럼 등장하기도 하지만 내 옆에 있는 녀석보단 살고 싶다고 혼잣말을 하는 내 쪽이 더 위험했다.

소대장 노트에 적힌 내 이름 앞엔 관심사병이란 글자가 붙어 있다. 사고를 쳐서 직속상관의 경력을 망칠 가능성이 높은 위험인물이란 뜻이다. 훔쳐본 건 아니었다. 소대장 휴게실을 청소하다 우연히 봤는데 너무 대놓고 펼쳐져 있어서 일부러 놔둔 것처럼 보일 정도였다. 문득 내 혼잣말을 소대장이 들었다면 어떤 반응을 보일지 궁금했다.

누가 널 죽이기라도 한대? 왜 그런 말을 해?

저도 잘 모르겠습니다.

모른다고 하면 군 생활 끝나나!

알든 모르든 군 생활은 끝나지 않는다. 하지만 정말 나도 모른다.

일병을 달고 얼마 되지 않아 무릎을 다쳐 후송을 갔다. 돌아오니 상병이 코앞이었다. 남들은 제일 힘든 시간을 편히 지내다 왔다고 부러워했지만 나는 이병과 마찬가지인 상태였다. 그 간극이 나를 바닥으로 떨어지게 했다. 고참들은 알아야 할 걸 모르는 나를 갈궜고, 후임들은 아는 게 없는 나를 고참으로 생각하지 않았다. 가운데 끼인 나는 주말 아침마다 나오는 햄버거 패티와 같은 신세였다. 닭 목으로 만들었단 소문이 도는 저질 패티를 중대원들은 욕을 하면서도 맛있게 씹어댔다.

더 큰 문제는 내 무릎이 여전히 정상이 아니란 것이었다. 성경에 너는 뜨겁든지 차갑든지 하란 말이 있다. 그렇지 않고 미지근하면 하나님이 너를 토해낼 거란 말이다. 군대엔 이런 말이 있다. 너는 제대할 정도로 아프든지 건강하든지 하라. 아니면 끝없는 후송의 고통에 시달리게 될 것이다. 제대할 정도로 아프면 신체등급이 5급으로 떨어져 집에 간다. 완치가 되는 병이면 치료를 받고 자대로 복귀하면 된다. 하지만 4급이 나오면 골치 아파진다.

입대 전 신체검사에서 4급이 나오면 공익 판정을 받지만 입대 후
엔 공익으로 전환되지 않고 현역 생활을 계속해야 한다. 복귀 시에
보직을 변경하라는 권고가 내려지지만 누군가 다칠 것을 대비해
편한 자리가 준비되어 있진 않다. 결국 입대 전이면 현역 불가 판정
을 받을 몸으로 진통제나 먹으며 현역 생활을 지속해야 한다. 군병
원에는 특수한 상황이 아니면 네 달 동안만 입원이 가능하다. 근본
적인 치료가 되지 않은 채로 자대로 복귀했다가 상태가 나빠지면
다시 후송을 간다. 그렇게 군 생활 내내 자대와 병원을 오가는 신
세가 된다.

나는 오른쪽 무릎의 인대와 연골이 부분적으로 파열됐다는 진
단을 받았다. 하지만 수술을 할 정도는 아니었다. 나는 4급 판정을
받고 복귀했다. 재활을 잘하면 일상생활은 무리가 없었겠지만 군대
가 체계적인 재활이 가능한 환경도 아니고, 군 생활은 밖의 일상과
는 거리가 멀다. 통증은 다시 심해졌다.

하지만 이런 사정을 알아주는 사람은 없었다. 차라리 깁스를 하
고 있으면 환자라고 생각을 할 텐데 무릎 속이 아픈 것은 눈에 보
이질 않았다. 나는 아는 것도 없는 주제에 열심히 할 생각은 않고
꾀병이나 부리는 녀석으로 찍혔다. 눈칫밥을 먹으며 네 달간의 공
백을 메우려고 뛰어다니던 내 오른쪽 무릎은 병든 닭 모가지처럼
꺾여버렸다. 균형이 무너지자 왼쪽 무릎에도 무리가 왔다. 망가진
건 몸만이 아니었다. 마음 역시 찢어진 연골처럼 너덜너덜해졌다.
결국 나는 첫 번째 복귀 후 네 달 만에 두 번째 후송을 떠나게 됐

다. 네 달이 지나 다시 자대로 복귀하니 대부분의 고참들은 전역을 했다. 나는 진급이 누락됐지만 다섯 명의 동기들은 병장이 되어 중대의 실세가 됐다. 다치기 전 이병 시절을 함께 보낸 동기들과는 아무런 문제가 없었다. 몇 안 남은 고참은 물론이고 후임들도 내게 함부로 하지 못했다. 그렇다고 동기들 믿고 설칠 생각은 없었다. 한 것이 없으니 대접받을 것도 없다고 생각했다. 나는 조용히 지내다 제대할 생각이었고, 그래서 택한 것이 탄약고 야간 근무였다. 보통 탄약고 근무는 경계 근무만을 위해 뽑은 상근 예비역들이 맡았다. 하지만 인원이 부족해 현역도 한 조가 번갈아 나가야 했다. 나는 중대장을 찾아가 무릎 때문에 주간 훈련은 소화할 자신이 없으니 남은 기간 동안 말뚝으로 야간 근무를 서겠다고 말했다. 중대장은 밤새도록 서 있을 수 있겠냐며 부정적인 반응을 보였지만, 몸은 힘들어도 마음은 편할 것 같다는 나의 말에 허락을 했다. 몸은 예상보다 더 힘들었지만 마음은 정말 편했다. 죽고 싶단 생각 따위는 들지 않았다.

그런데 왜 나는 살고 싶다는 말을 했을까. 나도 모른다. 알든 모르든 백팔십일 일 후면 나는 이곳을 떠날 것이다.

우리는 탄약고에 도착해 상근 예비역 A조와 교대를 하고 초소에 올랐다. 탄약고는 부대에서 가장 높은 지대에 있었고, 초소는 그런 탄약고가 내려다보이는 언덕 위였다. 초소에 오르면 부대의 관문인 위병소까지 보였다.

"충성!"

위병소 쪽에서 경례 소리가 들렸다. 야간이라 경례를 크게 하진 않지만 워낙 조용해서 누가 부대에 들어오면 탄약고에서도 알 수가 있었다. 승용차가 위병소를 통과해 부대 안으로 들어왔다. 나는 시계를 봤다. 새벽 1시 45분. 이십사 시간 깨어 있는 조직이 군대라지만 꽤 늦은 손님이었다.

탄약고 근무는 저녁 여섯 시부터 다음 날 아침 여섯 시까지 구십 분씩 이교대로 이뤄졌다. 옆에 있는 녀석과는 벌써 세 시간이 넘게 함께 있는 중이었다. 호구조사는 이미 끝났고 밤손님보다 무서운 졸음이 슬슬 찾아왔다. 무서운 영화는 싫지만 처음 탄약고에서 밤을 보내는 녀석에게 탄약고 귀신 이야기를 안 해줄 수는 없었다. 때마침 빗방울이 떨어지기 시작했다.

나는 녀석을 툭 치며 말했다.

"탄약고 귀신 이야기 알아?"

"네, 들어봤습니다."

"뭐? 언제?"

내가 김이 팍 샌 얼굴로 물었다.

"저번에 탄약고에 작업 지원 나왔다가……. 다시 들어도 괜찮습니다!"

부사수가 눈치를 보며 말했다.

"됐어. 무슨 대단한 이야기라고 두 번이나 듣냐?"

두 번이 아니라 세 번, 네 번을 봐도 좋은 작품이 있다. 육 학년 여름방학 때 다락방에서 색이 바랜 열두 권짜리 『삼국지』를 발견한 후 나는 매해 여름마다 『삼국지』를 읽었다. 간악한 인물로만 그려진 조조가 실은 뛰어난 군인이자 정치가이며 시인이었단 것을 알고는 더 이상 그 책을 잡지 않았지만 몇 번을 읽어도 재미있는 작품인 건 분명했다. 탄약고 '구미호전'은 그에 비하면 너무 빈약했다.

그래도 이병 시절에 제대를 앞두고 있던 당사자에게 직접 들은 이야기는 오싹했다.

지금은 사수와 부사수 둘 다 초소에 올라와 근무하지만 예전엔 한 명은 아래로 내려가 근무를 섰다. 당연히 하늘 같은 고참이 위쪽이었다. 탄약고로 올라오는 길은 하나뿐이라 후임이 밑에서 망을 봐주면 고참은 편히 쉴 수가 있었다. 그날도 그랬다.

여름이었고 비가 내렸다. 상병은 초소 처마 아래에 걸터앉아 졸았고, 같이 근무를 서는 이병은 떨어지는 빗방울 속에서 졸음과 싸우고 있었다. 이병이 잠시 눈을 감았다 뜨는데 갑자기 오 미터 앞에 사람이 나타났다. 군복을 입은 여자였다. 이병은 놀라서 경례를 했다. 초소에서 졸던 상병이 이병의 경례 소리에 깜짝 놀라 일어났다. 내려다보니 이병 앞에 누군가 있었다. 탄약고 앞에 설치된 라이트가 미치지 않는 거리라 잘 보이진 않았지만 여군 장교 같았다. 이병은 몰랐지만 중대뿐 아니라 연대 내 다른 부대에도 여군은 없었다. 길지도 않은 상병의 머리가 쭈뼛 섰다. 반년 전 상관에게 성폭행을 당해 자살한 여군이 떠올랐기 때문이다. 여자가 아무런 반응도 하지 않자 당황한 이병은 초소 위를 올려다봤다. 상병은 총을 들고 벌벌 떨었다. 심상찮은 기운을 느낀 이병이 정면을 향해 총구를 들었지만 방금 전까지 앞에 있던 여군은 사라져버렸다. 초소 위에서 비명이 들렸다. 이병은 놀랄 틈도 없이 초소를 바라봤다. 여군은 어느새 초소 위로 올라가 상병 앞에 서 있었다. 상병은 기절해

버렸다. 이병은 라이트 밑에 설치된 5분 대기조 출동 버튼을 누르고, 초소를 향해 돌아섰다. 하지만 여군은 사라져버렸다.

지금은 다들 이병을 놀리려고 지어낸 이야기라 생각하지만 당시엔 진짜라고 여기는 사람도 많았다. 탄약고 근무를 설 때마다 나는 소름이 돋았다. 그런 내가 지금은 반년짜리 탄약고 근무를 자청해서 하고 있다. 혹여나 귀신이 나타난다면 붙잡고 신세 한탄이나 하면 될 일이다. 그런 사연을 가진 귀신이라면 나와 통하는 면이 있을 것이다.

"누가 옵니다."

생각에 잠겨 있던 나는 부사수의 말에 아래를 내려다봤다.

한 사람이 탄약고로 접근을 했다. 이 시간에 혼자 움직이는 사람은 순찰을 도는 당직 사관뿐이었다. 소대장처럼 보이지는 않았다.

"뭐 해?"

내가 말하자 부사수가 수칙에 따라 대응했다.

"손들어, 움직이면 쏜다. 태풍."

남자는 그 자리에 멈췄지만 암구호엔 답하지 않았다. 부사수가 날 바라봤다.

내가 손가락 하나를 들자 부사수가 다시 암구호를 말했다. 이번에도 답이 없었다.

순간적으로 암구호를 잊어버리면 보통은 자신의 신분을 밝힌다. 어차피 다들 아는 사이라 식별이 가능했기 때문이다. 하지만 남자는 암구호에 답하지도, 자신의 신분을 밝히지도 않았다.

"라이트 앞으로 나옵니다."

내가 소리쳤다.

남자는 꿈쩍도 하지 않았다. 옆에 있는 녀석이 긴장하는 게 느껴졌다.

내가 녀석의 어깨를 잡으며 말했다.

"내가 내려간다. 무슨 일 생기면 오대기 눌러. 그리고 넌 내려오지 마, 알겠지?"

"알겠습니다."

부사수가 경직된 자세로 고개를 끄덕였다.

나는 천천히 계단을 내려갔다. 남자는 여전히 미동도 없었다. 올해 이월 해병대 탄약고에서 총기와 탄약 탈취 사고가 있었다. 범인은 해병대 예비역이었다. 경계 시스템의 허점을 파악하고 있던 범인은 단독으로 부대에 침투해 탄약고를 털었다. 그 사건 이후로 경계 근무가 한층 강화됐다. 상급 부대에서 불시에 탄약고를 공격하는 형태로 경계 상태를 검열할지도 모르니 불응하면 발포하라는 지침까지 내려왔다. 거리가 가까워지자 어둠 속에서도 남자의 형태가 눈에 들어왔다. 당당한 체격에 검은 가죽 재킷과 진에 워커를 신고 있었다. 사복 차림이지만 군인의 냄새가 났다.

"라이트 앞으로 나와주십시오."

나는 계단을 내려가 남자에게 총을 겨누고 말했다.

남자는 내 말을 들을 생각이 없어 보였다. 탄약고 귀신이 나타나는 건 생각해봤어도 이런 상황은 상상해본 적이 없었다. 하지만 나는 나 자신도 놀랄 만큼 침착했다.

군대에 오기 전에 나는 개인주의적인 성향이 강했지만 어떤 집단에서도 문제를 일으킨 적은 없었다. 오히려 무얼 하든 뛰어난 편이었다. 마음만 먹으면 뭐든 할 수 있다는 자신감이 있었다. 나는 내 삶을 내 뜻대로 만들어나갈 수 있다고 믿었다. 하지만 나 자신에 대한 믿음은 군대에 와서 산산이 부서졌다. 나는 간단한 일도 제대로 하지 못했다. 실수가 이어지고 모욕이 따라붙었다. 내 가슴은 항상 불안하게 뛰었다. 부적응자에 무능력자. 그게 나였다.

이 침착함은 본래 내가 갖고 있었으나 군대에 와서 잃어버린 것이었다. 잃어버렸다고 생각한 아끼던 만년필을 이삿짐을 싸다 다시 찾은 기분이었다. 나는 남자에게 총을 겨냥한 채로 미소를 지을 뻔했다. 간신히 스스로를 억제한 나는 남자의 팔과 다리가 나에게 닿지 않을 거리까지만 다가갔다. 그의 얼굴이 보였다. 남자는 자신을 겨누고 있는 총 앞에서 미소를 짓고 있었다.

웃어? 이 상황에서?

이 남자도 나처럼 뭔가를 찾아낸 모양이었다. 나는 그게 무엇인지 궁금했다.

남자는 내가 묻기도 전에 자신이 찾은 것을 가르쳐주었다.

"이필립 병장."

남자가 내 이름을 불렀다.

2

"관등성명 안 대나?"

남자가 웃으며 말했다.

"아직 상병입니다. 장교시면 소속과 직위를 밝혀주시기 바랍니다."

"진급 누락했다고 동기들이 하대하지는 않잖아. 지금 위병소 당직 서는 병장이 동기 맞지?"

새벽 1시 45분 승용차로 위병소를 통과한 손님. 그게 이 남자인가. 그렇다면 신분은 확실하다. 사복 차림에 장교라고 해도 긴 머리. 헌병대나 기무대 소속의 장교 같았다.

나는 여전히 총을 겨냥한 채로 말했다.

"어디서 오셨는지 모르지만 전 수사받을 일을 한 적이 없습니다."

"괜찮네. 광주에 오래 있었다고 해서 걱정했는데 제법 침착하고 머리도 잘 돌아가는 것 같고……. 이 정도면 되겠어."

남자는 중고차라도 고르는 것처럼 말했다.

군대에 오기 전, 광주는 나에게 해태 타이거즈의 연고지를 의미했다. 아버지는 부산 출신이고 나는 서울에서 태어났지만 선동열과 이종범의 전성기를 보며 자란 나는 롯데 자이언츠도 엘지 트윈스도 아닌 해태 타이거즈의 팬이 됐다. 무등 경기장은 나에겐 죽기 전에 가봐야 하는 성지와 같았다. 국군광주통합병원으로 가는 셔틀버스 안에서 무등 경기장을 봤을 땐 후송을 가는 처지인 것도 잊고 감격에 젖기도 했다.

하지만 지금 내게 광주란 단어는 야구장이 아닌 병원을 떠올리게 했다. 새로운 시즌마다 낙후된 시설 때문에 비판을 받는 무등 경기장만큼이나 낡고 오래된 병원. 그 안에 최강 해태의 검정과 빨강 유니폼 대신 하얀 환의를 입고 줄지어 누워 있는 환자들이 광주의 새로운 이미지였다. 이 남자는 내 이름뿐 아니라 군 생활에 대해서도 알고 있다. 갑자기 무릎이 아파왔다.

나는 남자를 겨누던 총을 거두며 말했다.

"어디서 무슨 용무로 오셨는지 말씀해주지 않으시면 위병소에 직접 알아보겠습니다."

"광주에 다녀와줬으면 해."

"광통 말입니까?"

"아니면 뭐겠어. 광통에 대해선 빠삭하지? 여덟 달이나 있었으니까."

"전 복귀하고 두 달 조금 지났습니다."

"내가 어디서 왔다고 생각해?"

남자가 빙긋 웃었다. 자신감이 묻어나는 미소였다.

어떤 조직은 그 조직에 속한 개인에게 힘을 실어준다. 그렇다고 그 개인에게 조직만큼의 능력이 있는 건 아니다. 나부터가 그랬다. 나는 사단 내에서도 명성이 높은 수색중대의 일원이지만 그에 맞는 전투력은 갖고 있지 못했다.

남자의 미소가 꼴 보기 싫었던 나는 차갑게 말했다.

"아까부터 계속 묻고 있습니다."

"네가 동의만 하면 다음 주라도 입원할 수 있어. 그런 것이 가능한 곳이라고 해두지. 특혜라고 할 것도 없어. 네 무릎은 지금도 정상이 아니잖아. 아픈 놈은 병원에 보내줘야지."

나는 남자의 말을 믿었다. 하지만 왜 그런 곳에서 일개 사병인 나를 광통으로 보내려 할까. 내부 사정에 정통한 사병이 필요하다고 해도 왜 하필 나일까.

나여야만 하는 이유를 생각하다 번뜩이는 것이 있었다.

"제가 아는 사람이 사고라도 쳤습니까?"

"이야, 예리한데."

남자가 놀란 얼굴로 말했다.

그는 내 성능에 만족을 한 모양이었다. 계약을 하기로 마음을 먹은 것 같았다.

"누가 무슨 짓을 했습니까?"

"알고 싶으면 이번 주 토요일에 외출을 나와. 친구가 면회를 올 거야. 물론 처음 보는 친구겠지만."

"따르지 않으면 불이익이 있습니까?"

"불이익이라……. 여기서 반년 더 있는 게 불이익이지. 내년 봄이 제대지? 아직 겨울은 시작도 안 됐는데 내년 봄이 쉽게 올까?"

"지나온 시간에 비하면 버틸 만합니다."

"그럼 뭐 여기서 계시든가. 아무것도 할 줄 모르는 등신 취급이나 당하면서 말이야. 아니면 너의 경험과 능력을 유용하게 사용하면서 남은 기간 편하게 지내다 집에 가도 좋겠지. 일단 면회는 보낼 테니까, 선택은 알아서 해라."

지금껏 어둠 속에서 이야기하던 남자가 갑자기 라이트 앞으로 나와 내 어깨를 툭 쳤다.

"근데 쟤 쓰러지겠다."

남자가 초소 위를 턱짓으로 가리키며 말했다.

아차 싶었던 나는 급히 위를 봤다. 내내 긴장된 상태로 아래를 주시하며 총을 겨누고 있던 부사수는 갑작스런 남자의 움직임에 혼란에 빠졌다.

"괜찮아! 아무것도 아니야!"

나는 허둥대며 5분 대기조 버튼을 찾는 부사수에게 소리쳤다.

남자는 어둠 속으로 사라졌다.

금요일 야간 근무를 끝내고 평소보다 일찍 일어나 준비를 했다. 정오가 지나 면회 신청이 올라왔다. 나는 위병소로 내려갔다. 군 생활 최초의 면회였다. 나는 아무에게도 면회를 와달라고 하지 않았다. 심지어 온다는 사람도 막았다. 군복을 입은 내 모습을 보여주기 싫었다. 한때는 거울에 비친 내 얼굴조차 보기 싫을 정도였다.

위병소로 다가가는데 근무를 서던 동기가 밖으로 나와 웃으며 나를 마중했다.

"난데없이 면회야? 누구야?"

나도 궁금했다. 나는 웃음으로 대답을 대신하고 위병소 뒤편에 마련된 면회실로 들어갔다.

면회실 안쪽 소파에 앉은 단발머리 여자가 날 보고 손을 흔들었다. 처음 보는 사람이었다. 여군 장교 모집 포스터에 나올 법한 반듯하고 똑똑해 뵈는 예쁜 여자. 하지만 결코 그 집단의 보통 사람을 대변하진 못하는 인물일 것이다. 포스터에 실리는 사람이란 그런 법이다.

그리 넓지 않은 면회실은 이미 꽉 차 있었다. 나는 주변의 눈치를 보며 조용히 그녀의 맞은편에 앉아 경례 대신 인사를 건넸다.

"안녕하세요."

"나가기 전까진 편하게 해. 오늘 갈 거지?"

그녀가 말했다.

나는 고개를 끄덕였다.

"그럼 빨리 일어서자. 시간이 많진 않아."

그녀가 가방을 챙겼다.

그녀는 밖으로 나가 아무렇지 않은 얼굴로 내 동기에게 나를 잘 부탁한다는 작별 인사를 하고 부대를 나섰다. 아무것도 모르는 동기는 그녀의 미소에 녹아 내렸다. 무섭단 생각이 들었다.

부대를 나가니 멀지 않은 곳에 승용차가 있었다. 그녀는 운전석에, 나는 조수석에 탔다.

여자가 시동을 걸며 말했다.

"어디로 가는지 아니?"

"모릅니다."

겨우 십 분 전에 우리는 잠깐이나마 십년지기 절친 행세를 했다. 장교라고 해봐야 내 또래다. 남들보다 이 년 정도 늦게 입대를 한 탓이다. 아마 반년 후에 만났다면 정말 친구가 됐을지도 모른다.

"일단 광주로 갈 거야. 거기서 기다리고 계셔."

"절 찾아오신 분 말씀입니까?"

"누구? 아, 박대위님. 응, 기다리고 계실 거야."

탄약고 남자 귀신으로 후대에 전해질 박대위가 다녀간 날, 나는 근무가 끝나고 위병소 당직을 섰던 동기에게 남자의 정체를 물었다. 새벽 1시 45분에 위병소를 통과한 승용차는 연대 기무대 차량이 맞았다. 하지만 등록된 차량인 경우 일일이 동승자의 신원을 파악하지는 않고, 특히 기무대 차량은 잡지 않는 것이 일반적이라 남자의 정확한 소속과 직위는 몰랐다. 일선 부대에서 대위는 중대장 정도의 계급이지만 기무대 대위라면 연대장도 함부로 대하지 못할 것이다.

한 시간 정도가 지나고 우리는 광주의 한 호텔에 도착했다. 주말 오후에 호텔로 들어가는 군인과 그 또래 미모의 여자. 지나가는 남자들마다 우리를 힐끔거렸다. 하지만 나는 오랜만에 받아보는 부러움의 시선을 즐기지 못했다. 지금 저들의 나를 향한 부러움은 나에 기인한 것이 아니다. 내 옆의 사람이 사라지면 한순간에 없어질 부질없는 것이다. 그리고 내 옆의 사람은 가짜였다. 연극일지라도 이런 분위기를 즐길 여유가 있다면 좋을 텐데 나는 굳이 날것 그대로의 나를 보려고 애썼다. 그러지 않으면 안 될 것 같았다.

객실에 들어가자마자 여자는 룸서비스를 시키고 방에 들어가 누군가에게 전화를 했다. 여자는 필요한 말이 아니면 한마디도 하지 않았다. 질문을 해도 답해주지 않을 거라고 생각했기에 나도 입을 다물었다. 식사가 방으로 들어오고 나서야 우리의 입은 움직였다.

"너무 늦었지? 좀 더 일찍 갈걸 그랬네."

그녀가 상냥하게 말했다.

"아닙니다. 자대에서도 지금이 밥 먹을 시간입니다."

밤샘 근무를 서고 오침을 마치면 부사수와 함께 취사장으로 갔다. 점심은 이르면 열한 시가 넘어 배식이 시작되고 정오가 되면 피크 타임이다. 너무 늦지만 않으면 멀쩡한 밥을 먹을 수 있지만 매일 밤을 새우는 나는 조금이라도 더 자다가 취사장 청소를 하기 직전에야 밥을 먹으러 갔다. 그때까지 남은 음식은 내가 안 먹으면 그대로 버릴 쓰레기들이었다.

나는 알맹이가 탈영해버린 튀김옷과 찌꺼기만 남은 국 대신 요거트 소스를 뿌린 훈제 연어와 로메인 상추, 그리고 캐비어를 맛보았다. 평소엔 상상도 못 할 음식을 먹으며 사형수의 마지막 식사가 떠올랐다. 둘이 먹다 하나가 죽어도 모를 맛이 무서웠다. 식사를 마치면 누군가 들어와 나를 전기의자에 앉힐 것 같았다. 나는 가능한 한 천천히 먹었지만 동작을 느리게 한다고 오는 시간을 막진 못했다. 시간은 흐르는 것이고, 그 막을 수 없는 흐름은 고통이면서 희망이었다. 유일한 휴식일인 토요일이 지나고 근무를 나가야 하는 일요일 밤이 다가오면 나는 또 한 주간 견뎌내야 할 고통의 무게에 짓눌렸지만 그 선명한 고통과 함께 자유의 날이 다가오고 있었다.

접시를 다 비우자 기다리고 있던 것처럼 누군가 방을 찾아왔다. 여자는 나에게 그대로 있으라고 손짓하고는 손님을 맞이하러 나갔다. 문이 열리고 낯선 발자국 소리와 익숙한 목소리가 안으로 들어왔다.

"맛있게 먹었나?"

박대위가 뒤에서 내 어깨를 주무르며 말했다.

"그렇습니다."

"뒤를 돌아볼 필요는 없어. 와인 한 잔 갖다 주지."

우리 두 사람을 향한 박대위의 말에 나의 "알겠습니다"와 여자의 "네"가 섞였다.

여자가 와인병을 들어 내 앞에 놓인 잔에 따라주었다. 붉은 와인이 차올랐다. 박대위의 손은 여전히 내 어깨에 있었지만 내 신경은 온통 뒤에 있는 낯선 발자국에 가 있었다. 낯선 발자국은 내 뒤편 침대에 걸터앉았다. 소리는 묵직했지만 단단한 느낌은 아니었다. 간간이 들려오는 얕고 짧은 호흡은 더 이상 사냥을 나갈 수 없는 늙은 개의 신음 같았다.

"어깨가 좀 뭉쳤네. 긴장 풀어."

박대위가 말했다.

나는 잔을 집어 와인을 한 모금 마셨다. 와인이 목구멍을 타고 시커먼 배 속으로 사라졌다. 사라진 와인이 밑에서부터 기억 하나를 밀어 올렸다.

이것은 많은 사람을 위하여 흘리는바 나의 피, 곧 언약의 피니라.

목사님이 성경 구절을 읽자 사람들은 "아멘"이라고 말하고 잔을 비웠다. 낡은 무스탕을 입은 아버지는 나를 보고 바보처럼 웃었다. 내가 참여한 마지막 성찬식이었다.

"이필립 병장."

낯선 발자국의 목소리가 기억 속에서 허우적대던 나를 불러왔다.

"상병 이필립."

나는 절도 있게 관등성명을 댔다.

"진급이 누락됐습니다."

설명을 하는 박대위의 손에 힘이 더해졌다. 어깨 근육이 비명을 질렀다. 나는 입술을 깨물었다.

"그래? 외국에서 살다 왔나?"

"아닙니다. 성경에 나오는 빌립이란 사람의 이름을 딴 겁니다."

"크리스천인가?"

"아닙니다. 이름은 아버지가 지어주셨습니다."

"그래, 자식은 부모 뜻대로 되지 않지."

낯선 발자국은 아마도 창밖을 바라보고 있을 것 같았다. 밖엔 비가 내렸다.

"궁금한 게 많을 텐데 계속 묻기만 했군. 오면서 이야기는 좀 들었나?"

"직접 하실 것 같아서……."

여자가 대신 대답했다.

"대충이라도 말해주지 그랬나. 이야기가 편하도록 말이야."

낯선 발자국이 나무라듯 말했다.

고개를 조아리는 여자를 보며 내가 끼어들었다.

"제가 묻질 않았습니다."

"아무것도?"

"어차피 제가 궁금한 질문엔 답해주지 않을 거라고 생각했습니다."

"그래? 내가 대답해주지. 뭐가 제일 궁금한가?"

"정선한 병장에게 무슨 일이 생겼는지 궁금합니다."

내 어깨를 잡고 있는 박대위의 손이 움찔했다. 여자의 눈이 커졌다.

낯선 발자국이 말했다.

"어떻게 그런 생각을 했지? 설명을 해줄 수 있나?"

"군대에서 저는 쓸모없는 존재입니다. 할 줄 아는 게 없습니다. 수사기관에서 그런 절 광통으로 보내 뭔가 얻고자 한다면 제가 잘 아는 누군가가 범죄라든지 어떤 사건에 연루되었기 때문이라고 생각했습니다."

"후송 기간 중에 만난 사람이 한둘이 아닐 텐데."

"뭔지 모르지만 문제가 생기고 저를 부르신 것이니 제가 복귀할 때까지 거기에 남아 있던 사람들 중 하나라고 생각했습니다. 단순히 아는 정도가 아니라 친하게 지냈던 사람을 생각해보면 정선한 병장을 떠올리는 것이 어렵지 않았습니다."

"많이 친했나?"

"두 번의 후송 동안 반년 정도 같이 지냈습니다. 첫 후송 때는 그리 친하게 지내지 못했습니다. 저번 후송에선 두 달 정도 같이 있었는데 전보단 꽤 친해졌습니다."

"자대로 복귀한 후에도 연락을 한 적이 있나?"

"없습니다."

"없다?"

낯선 발자국은 잠시 침묵하더니 다시 말을 이었다.

"정선한 병장은 어떤 친구였나?"

나는 입을 다물었다.

한동안 정적이 흐르자 박대위가 다시 내 어깨를 세게 잡으며 말했다.

"묻고 계시잖아. 말 잘하다가 왜 그래?"

"산 사람에 대해 물으시는 것 같지가 않아서 그렇습니다……. 선한이가 죽었습니까?"

나는 아픔을 참으며 말했다.

뒤에서 깊은 탄식이 들렸다. 지난 일을 인정하든 인정하지 않든 시간은 무심히 흘렀다.

멈춰버린 낯선 발자국 대신 여자가 말했다.

"정선한 병장은 자살했어."

3

짐은 가벼웠다. 첫 후송 때는 더플백이 샌드백이 될 때까지 짐을 챙겼지만, 지금은 가져갈 것과 두고 갈 것을 구분할 줄 알았다. 공기는 차갑지만 날은 맑고 하늘은 높았다. 그리고 선한이가 죽었다.

선한이는 시인이자 화가였다. 손바닥만 한 파란 노트에 글을 쓰고 그림을 그렸다. 몇 번이나 보자고 했지만 쑥스러운지 끝내 마다했다. 대신 녀석은 자신이 좋아하는 시를 들려줬다.

나 하늘로 돌아가리라.
아름다운 이 세상 소풍 끝나는 날
가서, 아름다웠더라고 말하리라.

좋아하는 시라며 천상병 시인의 「귀천」을 들려줬을 때 나는 시큰둥했다. 교과서에 실릴 정도로 유명한 시였기 때문이다. 하지만 녀석은 나의 그런 반응에 열을 올리며 왜 이 시가 특별한지 말했다.

"시인의 삶은 전혀 소풍 같지 않았어. 군부 독재 시절 억울하게 누명을 써서 고문을 당하고 나중엔 가족들도 모르게 정신병원에 입원하게 된 거야. 다행히 가족들이 시인을 데리고 왔지만 그런 일을 당하고 어떻게 정상적으로 살 수가 있겠어. 그런데도 마지막엔 그런 시를 남긴 거야."

"알고 보면 반어적인 거였나……."

"아냐! 진심, 진심이야!"

선한이는 흥분하며 말했다.

위병소를 통과해 병원 안으로 진입하면 화단 중앙에 '환자 중심의 병원 관리'라는 글이 새겨져 있는 커다란 돌이 보인다. 그 뒤에 하얀 페인트로 덮여 있는 2층짜리 본관이 있다. 버스가 본관 앞 주차장에 섰다. 진료를 받는 사람들과 입원을 하는 사람들이 갈라졌다. 나처럼 입원을 하는 사람들은 서무과 쪽에서 대기했다. 어수선한 사람들 사이에서 나는 홀로 평안했다. 광통에 오래 있기는 했지만 자대에서 보낸 시간이 더 길다. 그런데도 나는 광통이 더 익숙했다.

훈련병 시절이 사회의 때를 벗겨내는 기간이라면 이병은 기초적인 적응을 위한 시기고, 일병은 자기 몫을 하는 한 명의 군인으로 성장하는 시간이다. 나는 일병 시절의 대부분을 광통에서 보냈다. 자대에선 계급만 높은 이병이었지만 광통에선 모르는 것이 없었다. 병원에서 알아야 할 게 뭐냐 싶겠지만 광통은 자대의 의무대와는 다르다. 의무대에서는 환자들끼리 소속이 다르면 계급을 묻지 않고 서로를 아저씨라고 부르며 편하게 지낸다. 하지만 광통은 전후방의 육해공군, 해병대, 특수전부대에 정보부대까지 모여드는 곳이다. 한 병실에 거의 백 명에 가까운 환자가 함께 생활했다. 계급을 무시하다가는 통제가 불가능했기에 다른 부대에서 온 환자들 사이에서도 계급을 인정했다. 입원과 동시에 어제까진 알지도 못하던 고참과 후임이 백 명이나 생겨나는 것이다. 한시적이지만 제2의 자대나 마찬가지였다. 계급을 인정 못 하겠다고 버티는 녀석들도 가끔 있었지만 개인은 조직 앞에서 무력했다.

그렇다고 자대처럼 서열이 견고한 것은 아니다. 오래 있어봐야 네 달이었다. 힘을 가진 실세는 수시로 바뀌었다. 원래 소속에 따라, 고향에 따라, 학교에 따라 사람들은 뭉치고 헤치고를 반복했다. 자신이 속한 집단에서 권력을 잡으면 이병이라도 상대적으로 편하게 병실 생활을 했다.

"이필립 병장!"

뒤에서 날 부르는 소리가 들렸다.

나는 누군지 확인도 안 하고 짐을 챙겨 돌아섰다.

서류가 처리되면 병실에서 사람을 보내 대기하고 있는 입원 환자를 데려갔다. 날 데리러 온 사람은 첫 번째 후송 때부터 봐온 백병장이었다. 전후방 각처에서 모이는 건 환자만이 아니다. 병실을 담당하는 의무병들도 전군에서 파견돼 왔다. 백병장은 해병대 소속의 의무병이었다. 해병대의 빨간 명찰과 세무 군화는 여전히 말끔했다.

백병장이 놀란 얼굴로 나를 환영했다.

"어떻게 된 거야? 간 지 얼마 됐다고 또 와?"

"그렇게 됐네. 말해주기가 좀 그렇다."

"이런 빽이 있으면 진작 쓰든가."

"이게 신상 빽이라…… . 근데 왜 직접 와? 부사수는 뭐 하고? 이제 손 뗄 때잖아."

"어, 사고가 좀 있어서……."

백병장의 안색이 어두워졌다.

사고란 선한이의 자살일 터였다. 백병장은 선한이와 친한 사이는 아니었다. 백병장이 이러는 건 나 때문이었다.

나는 친구의 자살 소식을 전해야 하는 중압감에서 그를 벗어나게 해줬다.

"선한이 이야긴 들었어."

"알아? 어떻게?"

"그냥 병원 오가는 사람들한테 전해 들었어."

"그래……."

"어떻게 된 거야?"

"자세한 건 나도 잘 모르지. 체육관 파이프 있잖아. 투약 시간에 거기서 목을 맸어."

광통에서는 아침 점호와 저녁 점호, 그리고 식사 후마다 약을 주면서 하루에 다섯 번 인원 점검을 했다. 점호 때뿐 아니라 투약 시간이 되면 약을 먹지 않는 환자도 병실에 대기했다. 의무병과 간호장교도 투약을 위해 병실로 오기 때문에 투약 시간에 병실 밖에서 돌아다니는 사람은 없었다.

광통은 6·25를 배경으로 하는 드라마에 나와도 될 정도로 낡은 건물이라 벽 안쪽에 있어야 할 각종 파이프들이 바깥으로 나와 있었다. 체육관 시설은 탁구대 네 개와 녹슨 벤치프레스, 아령 정도가 전부인데 운동을 좋아하는 사람들은 체육관 파이프에 매달려 턱걸이를 하기도 했다.

"나중에 이야기 좀 할 수 있을까?"

내가 말했다.

"그럼. 이따 저녁 먹고 내가 올라올게."

우리는 이 층으로 올라갔다. 정형외과는 본관 오른편 복도 제일 앞쪽에 있었다. 맞은편은 정신과다. 일반 병실 문은 병원에서 흔히 볼 수 있는 스윙 도어지만 정신과에는 그 너머에 철창이 하나 더 있다. 식사 차가 와서 문이 열릴 때마다 철창만 잠시 보일 뿐 반년도 넘게 맞은편에서 생활하면서 안에 누가 있는지 본 적이 없었다.

나는 정형외과 병실 문을 열고 들어갔다. 안으로 들어서면 왼편에 화장실과 샤워실이 있고 그 옆은 군의관실이다. 오른편엔 간호장교들이 머무르는 처치실이 있다. 군의관실과 처치실 뒤편엔 가운데 통로를 두고 양옆으로 이 열의 침대들이 늘어서 있다. 그 끝엔 부사관과 장교들의 병실이 사병들과 분리되어 오른편, 왼편으로 나눠져 있다. 백여 명의 인원을 수용할 수 있는 크기로 전쟁영화에서 보던 야전병원을 상상하면 된다. 반대편 후문으로 나가면 지상으로 내려가는 야외 계단이 있고, 그 밑엔 공중전화 박스들과 커피자판기 그리고 담배를 피울 수 있는 휴식 공간이 있다.

"어머나."

정형외과 담당 간호장교인 최대위가 처치실에서 나오다 나와 마주쳤다.

나는 웃으며 경례를 했다.

"건강하셨습니까?"

"건강은 네가 해야지. 근데 왜 아직도 상병이야?"

최대위가 내 야상의 팔에 붙은 계급장을 잡으며 말했다.

"진급 누락입니다. 명찰에는 병장이라고 해주시면 좋겠습니다."

"아이구."

최대위는 웃고 있는 나의 등을 아프지 않게 때렸다.

베테랑 간호장교인 최대위는 우리에게 어머니 같은 존재였다. 별난 놈들이 다 모이는 곳이지만 이제껏 최대위를 싫어하는 녀석은 없었다.

"일단 환복하고 짐부터 맡기고 자리를 잡아야지. 병실장 어디 갔지? 오늘 몇 베드(bed)가 대기야?"

최대위가 병실을 둘러봤다.

오후 시간은 병실이 가장 횅할 때였다. 오전에는 부족한 잠을 보충하느라 누워 있는 녀석들이 있었고, 저녁 투약이 끝나면 텔레비전 시청이 가능했기 때문에 병실에 사람이 많았지만 점심 투약 후엔 다들 나다니느라 바빴다. 일과 시간에 병실에 있으면 작업에 불려 나가기 십상이라 웬만하면 밖에서 시간을 보내려 했다.

병원에서 무슨 작업인가 싶겠지만 광통에서 작업은 일상이었다. 건물은 낡았지만 병원 부지의 크기는 바깥의 대형 병원과 비교해도 작지 않았다. 하지만 관리할 인원은 턱없이 부족했다. 한 병실에 많으면 장교까지 합쳐 백여 명의 환자를 군의관 하나와 간호장교

둘 그리고 의무병 둘이 책임져야 했다. 결국 병원 관리는 움직이는 것이 가능한 환자들의 몫이 됐다. 깁스를 하거나 휠체어나 보조기에 의지하는 인원을 제외한 환자들은 병실 이외에도 할당된 구역을 청소하고 비정기적인 작업에도 불려 갔다. 자대에서의 중노동에 비할 바는 아니지만 인대가 파열돼 무릎이 흔들리는 환자들이 백 명분의 시트를 나눠 어깨에 지고 가는 모습을 보면 착취라는 단어가 떠올랐다. 우리에게 본관 앞 돌덩이에 새겨져 있는 '환자 중심의 병원 관리'란 표어는 환자를 위한다는 의미가 아니라 환자들에게 병원 관리를 맡긴다는 뜻으로 통했다. 이런 형편이니 움직일 수 있는 환자들은 투약만 끝나면 밖으로 나가 저녁까지 병실로 돌아오지 않았다. 결국 여덟 개의 침대를 하나로 묶어 순번을 정해 대기를 하는 베드 대기가 생겨났다.

병실장을 찾는 최대위의 말에 병실에 남아 있던 환자들이 반응했다.

"병실장님 찾습니다."

한 명이 선창하자 몇 명이 복창하며 후문 아래까지 전파했다.

병실장은 병장 초봉 전후가 맡았는데 베드의 구성과 청소 구역의 배분 등 병실 내 모든 일을 좌지우지했다. 담당 간호장교가 전임 병실장과 선임병장들 그리고 의무병의 추천을 받아 택했다.

"없는 것 같습니다. 그리고 오늘은 4베드가 대기인데 아까 다 작업에 불려 가서……."

휠체어를 타고 후문까지 다녀온 일병이 최대위에게 말했다.

"그래? 그럼 누굴 같이 보내지. 어, 저기 가운데 누워서 음악 듣는 거 누구지?"

최대위가 가리키는 자리는 보통 병실장과 그 측근들이 머무는 곳이었다. 병실의 한가운데면서 병실에 있는 세 대의 텔레비전 중 제일 큰 텔레비전이 있는 곳이기 때문이다. 그곳에 한 녀석이 이어 폰을 꽂고 누워 있었다. 얼굴은 보이지 않았지만 누군지 알 것 같았다.

"권중현 상병입니다."

휠체어를 탄 일병은 최대위의 말이 떨어지자마자 후진 기어를 넣고 그쪽으로 향했다. 부지런한 녀석이다.

성공적인 군 생활을 하는 방법이 두 가지 있다. 하나는 저 휠체어를 탄 녀석처럼 빠릿빠릿하게 행동하는 것이고, 다른 하나는 부스럭거리며 일어나는 권중현처럼 사는 것이다. 후임들을 쥐어짜 고참을 섬기는, 조선시대에 태어났다면 탐관오리가 됐을 녀석이다. 저번 후송에서 만났는데 나보다 후임이라 부딪치는 일은 없었지만 워낙 원성이 자자해 나도 꼴 보기 싫어했던 놈이다. 병원까지 와서 고생하는 일이병들을 위해서 어떻게든 해주고 싶었지만 윗선은 악역인 녀석을 필요로 했고, 나에겐 힘이 없었다. 그렇게 야비하게 살더니 지금은 한자리 얻어내고 편히 지내는 모양이었다. 나를 보는 녀석의 얼굴이 일광욕을 즐기다 갑자기 몰려든 먹구름이라도 발견한 것처럼 변해갔다. 그건 내가 지을 표정인데.

"대위님, 혹시 위치가 바뀌었습니까? 그냥 짐 갖다 놓고 환복만 하면 되는데 혼자 다녀오면 안 됩니까?"

내가 말했다.

권중현의 얼굴 위로 몰려들었던 먹구름이 최대위의 얼굴 위까지 퍼져나갔다.

"어, 그게……."

내 팔을 잡고 이야기하는 최대위의 목소리가 떨렸다. 나는 눈치를 챘다.

"선한이 때문입니까?"

"아, 들었니?"

"네, 올라오면서 들었습니다."

내가 백병장을 보며 말했다.

"그렇구나. 당분간 혼자 다니지 말라고 지시 사항이 내려왔어. 너 선한이하고 친했지?"

최대위의 물음에 나는 말없이 웃었다.

그게 더 슬프게 느껴졌는지 결국 최대위는 자리를 피하고 말았다.

"충격을 많이 받으셨어."

백병장이 말했다.

"그렇겠지. 마음이 여린 분인데……. 혹시 곤란해지신 건 아냐?"

"아무래도……. 관리 책임이 있는데 영향이 있지."

망할. 죽은 녀석에게 화를 내봐야 소용없지만 처음으로 선한이에게 짜증이 났다.

그때 군의관실의 문이 열렸다. 나는 움찔했다. 담당 간호장교가 어머니라면 군의관은 아버지다. 하지만 사회에도, 이곳에도 자식에게 인정받는 좋은 아버지는 흔치 않다.

군의관은 기본적으로 환자들을 귀찮게 여겼다. 별것도 아닌 걸로 꾀병이나 부린다는 식이었다. 실제로 우리가 아픔을 과장한 건 사실이다. 하지만 그건 심판에게 파울을 불어달라고 어필하는 운동선수의 액션 같은 것이다. 빨리 퇴근하고 싶어 명백한 파울을 무시하는 심판처럼 군의관들은 우리의 고통을 대수롭지 않게 여겼다. 몇 번이나 아픔을 호소해도 타박상이라며 진통제나 주다가 휴가를 나가 필름을 찍어 오면 그제야 입원을 시켰다. 그런 식으로 치료 시기를 놓쳐 생명을 잃는 경우까지 나와도 달라지는 건 없었다.

나는 군의관에게 진료를 받고 들어온 게 아니었다. 박대위가 어떻게 했는지는 몰라도 그를 보기가 껄끄러웠다. 물론 언젠가는 봐야겠지만 지금은 피하고 싶었다. 경직된 자세로 돌아선 내 앞에 나타난 건 군의관이 아니었다. 녀석은 나와 같은 환자였다. 이름은 이지용. 계급은 일병이었다. 햇빛이라곤 받아본 적이 없는 것 같은 새하얀 얼굴 위에 은테 안경이 반짝였다. 녀석은 엄마가 나가자 방에서 뛰쳐나와 거실에 있는 컴퓨터로 야동을 보려는 아이처럼 흥분된 얼굴로 나를 봤다.

4

나는 전투복 상의를 벗어 더플백에 넣었다. 이지용과 함께 간 곳은 입원 기간 동안 전투복과 군화 등 개인 물품을 맡기는 물품보관소였다. 찜질방의 로커 같은 형태인데 자물쇠는 따로 없다. 자리를 배정받고 직접 물품을 넣은 후 환의로 갈아입고 모포와 베개, 슬리퍼를 받아 병실로 돌아가면 되었다.

"와, 의외로 몸이 좋으십니다."

옷을 갈아입는 내 뒤에서 이지용이 말했다.

녀석의 칭찬이 스트리퍼에게 던지는 환호처럼 느껴졌다. 벌레가 기어 다니는 것처럼 등이 근질거렸다.

"등 근육을 그렇게 만들려면 어떻게 해야 됩니까?"

"턱걸이."

체육관은 정형외과 병실의 담당 청소 구역이었다. 사람은 많은데 운동 기구는 부족하니 사용을 두고 경쟁이 치열했다. 하지만 청소를 하는 사람은 투약 시간이 되기 전 사람들을 내보내고 짧은 시간이라도 편하게 운동을 할 수 있었다. 아픈 건 무릎뿐으로 나는 운동을 좋아했다. 수색대에 차출된 것도 벤치프레스와 팔굽혀펴기 기록 때문이었다. 그때만 해도 내가 병원을 오가며 군 생활을 하게 될 줄은 몰랐다. 처음 후송을 와서 운 좋게 체육관 청소를 맡게 된 후로 두 번째 복귀를 하는 날까지 나는 체육관 청소를 담당했다. 청소를 마치고 병실에 올라가기 전 마지막으로 체육관 파이프에 매달려 턱걸이를 할 때면 내 뒤에 늘 선한이가 있었다.

"정선한 병장이랑 친했습니까?"

이지용이 말했다.

나는 환의를 입다 말고 녀석을 돌아봤다.

"안에 있다가 우연찮게 들었습니다."

이지용이 미소를 지었다.

"글쎄……. 친하다의 기준이 뭐냐에 따라 다르지만 여기 있는 동안은 붙어 다녔지. 넌 별로 친하지 않았나 봐?"

내가 환의를 마저 입으며 말했다.

"왜 그렇게 생각하십니까?"

"별로 슬퍼 보이지가 않아서."

"그렇습니까? 친하게 지내지 못한 건 사실이지만 싫어하지는 않았습니다. 다들 좋은 사람이라고 했습니다."

"그래, 착한 놈이지. 바보 같을 정도로."

"그렇습니다."

나는 다 안다는 것처럼 말하는 이지용이 마음에 들지 않았다.

"이제 가야지. 회진 있다고 했잖아. 너 혼자라며?"

나는 옷을 다 갈아입고 말했다.

이지용은 군의관 도우미다. 간호장교가 병실 관리를 위해 병실장을 세운다면 군의관은 행정적인 잡무를 대신 해줄 도우미를 뽑았다. 자대에서 행정병이 장교 일거리를 떠맡고 휴가로 보상을 받는 것처럼 도우미에게도 혜택이 있었다. 일단 입원 기간이 보장됐다. 일만 잘하면 완치가 돼도 만기가 될 때까지 머물게 해줬다. 군의관 입장에서도 그러는 편이 새로 뽑아서 가르치는 것보다 이득이었다. 그 외에도 개인적인 부탁이라든지 편의를 봐줄 부분은 최대한 들어줬다. 환자들의 운명을 쥐고 있는 군의관과 가깝다는 점에서 병실장에게 부담이 될 수도 있어 보통은 병실장보다 후임을 세웠다. 그렇다고 계급 차이가 너무 나면 도우미 쪽이 불필요한 압박을 받을 수도 있으니 서로 견제할 수 있도록 상병 선에서 선정을 했다. 일병 도우미는 이례적이었다. 한 명이 퇴원해도 업무의 공백이 없도록 두 명을 쓰는 경우가 많은데 혼자인 것도 특이했다.

나는 모포와 베개를 받아 들고 이지용과 병실로 돌아갔다. 녀석은 자신이 들겠다며 모포를 챙겼다.

"넌 어디가 아파서 왔냐?"

"어깨 탈골입니다."

오른손에 모포를 말아 든 이지용은 왼쪽 어깨를 으쓱해 보였다.

병원에 오래 있으면 어느 정도 다쳐야 전역을 하는지 알게 된다. 심지어 의학 용어까지 동원해 그럴싸하게 필름을 판독하는 녀석까지 있다.

첫 번째 후송 때 알게 된 병장은 어깨로만 세 번이나 후송을 오가다 만기 제대를 했다. 이렇게 다치면 어쩔 수가 없다며 씁쓸하게 웃던 그가 떠올랐다. 그때는 몰랐지만 이젠 그가 어떤 세월을 보냈는지, 왜 그런 얼굴로 그런 말을 했는지 안다. 도우미라고 해서 제대할 때까지 입원하지는 못한다. 아마 이지용은 그와 같은 길을 걸을 것이다.

"몇 월 군번이지?"

내가 물었다.

"삼월입니다."

"아들이네."

입대 일이 일 년 차이가 나면 아들, 이 년 차이가 나면 손자라 부른다. 손자가 훈련소를 마치고 자대에 배치를 받을 때면 할아버지는 제대를 하게 된다. 첫인상은 별로였지만 안쓰럽단 생각이 들었다. 나는 병실 앞에서 모포를 건네받고 녀석의 멀쩡한 어깨를 힘주어 잡았다.

"네? 왜 그러시는지……."

일병치고 이상할 정도로 여유롭던 이지용은 처음으로 당황한 모습을 보였다.

"그냥, 힘내라고."

나는 녀석의 어깨를 두드려주고 병실로 들어갔다.

회진을 위해 모든 인원이 병실로 돌아와 베드에서 대기했다. 나는 아는 얼굴이 있는지 둘러봤지만 권중현을 빼고 전부 퇴원을 한 것 같았다. 아는 녀석이 있으면 선한이에 대해 물어보려 했는데 낭

패였다.

"회진 곧 시작하겠습니다."

군의관실에 들어갔던 이지용이 차트를 들고 나와 말했다.

병실은 전장의 한복판이 된 것처럼 긴장감에 휩싸였다. 회진은 환자들의 운명이 갈리는 시간이었다. 누군가는 전역을 하게 되었고, 누군가는 성치 않은 몸으로 자대로 돌아가야 했다. 우리는 퇴원 명령을 받은 걸 총 맞았다고 표현했다.

군의관이 나를 보면 기분이 좋지는 않을 것이다. 오늘은 기관총을 난사할지도 모른다.

담당 군의관인 문대위가 나오자 병실장이 나가 인원 보고를 했다. 앞쪽에서부터 회진이 시작됐다. 환자들은 기관총을 든 저승사자 앞에서 계속 입원해야 할 정도로 아프지만 군기는 들어 있는 모습을 보여줘야 했다. 군의관들은 빠진 모습을 싫어했다. 내 자리는 앞쪽이라 얼마 지나지 않아 문대위와 마주하게 됐다. 문대위의 뒤에서 이지용이 차트를 들고 따라왔다. 군의관이 앞에 오면 관등성명과 병명을 말해야 한다. 나는 보고를 하기 전에 자세를 바로잡았지만 그럴 필요도 없었다.

"또 왔냐. 쉬다 가라."

문대위는 그렇게 말하더니 차트도 보지 않고 돌아섰다.

아마 박대위가 문대위를 찾아가서 나를 받으라고 했을 것이다. 어쩌면 문대위보다 윗선에 손을 썼는지도 모른다. 그는 어쩔 수 없이 나를 입원시켜야 했지만 불쾌한 감정은 숨기지 않았다. 이지용은 놀란 얼굴로 차트와 나를 번갈아 보고는 군의관을 따랐다.

회진이 끝났다. 총열에서 연기가 날 정도로 기관총을 당긴 문대 위는 아직도 분이 풀리지 않는지 씩씩거리며 군의관실로 돌아갔다. 총을 맞은 환자들은 뒤로 벌렁 자빠졌다. 병실엔 시체가 즐비했다. 주변에서 다가가 위로를 건넸지만 죽은 자들은 일어나지 않았다.

앞이 보이지 않겠지.

나는 누워서 기지개를 폈다. 낡은 철제 침대에 발로 밟은 송편처럼 생긴 매트리스지만 그렇게 편할 수가 없었다. 선한이가 죽었는데 나는 광통에 돌아온 것이 좋았다.

그러니까 죽은 놈만 억울한 거다, 이 자식아.

나는 누워서 생각을 정리했다.

이건 기무대의 공식적인 업무가 아니다. 사병의 사건 사고는 헌병대 소관이고 이미 자살로 결론이 났다. 선한이의 자살 사건을 조사하는 것은 낯선 발자국의 개인적인 용무다. 나는 지금도 그가 누군지 모른다. 아는 거라곤 개인적인 목적을 위해 이런 일을 벌이는 게 가능한 위치의 사람이란 것뿐이다. 사적인 문제로 덮기 급급한 사병의 자살 사건을 파헤치는 건 그가 선한이와 연관이 있기 때문일 것이다.

우리는 서로의 가정사에 대해선 아는 게 없었다. 묻지 않았기 때문이다. 둘 다 그런 부분을 중요하게 여기지 않았다. 나는 낯선 발자국이 선한이의 아버지일지도 모른다고 생각했다. 하지만 한편으론 그런 힘을 가졌다면 더 편한 방법이 있지 않을까 하는 생각이 들었다. 낯선 발자국이 먼저 일어나고 박대위와 남게 되었을 때 나는 이런 질문을 돌려서 했다. 그는 정치적인 문제가 있다고만 답했다. 뭔지 모르지만 높은 자리에 있는 사람이라면 복잡한 사정이 많을 것이다. 이 병실 안에서 일어나는 정치놀음만 해도 머리가 아프니까.

군의관을 만나고 나니 긴장이 풀렸다. 저녁엔 백병장을 만나야 했다. 나는 몰려오는 졸음을 막지 않았다.

백병장의 손이 나를 흔든 것은 저녁 일곱 시였다. 탄약고 근무에 적응해 있는 몸이 반사적으로 일어났다.

"무슨 잠을 이렇게 자? 밥은 먹었어?"

"아니……."

나는 머리를 긁적거렸다.

저녁 시간이라 환자들은 텔레비전이 있는 왼편 라인에 모여 있었다. 군대에 오면 어린이들이 보는 만화영화도 챙겨 보게 된다. 하지만 나와 선한이는 텔레비전에 관심이 없었다. 옆을 보니 침대 위에 빵과 우유가 있었다. 저녁 식사 후에 배급되는 부식이었다. 나는 부식을 챙기고 방한용으로 지급되는 코듀로이 재킷을 걸쳤다. 우리는 병실을 나섰다.

백병장과 나는 본관 왼편으로 돌아가 체육관에 들어갔다. 체육관은 고요했다.

"사람이 없네."

내가 말했다.

"한동안 봉쇄도 됐었고 아무래도 좀 그렇겠지. 날씨도 추워지고……."

"누가 발견한 거야?"

"부사수가."

저번 후송 때 백병장을 쫓아다니던 일병이 떠올랐다.

"어떻게 됐어?"

"엄청 충격 먹었지. 찾아보라고 해서 내려왔더니 목을 매달고 있는데……. 그날부터 잠도 잘 못 자고 지금도 치료받고 있어."

"정신과에서?"

"입원한 건 아니고 막사에서 잡일 하면서 정기적으로 가서 상담받고 약도 먹고……."

"걔도 그렇고 백병장도 고생이네."

"우리야 뭐, 그래도 살아 있잖아."

나는 챙겨 간 빵을 반으로 찢어 백병장에게 건넸다. 백병장은 손을 흔들었다.

"여기서 먹고 싶은 생각은 안 드네."

"산 사람은 먹어야지."

나는 빵을 우걱우걱 씹고 우유를 마셔 배 속으로 밀어 넣었다.

"뭐 짐작 가는 것도 없어?"

내가 말했다.

"나도 부사수한테 맡기고 손 떼는 분위기였잖아. 잘은 몰라. 솔직히 원래 그렇게 친하지도 않았고."

나는 벤치프레스에 앉아 반대편 벽의 파이프를 노려봤다.

"정확히 어딘지 알아?"

"뭐? 어디서 목매달았느냐고?"

"응."

"그건 알아서 뭐하게? 아마 저기 창가 쪽일 거야."

생각대로였다. 백병장이 가리킨 곳은 내가 턱걸이를 하던 지점이었다.

우리가 붙어 다니기 시작한 건 우연이었다. 처음 후송을 와서 만난 우리 둘은 체육관 청소를 담당하게 됐다. 우리가 일병이었던 시절 이야기다. 선한이는 늘 웃는 얼굴이었지만 말수가 적었고 나도 수다와는 거리가 멀었다. 하루 두 차례의 점호와 투약 시간 전마다 우리는 체육관에 내려와 청소를 했지만 대화는 없었다. 내가 일찍 내려가 사람들을 내보내고 벤치프레스를 하고 있으면 정확한 시간에 선한이가 내려와 청소 도구를 꺼냈다. 나는 말없이 일어나 밀대를 받아 바닥을 닦았고 선한이는 탁구대 위와 창가를 손걸레로 청소했다. 내가 바닥을 다 닦고 벤치프레스 앞쪽의 파이프에 매달려 턱걸이를 하면 선한이는 벤치프레스에 앉아 늘 들고 다니던 파란 노트를 꺼내 뭔가를 끄적거렸다. 선한이가 뒤에 있는 게 불편했던 나는 먼저 올라가도 좋다고 했지만 녀석은 웃는 얼굴로 괜찮다고 했다. 나는 이상한 놈이라고 생각했다.

어느 날 턱걸이를 하고 내려오자 선한이가 박수를 쳤다.

'왜'라는 얼굴로 돌아본 나에게 선한이가 웃으며 말했다.

"기록이잖아, 서른두 개. 드디어 돌파했네. 축하해."

그때가 처음이었을 것이다. 내가 선한이에게 웃어 보인 건.

나는 창가로 다가가 그때처럼 파이프에 매달렸다. 창밖은 어두웠고 창가엔 먼지가 가득했다.

왜 이곳이냐. 나한테 하고 싶은 말이라도 있었냐. 여기 매달려서
무슨 생각을 했냐. 왜 죽었냐, 이 바보 같은 새끼야.

팔이 떨리고 호흡이 가빠왔다. 나는 바닥으로 떨어졌다.

5

꿈을 꿨다. 나는 정형외과 병실 입구에 있었다. 문을 열고 안으로 들어갔지만 사람은 없었다. 베드 위엔 뼈들과 그 뼈들의 주인이 입었을 환의가 아무렇게나 놓여 있을 뿐이었다. 병실이 아니라 뼈만 남은 시체들을 모아놓은 부검실 같았다. 나는 병실 가운데로 걸어갔다. 그런 상태가 되고 오래인지 뼈들은 바짝 말라 건드리면 부서질 지경이었다. 깨져 있는 창문으로 따가운 햇살과 함께 바람이 들어왔다. 바람이 스칠 때마다 하얀 가루가 일어났다. 나는 콜록거리며 후문으로 가 밖에 누가 있는지 문을 열어봤다. 갑자기 급하고 강한 바람이 밀려 들어왔다. 몸이 날아갈 정도의 위력이었다. 나는 바람에 밀려 병실 중앙까지 나가떨어졌다. 간신히 일어서는데 지진이 난 것처럼 건물이 흔들렸다. 나는 병실 기둥을 붙잡았다. 창밖에서 불길이 치솟았다. 나는 정신을 차리지 못하고 소리쳤다. 무슨 말을 하는지도 모르고 나오는 대로 내뱉었다.

그때 작고 부드러운 음성이 들려왔다. 거친 바람 소리와 건물이 흔들리는 소리와 불이 타오르는 소리들 속에서도 그 음성은 뚜렷하게 들렸다. 하지만 무슨 말인지 알 수가 없었다. 내가 아는 언어가 아니었다. 나는 그 목소리가 누구 것인지, 무슨 말을 하는지도 모르면서 살려달라고 소리쳤다. 한순간 창밖의 불길이 잦아들고, 건물의 흔들림이 멈췄다. 바람도 사라졌다. 대신 새로운 소리가 들렸다. 뼈가 붙는 소리였다. 베드 위의 뼈들이 저절로 맞춰지고, 그 위에 힘줄이 달라붙었다. 살이 오르고 살갗이 그 위를 덮었다. 한순간 눈이 멀 것 같은 강한 빛이 비쳤다. 빛이 사라질 때까지 기다렸다가 조심스럽게 눈을 뜨니 환의가 아닌 군복을 입은 사람들이 병실 가운데 통로에 도열해 있었다. 그들은 나를 알아보지 못했다. 사람은 분명한데 마네킹처럼 생기가 없었다. 나는 그들 사이를 걷다가 중간에 비어 있는 한 자리를 발견했다. 침대엔 여전히 낡은 환의가 있었다. 다가가 환의를 뒤집어 명찰을 봤다. 명찰엔 이렇게 적혀 있었다.

병장 정선한.

나는 발차기를 하며 일어났다. 무릎이 아팠다. 양옆엔 환자들이 잠들어 있었다. 간호 데스크 쪽의 전자시계를 봤다. 5시 5분이었다. 시계 밑에서 불침번과 재킷을 입은 누군가가 이야기를 하고 있었다. 당직 군의관과 간호장교, 의무병이 있지만 그들로 모든 병실을 관리할 수는 없었다. 결국 야간에 환자들을 점검하는 일은 또 다른 환자들의 몫이 됐다. 병실마다 환자들이 돌아가며 한 시간씩 불침번을 서며 병실 인원과 갑작스런 환자를 확인해 당직실에 보고했다.

나는 잠자기를 포기하고 물을 마시려고 일어났다. 온수기는 병동 앞 복도에 있었다. 데스크를 지나며 불침번과 재킷을 입은 녀석이 나누는 대화를 들었다.

　"오늘만 보내주시면 안 됩니까? 갑자기 같이 가는 친구가 아파서 그럽니다."

　"혼자는 못 보낸다니까. 그냥 하루 빠져. 빠진다고 지옥 가냐, 뭐가 그렇게 빡빡해?"

　재킷을 입은 녀석은 새벽 기도를 가려고 일어난 거였다. 불침번이 혼자는 보내줄 수 없다고 하자 사정을 하는 중이었다. 불침번은 상병이고, 녀석은 일병이었다.

　나는 둘에게 다가가 말했다.

　"내가 같이 가줄까?"

　"정말이십니까? 감사합니다."

　사양하지 않고 단번에 내 제안을 받아들인 녀석의 이름은 박걸이었다.

　나는 재킷을 걸치고 박걸과 함께 후문으로 나섰다. 교회는 위병소에서 왼쪽으로 꺾어 오십 미터쯤 가면 있었다. 가까운 거리지만 새벽 공기가 쌀쌀했다.

　박걸이 조심스레 물었다.

　"교인이십니까?"

　"아니, 괜찮아. 어차피 잠도 안 올 거 같으니까."

　"감사합니다. 원래 같이 가던 친구가 좀 아파서……."

　"넌 손이 아픈가?"

박걸은 오른손에 깁스를 하고 있었다.

"네, 손목 골절입니다."

"어쩌다가?"

어디를 어쩌다 다쳤느냐는 질문은 광통에서 인사말 같은 것이다. 대충 둘러대면 될 텐데 박걸은 곤란한 얼굴을 했다. 억지로 인사를 받을 생각은 없었다.

"불편한 거면 말 안 해도 돼."

"아닙니다…… 그냥 자대에서 트러블이 있었습니다."

"고참이랑?"

"일부러 부러뜨리려고 한 건 아닙니다. 화가 나서 절 밀쳤는데 제가 넘어지면서 손을 잘못 짚었습니다."

박걸은 자기 잘못인 것처럼 이야기했다. 나는 녀석의 그런 태도가 마음에 들지 않았다.

"고참님께서 왜 그렇게 화가 나셨는데?"

"교회 가는 걸 싫어했습니다. 가지 말라고 하는데 제가 계속 가니까……"

"하하하."

나는 웃었다. 너무 화가 나면 웃음이 나올 때가 있다.

일요일 아침에 기독교인이 당직 사령을 서면 기독교인뿐 아니라 타 종교 행사를 가지 않는 병력도 교회로 보내는 일이 있다. 병사들을 괴롭히려는 건 아니다. 자기 딴에는 위한답시고 하는 일일 것이다. 하지만 한가로운 일요일 아침 시간을 뺏긴 사람들은 예수의 사랑을 접하기는커녕 교회에 진절머리를 내게 된다. 부모의 사랑조차도 잘못된 방식으로 전해지면 폭력이 되고, 사랑하면 할수록 자식은 오히려 폭력적으로 변해간다. 그렇다고 밖에 나가 아무 상관도 없는 사람들을 괴롭히는 자식의 행동이 정당화될 순 없다. 박걸의 고참이 휘두른 폭력은 순전히 악의에 기초한 것이다. 저항하지 못하는 상대를 때리는 것만큼 비열한 짓은 없다. 군대의 온갖 불합리는 힘을 가질 자격이 없는 자들에게 힘이 주어지는 데서 나온다. 가끔 선의를 갖고, 그 선의를 세우는 방식에서도 현명함을 가진 사람들이 나타나 변화를 일으켰지만 그가 사라지면 예전의 상태로 돌아갔다. 하지만 나는 그 이름 모를 고참보다 박걸에게 짜증이 났다. 그렇게 당하고도 가해자를 감싸주는 이 녀석이 이해가 가지 않았다.

오 분 정도 지나 우리는 교회에 도착했다. 새벽 기도회는 설교를 길게 하지 않았다. 간단히 성경을 읽고 묵상을 한 후 자유롭게 기도를 하다가 아침 점호를 하기 전 돌아가면 됐다. 우리는 준비 찬양이 끝나는 시점에 들어갔다. 박걸은 앞으로 가고 싶어 했다. 나는 편한 대로 하라고 손짓하고 뒤편에 앉았다. 짧은 설교가 끝나고 기도 시간이 됐다. 어떤 사람은 고개를 처박고, 어떤 사람은 손을 들고, 어떤 사람은 소리를 내어 기도했다. 나는 눈을 뜨고 사람들을 지켜봤다.

나도 기도란 걸 했던 적이 있다. 지금 앞에서 간절히 뭔가를 부르짖는 저 사람들처럼 밤하늘을 향해 소리쳤다.

예수의 열두 제자 중 하나의 이름으로 아들의 이름을 지은 아버지는 기도 중에 하나님의 음성을 들었다. 사업을 정리하고 몽골로 떠나라는 것이었다. 나는 아버지에게 하나님의 음성은 어떤 식으로 들리느냐고 물었다. 에코를 먹인 웅장한 소리냐고 비아냥댔다. 아버지는 귀가 아니라 마음으로 들리는 작고 세밀한 음성이라고 했다. 나는 결국 아버지를 막지 못했다. 아버지를 막은 건 우리나라에선 사용되지 않아 외국으로 팔려 나간 중고 버스였다. 답사를 위해 몽골의 수도 울란바토르로 떠난 아버지는 눈길에 미끄러진 622번 버스에 치여 돌아가셨다. 버스 앞문 옆에 자동문이라는 한글이 적혀 있었다. 사람들은 아버지가 천국에 갔다고 했지만 나는 납득하지 못했다.

아버지는 기도란 대화라고 했다. 나는 대화를 원했다. 기도원에 올라가 아버지가 들었다는 작고 세밀한 음성으로 나에게 말해달라고 요구했다. 왜 아버지가 그곳에 가야 했는지, 왜 아버지를 지켜주지 않았는지 나는 이해할 수 없으니 납득시켜달라고 했다. 그럴듯한 이유면 받아들이겠다고 했다. 산 중턱에 자리 잡은 기도실에서 밤하늘을 보며 고래고래 소리를 질렀다. 하지만 내 귀엔 아무 말도 들리지 않았다. 지친 나는 푸념을 하기도 하고 사정을 하기도 했다. 그러다 문득 나는 지금 윌슨에게 말을 하고 있는 것이 아닐까 하는 생각이 들었다. 내가 있지도 않은 신에게 기도를 한다고 미친놈처럼 혼잣말을 하고 있는 건 아닐까. 그런 생각에 사로잡히자 머리 위 거대한 밤하늘이 그대로 나를 덮는 것 같았다. 압도적인 어둠 속에서 나는 혼잣말을 그만두기로 결심했다.

아버지는 내 인생의 이야기를 하나님이 써가게 하라고 했지만 주인공에게 혼잣말이나 시키는 삼류 작가에게 내 인생을 맡길 수는 없었다. 나는 직무를 유기한 작가를 해고하고 나 자신을 내 인생의 드라마를 써나갈 작가로 선정했다. 하지만 인생은 내가 쓴 각본대로 흘러가지 않았다.

군대에 갈 나이가 되자 이왕 갈 거라면 힘든 곳도 좋은 경험이 되지 않을까 했다. 잘해낼 자신도 있었다. 하지만 입대하자마자 독감에 걸렸다. 조교에게 말하니 체온계로 열을 확인했다. 38.9도였다. 조교는 기준에 미달한다고 말했다. 39도를 넘어야 의무대에서 진료를 받을 수 있단 것이었다. 약이라도 먹고 싶다고 했지만 군대는 약국이 아니란 말만 들었다. 나는 보이스카우트도 구비하고 있는 간단한 감기약도 못 먹고 계속 훈련을 받았다. 당연히 열이 치솟았다. 41도를 돌파하자 조교들은 죽는 거 아니냐며 웅성댔다. 그제야 의무대 진료를 받았지만 각혈을 할 정도로 상태가 나빠졌다.

몸이 엉망인 상태에서 간신히 훈련소를 마치고 연대에서 대기하던 중 수색중대에서 차출을 한다는 이야기를 들었다. 다행히 어느 정도 몸이 회복된 상태였다. 나는 좋은 기록으로 체력 테스트를 통과하고 수색대원이 됐다. 막내 시절에는 누구나 그렇듯 실수투성이였지만 동기들과 부지런히 뛰어다녔다. 처음 후임이 들어왔을 때는 나 자신도 돌보지 못하면서 어떻게든 챙겨주려고 노력했다. 나는 수색대의 일원이란 것이 좋았다. 힘겨운 시절이었지만 드디어 내가 뜻한 대로 삶이 돌아간다고 생각했다. 유격 훈련을 받다가 무릎이 돌아가기 전까진 그랬다. 오른쪽 무릎이 부어올랐다. 아직도 끝나지 않은 악몽의 시작이었다.

박걸은 강대상 앞에 나가 무릎을 꿇고 기도했다. 나는 궁금했다.

저 녀석은 혼잣말을 하고 있을까 아니면 대화를 하고 있을까. 문득 꿈속에서 들었던 음성이 떠올랐다. 아버지가 말한 것이 그런 느낌이 아니었을까 생각하다 나는 고개를 저었다.

알아듣지도 못하는 음성이 무슨 소용이냐.

시간이 흐르자 한두 명씩 눈을 뜨고 병동으로 돌아갔다. 교회 입구 위쪽에 붙어 있는 시계를 보니 기상 시간이 십 분 정도 남았다. 이제 남아 있는 사람은 박걸과 나뿐이었다. 자리에서 일어나 박걸에게 다가간 나는 녀석의 어깨를 건드리려다 무릎 옆에 놓인 손목시계를 봤다. 알람을 맞춰놓은 것 같았다. 정형외과 병실은 교회와 가까웠다. 나는 오 분만 더 기다리기로 하고 뒤쪽으로 가서 벽면의 게시판을 기웃거렸다. 게시판엔 환자들이 좋아하는 구절을 써서 붙여놓은 포스트잇이 가득했다. 아픈 사람들이다 보니 치유에 관한 글이 많았다. 나는 띄엄띄엄 읽어나가다 한 구절에 머물렀다. 노란 포스트잇 위의 붉은 글씨가 강렬했다. 어머니 배 속에 있을 때부터 교회를 다녔지만 성경에 그런 말이 있다는 걸 처음 알았다.

너는 피투성이라도 살아 있으라. 다시 이르기를 너는 피투성이라도 살아 있으라. (에스겔 16:6)

손이 불편한 사람이 쓴 것처럼 휘갈겨져 있는 글 앞에 나는 멍하니 서 있었다.

"저기……."

기도를 마친 박걸이 어느새 뒤에 와 있었다.

"어……. 다 했나?"

"네, 이제 가셔야 됩니다."

돌아가는 길, 나는 한마디도 하지 않고 걸었다. 방금 본 구절이 문신이라도 된 것처럼 머릿속에 새겨져 사라지지 않았다. 병실로 들어가자 불침번이 불을 켜고 사람들을 깨웠다. 갑자기 졸음이 몰려든 나는 모포 속으로 기어 들어갔다.

6

아침 투약이 끝났다. 교회를 다녀와 다시 잠든 나는 아침 식사도 거르고 세 시간을 내리 잤다. 투약 시간이 가까워지자 베드에서 대기하란 소리가 메아리처럼 퍼졌다. 나는 그제야 일어났다. 세수도 안 한 상태로 투약 시간을 보내고, 간호장교가 떠나자마자 화장실로 가려는데 병실장이 모두 베드에서 대기하라고 명령했다.

그가 나에게 다가와 말했다.

"니 자대에서 짬 대우는 받냐?"

무슨 소리인가 싶어 멀뚱멀뚱 있는 나에게 병실장이 다시 말했다.

"안 들리냐? 짬 대우는 받느냐고?"

십일월 중순에 문신이 보이도록 어깨까지 팔을 걷은 병실장은 눈에 힘을 주고 나를 노려봤다.

병실장은 가끔 병실 생활에 대해 잔소리를 했다. 그러라고 세워놓은 자리니까 당연했다. 하지만 나한테 이러는 건 당연하지 않았다. 병실장은 나보다 한 달 선임이지만 병장은 병장을 건드리지 않는 게 불문율이다. 서열이 철저한 자대에서조차 웬만해선 일어나지 않는 일이다.

표면적인 이유는 내가 아침 점호에 참석하지 않았단 것이었다. 저녁 점호는 장교가 주관하지만 아침 점호는 병실장 주도하에 병동 앞에 나가 대열을 맞추고 애국가와 복무 신조를 제창하는 것으로 끝이다. 병실장보다 선임인 병장들은 나가지도 않았고, 후임이라도 병장은 마음대로 하게 두었다. 규칙이 달라졌다면 나에게 와서 개인적으로 말하면 될 것이지 모두가 보는 앞에서 이럴 일은 아니었다. 점호 불참은 핑계일 뿐이었다.

"문제가 뭡니까?"

내가 조용히 말했다.

"뭐? 지금 뭐라 그랬냐?"

"진짜 문제가 뭔지 말씀해주시면 제가 조심하겠습니다."

"너 지금 애들 앞에서 나한테 기어오르냐?"

"기어오르는 게 아니라 정확히 알고 싶어서 그럽니다. 가르쳐주시면 앞으로 그런 일 없도록 하겠습니다."

군대문화를 좋아하진 않지만 내가 특수한 조직에 속해 있다는 것 정도는 알았다. 나는 내가 속한 조직의 룰을 어길 생각이 없었다. 어제 처음 본 녀석이지만 나보다 한 달이라도 더 고생한 놈이었다. 내가 마음에 들지 않았다면 이유를 알고 싶었다. 겁을 먹어줄 생각은 없지만 기어오를 생각도 없었다. 하지만 꼬인 녀석은 직구를 던져도 받을 줄을 모른다. 형편없는 포수는 투수를 욕하는 법이다.

첫 후송에서 복귀하고 부사수로 경계 근무를 나갔다. 근무를 마치고 돌아오는 길에 사수가 날 데리고 취사장 뒤편 창고로 갔다. 그리고 때렸다. 나는 이유를 물었다. 반항하려는 게 아니었다. 이유를 알아야 다음에 맞을 일이 없지 않겠는가. 이유를 말씀해주시면 앞으로 잘하겠다고 했다. 하지만 녀석은 끝끝내 이유는 말하지 않고 때리기만 했다. 녀석은 막사로 돌아가며 오늘 일은 잊어버리고 앞으로 잘하자고 말했다. 뭘 잘못했는지도 모르는데 어떻게 잘하자는 건지 모를 일이었다. 뭐가 됐든 당당하게 말하지 못하는 걸 보면 같잖은 이유가 분명했다.

"이유를 알고 싶냐? 야, 이 개새끼야."

병실장이 말했다.

어쩌면 이렇게 똑같을까. 혹시 둘이 아는 사이는 아닌지 묻고 싶었지만 일단 들어주기 힘든 욕부터 멈춰야 했다.

"욕하지 마십시오."

"뭐? 진짜 이 씨……."

"욕하지 말라고!"

내가 소리쳤다.

병실이 정적에 휩싸였다. 병실장의 얼굴이 붉어졌다.

나는 모두에게 들릴 정도의 목소리로 말했다.

"자대에서 짬 대우 받느냐고? 못 받는다. 병원 밥 오래 먹었으니 당연한 일이지. 넌 받냐? 자대에서도 이렇게 지랄하면 밑의 애들이 더러워서 피하기는 하겠네. 넌 그게 대우라고 생각하냐?"

병실장은 간호장교의 오른팔이다. 자신이 자리를 비울 때는 병실장을 간호장교로 생각하라 할 정도다. 그런 병실장과 싸우는 건 총을 맞겠단 소리다. 불만이 있어도 대들지 못하는 이유다.

하지만 난 믿는 구석이 있었다. 담당 간호장교인 최대위는 내가 일병을 달고 광통에 와서 온갖 작업을 하던 시절부터 알아왔다. 나는 자대에선 관심사병이지만 광통에선 모범적인 군인이었다. 병실장이 어떤 말로 모함해도 우선 나를 불러 자초지종을 물을 것이다. 그리고 내 말을 믿어줄 것이다. 백병장도 마찬가지다.

먼저 시작한 건 병실장이지만 이제 나도 선을 넘었다. 이렇게 된 이상 다시는 날 건드리지 못하게 해야 했다. 이유도 모르고 이런 꼴이나 당하기엔 나도 이 짓을 너무 오래 했다.

"뭘 보는데? 욕질 말고 할 줄 아는 게 있으면 하든가."

한동안 날 노려보던 병실장은 부들부들 떨며 돌아섰다. 나는 들으라는 듯 비웃었다. 사람은 겸손할 필요가 있다. 나는 곧 내 행동을 후회했다.

병실장이 병실 중앙에 서서 선포했다.

"신환자 새끼가 병장이랍시고 대드는 거 봤냐? 들었냐? 병실 분위기가 얼마나 개판이면 어제 온 새끼가 이러냐! 이래서 제대로 병실 돌아가겠냐!"

병실장이 병실을 둘러보며 말했다.

"이제 다음 주면 나갈 사람들 나가고 신환자들 위에서 내려올 텐데 이런 분위기에서 무슨 신환자를 받겠냐? 잘 들어라. 제대로 기강이 잡힐 때까지 전원 티브이 시청 금지고 병실 밖 출입 금지다. 전원 베드 대기 해! 알겠냐?"

내가 병실장에게 소리를 치고 병실이 조용해졌을 때, 침묵하는 눈빛들 속에선 불안과 함께 호기심도 보였다. 병실장에게 불만이 있을 몇몇은 통쾌해하기까지 했을 것이다. 하지만 지금 흐르는 정적 속에선 분노만이 느껴졌다. 분노의 대상은 나였다.

나한테 한 행동만 봐도 병실장은 자기 멋대로 권력을 휘두르는 놈이 분명했다. 병실의 다른 일들도 어떻게 처리할지 뻔했다. 누가 봐도 병실장이 나에게 한 행동은 무리수였고, 다들 병실장에게 꿍꿍이가 있다고 생각했을 것이다. 하지만 지금 저들에겐 나 때문에 빼앗긴 것들이 그 모든 부당함보다 컸다.

"대답 안 하냐!"

병실장이 소리를 지르자 마지못해 환자들이 대답을 했다.

"선임 병장님들도 불편하시겠지만 협조 부탁드립니다."

병실장은 고개까지 숙여가며 말했다.

선임 병장들은 존재감이 없었다. 집에 갈 날이 얼마 남지 않은 사람들이라 병실 일엔 관심도 없고 나서려고 하지 않았다. 하지만 힘이 없는 건 아니다. 지금 병실장을 세울 때 의견을 모아 간호장교에게 추천한 사람들이 바로 선임 병장들이다. 저들은 자신들이 세운 병실장을 지지할 것이다. 병실장은 자신들을 챙겨주는 존재기도 하니까.

병실의 평화를 깨뜨린 미꾸라지 신세에서 벗어나는 방법은 하나뿐이다. 지금 날 보며 비열하게 웃고 있는 병실장에게 가서 모두가 보는 가운데 고개를 숙이고 용서를 구하는 것이다. 치졸한 줄만 알았더니 교활함도 갖춘 녀석이었다.

군의관실에서 나오는 이지용과 눈이 마주쳤다. 내가 어떻게 할지 궁금하다는 눈빛이었다. 병실장 옆에서 거만한 자세로 앉아 있는 권중현은 재밌는 쇼라도 보는 것처럼 싱글거렸다. 정말 짜증 나는 녀석이다.

　시간이 지날수록 상황은 나빠질 터였다. 나는 마음을 굳히고 슬리퍼를 신었다. 병실장의 입이 찢어졌다. 그 순간, 서부 영화에서 술집 문을 열어젖히는 것처럼 누군가 병실 문을 활짝 열고 안으로 들어왔다. 베드에서 대기하던 모든 환자들의 시선이 그쪽으로 향했다.

　"뭐야 이거, 분위기 왜 이래?"

　박대위가 병실을 둘러보며 말했다.

　그는 환의 차림이었다. 나는 너무 놀라 경례하는 것도 잊었다. 박대위가 슬리퍼를 신고 서 있던 나를 보고 다가왔다.

　"어떻게 오신 겁니까?"

　"어떻게 오긴, 치료받으려고 왔지. 근데 여기 왜 이래? 잠깐 나가자."

　"지금은 나갈 수가 없습니다."

라고 말했지만 나는 내가 나가게 될 것을 알았다. 나뿐 아니라 모두가.

　나는 왜냐고 묻는 박대위에게 상황을 보고했다. 샴페인을 터트리려던 병실장은 승리의 축하연에 난입한 박대위를 불안한 얼굴로 바라봤다. 내 설명을 들은 박대위는 병실장을 손가락으로 가리키고는 화장실로 들어갔다. 나는 웃으며 베드에 앉았다.

7

박대위는 정말 치료를 받으러 왔다. 그는 군의관에게 진료를 받고 정식으로 이비인후과에 입원을 했고 머잖아 수술도 할 예정이었다.

"임관하고 난 다음엔 그래도 괜찮았는데 훈련받을 때는 진짜 미안해 죽는 줄 알았다. 근데 어쩌냐? 내 마음대로 조절이 되는 것도 아니고. 공짜로 수술을 해주는 줄 알았으면 진작 할걸. 너는 코 안 고냐?"

"저는 이를 간답니다. 저도 잘 몰랐는데 군대 와서 알았습니다."

"이 가는 건 수술할 수도 없잖아? 짬 없을 때 힘들었겠다?"

박대위가 웃으며 말했다.

"자대 와서 수건 물고 잤습니다."

"뭐? 진짜야?"

"제 선임은 코 곤다고 방독면 쓰고 잔 적도 있습니다. 그 선임도 여기서 수술받고 좋아진 걸로 압니다. 괜찮아지실 겁니다."

박대위의 얼굴에서 웃음이 사라졌다.

"정말 아주 지랄들을 하는구나. 야, 너희들 걸핏하면 이런 말 하지? 사병의 진짜 적은 간부다. 그래, 내가 하는 일이 일이라서 얼마나 개자식들이 많은지는 잘 안다. 그래도 코 곤다고 방독면 씌우고 이 간다고 수건 물리는 놈은 못 봤다. 사병인데 그 정도면 그런 놈들이 장교가 되면 얼마나 더 나쁜 놈이 되는 거냐?"

"역사책에 나오지 않겠습니까?"

나는 웃으며 말했다.

이병일 때는 본모습이 나오지 않는다. 계급이 올라갈수록 사회에서의 그 사람, 더 나아가 사회에서도 볼 수 없었던, 그 자신도 몰랐던 속사람이 모습을 드러낸다. 군대에 잘 적응하지는 못했지만 우리끼린 늘 서로를 위하고 챙겨주자 했던 사람이 후송에서 돌아가니 사람들 앞에서 후임의 뺨을 때리고 있었다. 그는 이를 갈면 손수건을 물리고 코를 골면 방독면을 씌우는 군대에 결국은 잘 적응한 모양이었다.

나는 가끔 궁금했다. 무릎을 다치지 않았다면 나는 멀쩡한 다리로 어떤 길을 걸어갔을까. 그 길의 끝에서 나 역시 나도 모르던 내안의 괴물과 마주했을까. 한두 마디 말로 쉽게 그들을 욕하고 침을 뱉지 못하는 건 한때는 선해 보였던 그들의 눈빛을 기억하기 때문이었다. 가장 두려웠던 건 기회가 주어진다면 얼마든지 그들처럼 될 수 있는 나 자신이었다.

"요즘도 그러냐?"

박대위가 물었다.

"자대에서 말입니까? 마음껏 갈고 골아도 아무 말도 안 합니다."

"조금씩 나아지고는 있는 거구만."

"그렇습니다. 아, 저 앞입니다."

내가 손을 들어 가리킨 곳은 병원 내 도서관이었다. 동네의 책대여점 수준이지만 삼면이 책들로 가득 찬 방 옆엔 책을 읽을 수 있는 공간도 있었다. 우리는 안으로 들어갔다. 두어 명이 책을 고르고 있었다.

"역사책 같은 머리 아픈 거 말고 팍! 쿵! 악! 뭐 이런 것도 있냐?"

"저쪽에서 보시면 될 것 같습니다."

박대위는 내 안내에 따라 책장에서 책을 골랐다. 나는 반대편으로 향했다.

그동안 새 책이 조금 들어온 것 같았다. 대부분 전에 읽어본 책이기는 했지만 오래전에 봤던 것이라 새로운 번역으로 보고 싶었다. 두 권을 골라 돌아서는데 책장 오른편 제일 위 칸에 천상병 시인의 유고집이 보였다. 사후에 나온 책이 아니라 시인이 고문을 당하고 서울시립정신병원에 입원했을 때 가족들이 시인이 죽었다고 생각하고 발간한 시집이었다. 선한이가 빌려서 들고 다니던 책이기도 했다.

우리는 상병이 되어 두 달의 시차를 두고 광통에서 다시 만났다. 일병일 때는 주로 함께 일을 했지만 두 번째 후송에선 계급이 오른 만큼 둘 다 여유가 있었다. 여전히 체육관 청소를 함께 했던 우리는 나머지 시간엔 거의 도서관에 있었다. 나는 그제야 선한이가 나와 스물넷 동갑이란 사실을 알았다. 도서관이 문을 닫는 저녁이면 텔레비전 소리가 가득한 병실을 나와 병원을 한 바퀴 돌았다. 우리는 걸으며 서로가 읽은 책들에 대해 이야기했고, 책을 바꿔 보기도 했다. 선한이는 시나 수필을 좋아했고, 나는 추리소설과 고전을 빌려 봤다.

유고 시집을 펼쳐 봤다. 접혀 있던 페이지가 열렸다. 우리가 태어난 해에 발표된 시였다.

아버지 어머니는
고향 산소에 있고,

외톨배기 나는
서울에 있고,

형과 누이들은
부산에 있는데

여비가 없으니
가지 못한다.

저승 가는 데도
여비가 든다면
나는 영영

가지도 못하나?

생각느니, 아,
인생은 얼마나 깊은 것인가.

좋아하는 시라며 선한이가 「귀천」을 들려줬을 때 나는 너무 유명한 시라는 이유로 핀잔을 줬지만 실은 「귀천」 말고는 시인의 시를 몰랐다. 이 시도 처음 보는 것이었는데 「귀천」과는 사뭇 다른 분위기에 놀랐다. 같은 사람이 쓴 시인데도 삶과 죽음을 바라보는 시선이 너무 달라 보였다. 더욱이 이 시는 억울하게 끌려가기 전에 쓴 시다. 정작 모진 고문을 당하고 난 후에 쓴 시가 「귀천」이란 것이 아이러니했다.

어쩌면 선한이는 그 변화 때문에 「귀천」을 좋아했던 것이 아닐까. 모든 것이 나쁘게만 변해가는 것 같은 세상 속에서 오히려 삶을 긍정하고 그 마지막에는 감사로 인생을 끝낸 사람이 있다는 사실에 선한이는 희망을 가진 것이 아닐까.

선한이가 살아 있었다면 오늘밤 함께 병원을 돌며 할 이야기는 이것이었겠지.

나는 시집을 제자리에 꽂아놓고 돌아섰다. 박대위가 책 한 권을 펼쳐 들고 낄낄대고 있었다.

"고르셨습니까?"

내가 말했다.

"어, 이거 골 때린다. 넌 골랐냐?"

"그렇습니다."

"나가서 커피 한잔 하자."

우리는 도서관을 나가 취사장 뒤편으로 갔다. 자판기와 공중전화가 있는 곳엔 사람들이 모이기 마련이지만 병실과 떨어진 이곳은 식사가 끝날 시간에만 북적였다. 점심 전인 지금은 쓸쓸함이 느껴질 정도로 한산했다.

"커피?"

박대위가 동전을 자판기에 넣었다.

"저는 코코아 마시겠습니다."

"애처럼 코코아가 뭐냐? 커피 안 마셔? 너 담배도 안 하지?"

"그렇습니다."

"술도 별로 안 할 것 같고……. 무슨 재미로 사냐?"

"그런 것들 안 한다고 사는 재미가 없으면 너무 서글픈 인생 아닙니까?"

"말은 잘해요. 마음의 양식을 많이 처먹어서 잘하나?"

박대위가 코코아를 뽑아 건넸다.

커피도, 술도, 담배도, 게임도 관심이 없던 내가 어릴 때부터 빠져든 것은 활자였다. 나는 닥치는 대로 책을 읽었다. 무슨 뜻인지도 모르면서 잡히는 대로 집에 있는 책들을 전부 읽어치우고는 친구 집을 갈 때마다 양손에 책을 한 가득 들고 돌아왔다. 부모님이 골라준 것이 아니라 내가 스스로 원했던 최초의 생일 선물은 셜록 홈즈 시리즈였다. 추리소설만 사주긴 뭐했는지 함께 안겨준 세계문학전집까지 다 읽어내는 데 오랜 시간이 걸리지 않았다.

"그래, 오늘 드실 마음의 양식은 뭐야?"

박대위가 커피를 뽑아 마시며 말했다.

나는 책을 들어 보였다. 내가 고른 책은 각주가 달린 『셜록 홈즈』와 도스토옙스키의 『카라마조프 가의 형제들』이었다.

"야, 그런 책은 블랙커피랑 같이 읽어줘야 하는 거 아니냐? 그리고 코코아에 밥 말아 먹는 것도 아니고 조합이 그게 뭐야?"

"『셜록 홈즈』도 추리소설의 고전입니다. 그리고 도스토옙스키 책도 일종의 범죄소설입니다. 그래서 그런지 살아 있을 땐 욕도 꽤 먹었습니다."

나는 항변하듯 말했다.

"진짜냐?"

"네, 좋은 평을 받은 작품도 많았지만 어떤 평론가에겐 돈이면 뭐든 다 쓸 쓰레기라는 말까지 들은 적이 있습니다. 죽고 난 다음엔 러시아 전역에서 모여든 추모객들이 모스크바 광장을 가득 채웠지만 말입니다."

"살아 있을 때 좀 알아주지 그랬다냐?"

"모두한테 사랑받을 수는 없지 않습니까?"

"그 사람 평안히는 죽었냐?"

"그렇습니다."

도스토옙스키는 급진적인 사회주의 모임에 가담, 사형을 선고받았다가 감형을 받아 시베리아로 유배를 떠났다. 그는 그곳에서 성경을 접하고 기독교인이 됐다. 도스토옙스키는 육십 세에 사망했는데 아내가 보는 가운데 시베리아 유배 시절부터 갖고 있던 성경책을 가슴에 안고 죽었다.

우리는 한동안 말없이 커피와 코코아를 홀짝거렸다. 말은 안 했지만 우리는 같은 사람을 생각하고 있었다. 백 미터도 떨어지지 않은 곳에서 스스로 목을 매달아 죽은 녀석이었다.

"어제 왔으니 별건 없겠지만 혹시 보고할 거라도 있나?"

박대위가 다 마신 종이컵을 구겼다.

"아직 특별한 건 없습니다."

"너 똑똑한 놈이니까 정선한 병장이 누군지는 짐작할 거라고 생각한다. 우리 소관도 아니고 헌병대는 이미 조사를 마쳤어. 자살은 확실하고 동기는 불확실하다. 병원에 있으면서 가혹 행위를 당할 것도 없고 제대가 멀지도 않은 병장이다. 아마 알 수 없는 개인적인 사유가 있을 걸로 판단된다. 하지만 부모 입장은 이런 걸로 만족할 수가 없지 않나? 그렇다고 너에게 정답을 요구하는 건 아니다. 죽은 놈 말고 그걸 누가 알겠어? 유서도 없고 말이야. 이곳을 잘 알고 또 적어도 이 울타리 안에서 정선한 병장과 가장 가까웠던 너라면 뭔가 잡아낼 수도 있지 않나 하는 거야. 너보고 셜록 홈즈가 되라는 건 아니니까 오늘처럼 소란을 벌이거나 하면 곤란해. 알겠냐?"

"알겠습니다."

"오케이, 나 먼저 들어간다. 무슨 일 있으면 내려오고 자리에 없거든 이 번호로 전화해."

박대위가 종이컵을 버리고 주머니에서 수첩을 꺼내 번호를 적어 줬다.

문득 선한이가 들고 다니던 노트가 생각났다. 나는 번호를 건네

받으며 말했다.

"대위님, 혹시 선한이 유품 중에 파란 노트 없었습니까?"

"응? 아니, 그런 건 없었던 걸로 아는데."

"선한이가 늘 지니고 다니던 겁니다. 다 썼다고 버릴 물건도 아닙니다."

"그래? 일단 다시 한 번 알아보지."

"알겠습니다. 충성."

나는 경례를 했다. 박대위는 손을 흔들고 일 층 이비인후과 병실로 향했다.

선한이는 화장실에 갈 때도 노트를 주머니에 넣고 다녔다. 선한이에게 노트는 몸의 일부나 마찬가지였다. 체육관에서 노트가 발견되지 않았단 소리는 시신의 일부가 없는 상태였다는 말과 같다.

점심시간이 가까워지자 취사장에서 음식 냄새가 났다. 배가 고프면 머리가 돌아가지 않는다. 나는 취사장으로 들어갔다.

8

　빌립은 예수의 첫 번째 제자다. 하지만 수제자는 베드로고 애제
자는 요한이었다. 빌립은 두뇌 회전이 빠르고 계산에 능한 사람이
었지만 자신의 생각에 갇혀 있을 때가 많았다. 그는 예수의 말을
귀로는 들었지만 참뜻은 좀처럼 이해하지 못했다. 생각이 많은 만
큼 의심도 많은 빌립은 예수에게 하나님을 보여달라고 청했지만 예
수는 날 보고도 알지 못하느냐고 답했다. 빌립은 그 대답에 만족하
지 못했을 것이다.

　왜 수많은 성경의 인물 중 빌립의 이름을 나에게 붙였는지 모르
지만 아버지의 작명은 적절했다. 나는 의심이 많고 논리적으로 이해
가 되지 않는 것은 받아들이지 못했다. 그렇다고 셜록 홈즈와 같은
남다른 통찰력을 가진 건 아니었다. 잘 봐줘야 왓슨 정도가 내가 맡
을 수 있는 배역이었다. 박대위는 내게 탐정놀이를 하지 말라고 했
지만 셜록 홈즈가 되고 싶어도 나에겐 그럴 능력이 없었다.

오후 내내 노트에 대해 생각해봤다. 생각할수록 이해는 가지 않고 의심은 깊어졌다. 어떤 가설도 만족스럽지 않았다. 선한이는 한 번도 청소 시간에 늦은 적이 없는 녀석이다. 청소 도구는 항상 두는 그 자리에 같은 모양으로 됐다. 늘 지니고 다니는 물건을 잊어버리는 것도, 잃어버리는 것도 이해하기 힘들었다.

목을 매려면 줄도 준비를 하고 시간과 장소에 대한 생각도 해야 한다. 충동만이 아닌 계획이 필요했다. 자살 이후의 일에 대해서도 생각을 했다면 노트가 공개되길 원치 않아 버렸을 수 있다. 아니면 누군가 다른 사람이 버렸거나. 그 경우에도 이유는 노트가 공개되길 원치 않아서였을 것이다. 그런데 그럴 만한 내용이 있었을까.

딱 한 번 그 노트를 펼쳐 본 적이 있다. 화장실을 다녀오는데 갑자기 누가 면회를 왔다며 선한이가 병실을 나갔다. 얼마나 급했는지 침대에 노트를 두고 갔다. 매일 뭘 그리 적나 궁금했던 나는 노트를 펼쳐 봤다. 노트엔 주로 시들이 적혀 있었다. 시인의 이름이 없는 건 선한이가 쓴 시 같았다. 천천히 감상을 하려는데 노트를 두고 간 걸 깨달은 선한이가 돌아왔다. 선한이는 미식축구를 하는 것처럼 나에게 달려들었다. 나는 조금이라도 더 보고 싶어 몸을 돌리며 노트를 넘겼다. 노트 뒤편에 선한이가 그린 그림이 보였다. 얼핏 봐도 수준급의 실력이었다. 자세히 보고 싶었지만 선한이는 신경질적으로 내 손에서 노트를 빼앗아 갔다. 기분이 나쁘기보단 예상치 못했던 반응이라 놀랐다. 나뿐 아니라 선한이 스스로도 자신의 행동에 놀란 것 같았다. 나는 미안하다고 했지만 녀석은 대답도 하지 않고 면회실로 내려갔다. 삐쳤는지 하루 동안이나 말이 없던 녀석은 다음 날이 돼서야 어색하게 웃으며 미안하다고 했다.

안무 중 북한 공작원에게 수신호를 보낸다는 이유로 금지곡이 된 노래도 있다지만 아무리 생각해도 선한이의 시 속에 비밀이 숨겨져 있을 거란 생각은 들지 않았다.

"뭘 보십니까?"

보지도 않는 책을 펼쳐놓고 생각의 미로를 헤매던 나는 깜짝 놀라 돌아봤다.

옆에 이지용이 와 있었다. 녀석은 싱글거리며 책 표지를 들춰 봤다.

"추리소설 좋아하십니까?"

"무슨 일이야?"

나는 정색하고 책을 덮었다.

"그냥 다들 티브이 보는데 혼자 계셔서 와봤습니다. 시끄러우시면 군의관실에서 읽으셔도 됩니다. 저녁엔 비어 있습니다."

"내가 알아서 할게."

나는 이지용의 능글능글함이 마음에 들지 않았다. 녀석의 본모습 같지가 않았기 때문이다.

"낮에 오신 대위님은 개인적으로 아는 사이십니까?"

이지용이 물었다.

"왜?"

나 스스로도 필요 이상으로 까칠하다고 생각했다. 하지만 나는 잘 알지도 못하는 사람이 오랜 친구처럼 구는 것을 신뢰하지 않았다. 선한이와 친해지는 데 시간이 오래 걸린 이유다. 더욱이 이지용은 도우미다. 내가 군의관을 통해 입원하지 않았다는 것을 대충은 알 터였다. 그런 녀석이 민감한 질문을 하니 신경이 날카로워졌다.

"아닙니다. 그냥 뭔가 평범한 분 같지가 않아서 말입니다. 혹시 대단한 분인가 하고······."

"인터넷 유머집이나 보면서 낄낄대는 아저씨야. 군대니까 내가 장교입네 하면서 거들먹거리는 거지."

나는 마음속으로 이비인후과를 향해 경례를 했다.

"병실장 말입니다."

이지용이 내 베드에 걸터앉으며 운을 뗐다.

"병실장이 왜?"

나는 신경이 쓰여 뒤를 돌아봤다.

"지금 없습니다. 패거리들끼리 피엑스에 갔습니다."

이지용은 자신은 그 패거리와 아무런 관련도 없다는 것처럼 말했다.

그럴 만도 했다. 도우미는 병실장의 권한 밖에 있었다. 병실장이 간호장교 직속이라면 도우미는 군의관 직속이니 꿀릴 게 없었다. 베드 대기를 걸어도 군의관이 시켰다는 한마디면 무용지물이었다. 다만 계급이 높아도 도우미는 병실 안의 일에 관여하지 않았다. 열외 병력이나 마찬가지였으니 당연한 일이었다.

"오늘 일 어떻게 생각하십니까?"

이지용이 심각하게 말했다.

병실엔 사람들이 많았지만 대부분 텔레비전 쪽으로 이동해 있었다.

"무슨 뜻이냐?"

"오늘 보셔서 아시지 않습니까? 지금 병실장은 문제가 많습니다. 밑에서 불만이 한두 가지가 아닙니다. 자기 맘에 안 들면 시비 거는 건 기본이고 자기 패거리만 챙기면서 편한 청소 구역을 배정해주고 나머진 더럽고 힘든 곳으로 보내버립니다. 베드 대기도 솔직히 요일별로 무슨 작업이 나오는지 빤하지 않습니까? 마음에 안 드는 사람들 한 베드로 몰아넣어서 제일 빡센 요일로 보내고, 편한 날은 자기 패거리들한테 맡기고 말입니다. 배식차도 자기들 위주로 운영해서 좋은 반찬이랑 부식들은 자기들이 먼저 챙기고, 환의도 좋은 건 자기들부터 입습니다. 선임 병장들이야 알아서 챙겨주니 불만이 없지만 밑에서는 죽을 맛입니다."

구구절절하게 설명했지만 굳이 말할 필요도 없는 일이었다. 이전에 내가 경험한 병실장들도 다 했던 일이니까. 그것이 시스템이다. 사람은 바뀌어도 시스템은 변하지 않았다.

저번 후송에서 만난 병실장은 권중현을 앞세워서 자기 뜻대로 병실을 꾸려갔다. 일병과 이병들은 권중현을 욕할 뿐 병실장은 나쁘게 생각하지 않았지만 권중현보다 선임인 상병들은 권중현이 병실장의 꼭두각시임을 알았다. 꼭두각시 노릇을 자처한 건 권중현 본인이고 덕분에 편하게 지냈으니 서로 이용해먹는 사이라고 봐야 했다.

"그래서? 나한테 그런 이야기 해봐야 뭐하냐? 문제 생길 때마다 밑에서 불러오라고?"

"귀찮게 그럴 필요가 있습니까? 근본적인 원인을 없애면 되지 않겠습니까?"

이지용이 말했다.

뒤에서 '와하하' 하는 웃음소리가 터졌다.

나는 뒤를 돌아봤다. 텔레비전에선 시트콤 「논스톱 3」가 방영되는 중이었다. 나는 다시 이지용을 봤다.

내가 제대로 이해한 거라면 이 일병 나부랭이가 지금 나에게 병실장을 갈아치우자고 하고 있다.

"오늘처럼 베드 대기 정도야 풀어줄 수도 있지. 하지만 무슨 수로 병실장을 끌어내리냐? 그 아저씨도 환자야. 그리고 무슨 별이라도 단 줄 알아? 그냥 대위야."

"당연히 그 대위님이 하시는 건 아닙니다."

"그럼 누가?"

"병장님이 하십니다."

"뭐?"

"오늘 병장님은 모두가 보는 앞에서 병실장과 맞섰습니다. 그리고 이겼습니다."

"내 힘은 아니었지."

"무슨 상관입니까? 베드 대기가 풀리고 무슨 말들이 나왔겠습니까? 다들 통쾌하다고 난리도 아니었습니다. 병실장 패거리들 빼놓고 말입니다. 지금까진 병실장과 맞서려고 해도 구심점이 없었습니다. 하지만 병장님이 나서주신다면 여론을 등에 업고 나갈 수 있습니다. 여길 잘 아실뿐더러 간호장교나 의무병하고도 친하지 않습니까? 저도 돕겠습니다."

이지용이 내 오른쪽 무릎에 손을 댔다. 자신의 제안을 따르기만

한다면 당장이라도 내 무릎을 치료해줄 기세였다.

　불가능한 이야기는 아니었다. 병실장은 필요에 의해 만들어진 비공식적인 자리다. 임기가 정해진 것도 아니고 사정이 있다면 얼마든지 바뀔 수 있다. 실제로 비슷한 일이 이전에도 있었다.

　군대에서든 사회에서든 앞뒤 가리지 않고 행동하는 녀석만큼 무서운 것도 없다. 두 번째 후송이었던 올해 오월 신환자 중에 그런 녀석이 있었다. 일병이었는데 겁이 없었다. 권중현이 신참 잡기를 했다가 오히려 모두 앞에서 쌍욕을 먹으며 개망신을 당했다. 위아래 가리지 않고 미움을 받던 권중현을 묵사발로 만들었으니 녀석이 스타가 된 것은 당연했다. 주변에서 녀석을 부추겼고 결국 그는 앞장서서 병실장에게 정식으로 병실 시스템의 개선을 요구했다. 혼자 부딪치는 것은 계란으로 바위 치기겠지만 바닥 민심을 등에 업은 녀석은 망치와 같았다. 평범한 오월이었다면 병실장이 요구를 수용했을지도 모른다. 하지만 올해 오월은 특별했다. 2002년 월드컵이 열렸기 때문이다. 양측의 대립이 길어지는 가운데 오월 삼십일 일 개막식이 다가왔다. 자칫 분쟁이 표면으로 드러났다가 월드컵을 놓치는 사태는 아무도 원치 않았다. 양측은 합의하에 월드컵 기간에는 축구를 즐기기로 했다. 평범한 월드컵이었다면 축제는 길지 않았을 것이다. 하지만 2002년 월드컵은 꿈이 이뤄지는 순간이었다. 대한민국 국가 대표팀은 선전을 거듭하며 4강까지 진출했다. 그 기간 동안 병실은 하나가 됐다. 장례식장에서조차 환호가 나올 정도였으니 자잘한 불만들은 자취를 감췄다. 하지만 꿈은 언젠가 깨기 마련이다. 대한민국이 독일에게 패배한 다음 날, 군의관은 병실에 기관총을 난사했다. 망치뿐 아니라 망치를 지지하는 데 앞장 섰던 환자들이 모두 퇴원 조치됐다. 이틀 후 최종전에서 대한민국이 터키에게 패배를 하자 월드컵 기간 동안 서울광장을 붉게 물들였던 사람들은 각자의 자리로 돌아갔다. 병실도 예전으로 돌아갔다.

"난 싫다."

나는 내 무릎에 올린 이지용의 손을 내리며 말했다.

"왜입니까?"

이지용은 이해하지 못하겠단 얼굴이었다.

"너한테 설명을 해야 하나?"

"그건 아닙니다……. 하지만……."

나는 책을 펼치며 녀석의 말을 들을 생각이 없다는 뜻을 명확히 했다. 이지용은 잠시 그대로 있다가 뭔가를 중얼거리며 군의관실로 돌아갔다.

등 뒤에서 환자들의 웃음소리가 들려왔다.

9

 토요일은 병원을 대청소하는 날이다. 중환자들은 물리치료실에
가 있고, 병실의 베드를 복도로 다 뺀 후 먼저 바닥을 쓸고 물청소
까지 한다. 청소를 마치면 전원이 베드에 대기한 상태로 점검을 받
는다. 이때 청소 상태뿐 아니라 소지 물품에 대한 검사도 이뤄진다.
워크맨이나 시디플레이어, 미니 텔레비전 같은 것을 갖고 있는 녀석
들은 재주껏 숨긴다. 검사가 까다롭지는 않아 걸릴 가능성은 별로
없지만 확실한 걸 원하는 녀석들은 병실 천장을 이용했다. 상가나
학원 천장에서 볼 수 있는 직사각형 형태의 텍스로 돼 있어 드라이
버로 나사못을 돌려 한 장을 빼내고 그 위에 보관해두면 안전했다.
혹시나 해서 예전 선한이 자리 위 천장을 확인해봤지만 노트는 없
었다.
 병장은 청소를 할 필요가 없지만 나는 적당히 도왔다. 병실장과
부딪친 다음 날부터 나는 아침 점호에도 나갔다. 참석했다는 걸 보

여주려고 일부러 앞쪽에 서서 애국가도 불렀다. 나의 임무는 녀석과 싸우는 것이 아니다. 나에겐 할 일이 있다.

청소와 검사가 끝나고 베드 회식을 하러 면회실로 내려갔다. 내가 온 날에 총을 맞아 다음 주에 퇴원을 하는 식구 송별회 겸 나의 환영회였다. 면회실은 주말을 맞아 면회를 온 방문객들로 북적댔다. 다채로운 음식 냄새가 코를 찔렀다. 원칙상 면회객이 갖고 온 음식 외에는 영내로 반입할 수 없지만 일선 부대와 달리 광통의 면회실은 통제가 느슨했다. 면회실 안에는 광통 주변의 음식점 배달원들이 음식과 함께 넣어준 스티커들이 붙어 있었다. 우리는 다른 환자를 찾아온 면회객에게 전화를 빌려 찜닭을 시켰다.

통성명은 끝난 처지인 데다 나는 광통에 대해 잘 알기에 떠나는 친구들에게 초점이 맞춰 진행됐다. 우리 베드에선 두 명이 총을 맞았는데 한 사람은 나보다 선임이라 버티다 집에 가면 되는 입장이었지만 다른 한 명은 아직 일병이라 걱정이 컸다. 녀석은 공병대 출신인데 축구를 하다 다리가 돌아갔다. 통증이 심하고 붓기도 했지만 의무대에서 쉬다가 자대로 복귀했다. 하지만 이후에도 통증이 지속적으로 느껴져 외진으로 광통을 찾았다. 타박상 운운하며 시간을 낭비하다 몇 번을 연속해서 진료를 받으러 오니 그제야 촬영 허가를 내줬다. 하지만 광통엔 엑스레이 말고는 없었다. CT를 찍으려면 대전국군병원으로 가야 하는데 그마저도 대기자들이 많아 시간이 한참 걸렸다. 결국 녀석은 휴가를 나가 사비를 들여 MRI를 찍고 복귀해 필름을 제출했다. 결과는 전방십자인대 부분 파열이었다. 하지만 완전 파열이거나 그에 준하는 상태가 아닌 경우 수술은 해주지 않았다. 광통에서 제공할 수 있는 건 진통제와 물리치료 그리고 휴식뿐이었다. 하지만 그런다고 무릎이 정상으로 돌아가지는 않는다. 결국 녀석은 인대가 부분적으로 끊어진 상태로 4급 판정을 받고 자대로 돌아가야 했다. 나는 나의 내일도 알 수 없지만 녀석의 다음 주가 어떤 모습일지는 알 것 같았다. 녀석은 우울한 얼굴로 퍽퍽한 가슴살을 씹어댔다.

안타까운 일이지만 내 마음은 찾지 못한 노트에 가 있었다. 나는 면회실에 온 사람들을 보며 선한이가 노트를 두고 면회실로 내려간 날을 생각했다. 좀처럼 침착함을 잃지 않는 녀석이 당황한 걸 보면 짝사랑하던 여자라도 왔던 건가 싶었다. 제법 친했다고 생각했는데 막상 선한이에 대해 아는 것이 별로 없었다. 유일하게 친구라고 여겼던 녀석에 대해서도 아는 것이 많지 않다는 게 부끄러웠다. 그에 비하면 이병 시절에 했던 바보 같은 실수들은 아무것도 아니었다.

병실로 돌아가는 길에 곧 퇴원할 일병이 뒤에 떨어져 걷던 내 옆에 와 말을 걸었다.

"여기 세 번째 후송이시라고 들었습니다."

"어, 그렇게 됐네."

"혹시 기술자라고 들어보셨습니까?"

녀석은 앞에 가는 사람들의 눈치를 살피며 말했다.

본인들은 듣기 싫어할지 모르지만 의사는 사람을 살리는 기술자라 해도 좋겠다. 실력만 보자면 문대위는 좋은 기술자다. 군병원을 믿지 못해 밖에 나가 수술을 하는 경우도 많지만 환경이 문제지 능력이 없는 건 아니다. 시설의 한계 때문인지 외부에서 수술을 받는 것보단 흉터가 컸지만 선임 군의관인 경우 수술 경험이 풍부해 문제가 생기는 경우는 거의 없다고 들었다.

하지만 녀석이 묻는 건 사람을 살리는 기술자가 아니었다. 사람을 부수는 기술자였다. 의사가 라이트 아래 수술대에서 기술을 발휘한다면 사람을 부수는 기술자는 어둠 속에서 활동한다. 소문에 따르면 환자가 기술자에게 접근할 방법은 없다. 기술자가 먼저 작업을 받아들일 만한 환자를 골라 접선을 시도한다. 여기서 작업이란 제대할 정도로 몸을 부수는 걸 의미하고, 받아들일 만한 환자란 내 옆의 녀석처럼 몸에 문제가 있지만 치료는 안 되고 제대도 할 수 없는 경우를 말한다. 관리만 잘했다면 정상적인 생활이 가능했을 사람이 다 낫지 않은 상태에서 복귀해 훈련을 뛰다가 장애 판정까지 받았단 이야기를 듣고 나면 누구라도 그런 이야기에 관심을 갖게 되었다. 하지만 소문만 무성할 뿐 그렇게 제대했다는 사람은 본 적이 없었다. 기술자는 탄약고 귀신 같은 존재였다.

"너희 부대엔 귀신 이야기 없냐?"

내가 녀석에게 말했다.

"네?"

"부른다고 귀신이 나오지도 않을 거고 나온다고 해봐야 귀신이 뭐 좋은 걸 해주겠냐?"

"무슨 말씀이신지……."

"귀신 씻나락 까먹는 소리 하지 말라고. 세 번이나 후송 오면서 내가 뭘 봤을 거 같아? 너 같은 경우가 한둘인 줄 알아? 그런데 왜 기술자가 제대시켜줬다는 사람은 하나도 없을까? 왜 오던 인간들이 계속 또 올까?"

녀석은 산타클로스가 없다는 걸 알게 된 꼬마처럼 시무룩해했다.

"그게 그런 표정 지을 일이냐? 네 몸 망가뜨려줄 사람이 없다는 게 그렇게 서운해?"

"저도 다시 오게 되겠지요?"

"더러운 꼴 많이 볼 거다. 억울하기도 할 거고 모멸감도 느낄 거야. 인간이란 게 이런 거구나, 세상 혼자 왔다 혼자 가는 거구나 싶을 거야. 너 자신이 아무 쓸모도 없게 느껴져서 죽고 싶을 수도 있다. 그래, 나처럼 될 거야. 하지만 여기가 끝은 아니잖아? 나갈 때가 오잖아? 군 생활 잘하지 못했다고 좋은 인생 살지 못하란 법은 없잖아."

녀석은 고개를 끄덕였지만 내 말이 마음에 드는 표정은 아니었다. 어쩔 수 없었다. 내가 해줄 말은 이것뿐이었다. 나는 축 처진 녀석의 어깨를 두드려주고 다시 걸었다.

병실로 돌아오니 환자들이 텔레비전 앞에 모여 있었다. 취침 시간을 넘겨 시작하는 평일 드라마의 재방송 시간이었기 때문이다. 한창 인기 있는 드라마는 김두한의 일대기를 그린 「야인시대」였다. 월드컵이 끝나고 선한이가 다시 후송을 올 때쯤 시작한 프로그램인데 선한이는 이 드라마를 유독 싫어했다. 소리가 들리는 것조차 마음에 들지 않는지 드라마를 할 시간이면 항상 나를 끌고 밖으로 나갔다.

"김두한에게도 좋은 점이 있을 수 있어. 잘한 일도 있겠지. 부하들에게는 좋은 사람이었는지도 몰라. 나는 사람을 쉽게 단정 짓는 게 싫어. 하지만 뭐가 어찌 됐든 폭력은 폭력인 거야. 잘못된 것이고 용납할 수 없는 거라고."

시청률이 올라갈 때마다 선한이의 목소리가 높아졌다.

나는 선한이가 그럴 때마다 웃기만 했다. 선한이는 자기 일로는 화를 내지 않았다. 이해가 되지 않으면 어떤 일이든 받아들이지 않는 나와 달리 선한이는 억울하거나 부당한 일이 있어도 웃고 넘겼다. 그런 녀석이 드라마에 분개하는 모습이 재밌었다.

나도 「야인시대」를 좋아하진 않았다. 사람들은 폭력성이 높은 작품에 우려의 시선을 보내지만 중요한 건 폭력의 강도보다 폭력을 다루는 방식이다. 폭력을 제대로 묘사하면 아무도 그것을 따라 하지 않는다. 맞는 자의 아픔뿐 아니라 때리는 자의 아픔까지도 표현되기 때문이다. 반면 폭력이 멋지게 혹은 우스꽝스럽게 그려질 경우 상처와 고통이 있어야 할 자리를 허세와 웃음이 대신한다. 그런 것을 보며 자란 사람은 폭력을 휘두르며 스스로를 멋지다 생각하고 아파하는 사람을 보며 웃게 된다. 나는 김두한의 발차기에 환호하는 환자들을 지나쳐 후문으로 나갔다.

다른 병실도 김두한의 활약상에 빠져 있는지 공중전화 박스는 한산했다. 나는 신식 전화 박스 안에 들어가려다 투입된 동전이 남아 있는 구식 전화기를 발견했다. 나는 그곳으로 들어갔다. 전화번호부의 여백을 찢어 통화를 하며 낙서를 한 흔적이 있었다. 누군지 모르지만 통화를 오래 한 모양이었다. 전화기 뒤편을 보니 펜을 놓고 갔다. 나는 번호를 누르고 펜을 잡아 손가락으로 돌렸다. 값비싼 펜처럼 보이진 않았지만 손에 감기는 느낌이 좋았다.

단조로운 연결음이 끊어지자 굵직한 목소리가 흘러나왔다.

"박대위입니다."

"충성. 병장 이필립입니다."

"어, 왜?"

"저번에 말씀드린 노트가 궁금해서 연락드렸습니다."

"아……. 노트는 없단다. 파란 노트고 빨간 노트고 비슷한 것도 없어."

"그렇습니까?"

나는 남은 여백에 "노트는 없다. 그럼 어디에?"라고 적었다.

"네 생각은 어떠냐? 거기에 유서라도 적혀 있었을 거 같냐?"

"잘은 모르겠습니다. 하지만 순간적으로라도 노트를 잊어버렸다는 건 그만큼 당황스럽거나 충격적인 일이 있었다는 겁니다. 그 노트는 선한이한테 그런 물건입니다."

"죽으려는 사람한테 그렇게 당황스럽고 충격적인 일이 뭐가 있을까나. 그것 말고는?"

"없습니다. 더 알아보고 또 연락드리겠습니다."

"그래. 근데 넌 하필이면 지금 전화를 거냐? 센스 없게."

"드라마 보십니까?"

나는 웃었다.

"한창 싸울 때 나왔잖아, 임마. 빨리 끊어."

"충성."

나는 수화기를 내려놓았다.

돌아서 전화 박스를 나가려다가 나는 흠칫 놀랐다. 이지용이 두 발자국 정도 떨어져 양손에 커피를 들고 있었다.

"한잔 하시겠습니까?"

이지용이 웃어 보였다.

"미안한데 커피를 안 마신다. 정말이야."

"아…… 그러십니까? 여쭤보고 뽑을걸 그랬네요. 뭐 제가 다 마시지요."

"그냥 줘라. 독약도 아니고 죽을 건 아니니까."

내 말에 이지용은 이러지도 저러지도 못했다.

나는 망설이는 이지용의 오른손에 든 커피를 뺏다시피 하고는 말했다.

"넌 드라마 안 보냐?"

"깡패 새끼들 이야길 뭐가 좋다고 봅니까. 남자니 의리니 하지만 힘 좀 있다고 약한 사람들이나 괴롭히는 비열한 놈들이죠."

이지용이 낮고 어두운 목소리로 말했다.

무엇을 생각하는지 알 수 없는 얼굴로 일병답지 않게 여유가 넘치던 녀석이 갑자기 여과되지 않은 감정을 드러내는 게 놀라웠다. 이지용은 내 놀란 눈을 보고 금방 원래의 웃는 낯으로 돌아왔지만 나는 방금 본 얼굴이야말로 이지용의 진짜 모습이 아닐까 하는 생각이 들었다.

"뭐 당한 거라도 있냐?"

"깡패들 좋아하는 사람이 어디 있습니까?"

슬쩍 찔러봤지만 이지용은 커피 광고에나 어울릴 얼굴로 돌아간 지 오래였다. 그리고 이번엔 녀석의 차례였다.

"뒤에 있다가 우연찮게 들었는데 뭘 찾고 계신 모양입니다."

쓰디쓴 커피를 받아 마신 게 다행이었다. 나는 한 모금을 마시고 마음껏 인상을 썼다.

"커피를 정말 싫어하시는가 봅니다. 괜히 저 때문에……."

이지용이 전혀 미안하지 않은 얼굴로 말했다.

남은 커피를 녀석의 얼굴에 부어주고 싶었지만 주워 담지 못하는 건 말만으로도 충분했다. 나는 커피를 바닥에 쏟고는 컵을 쓰레기통에 버렸다. 그리고 방금 전 내 부주의함에 대한 아쉬움과 미련도 함께 쏟아버렸다. 반성은 필요하지만 후회는 부질없다.

"혹시 선한이가 들고 다니던 노트 못 봤나? 손바닥 정도 크기의 파란 노트인데."

내가 담담하게 말했다.

"본 것도 같습니다. 그런데 그게 왜……."

"선한이한테 소중한 물건이거든. 유품 중에 그 노트가 없었다고 해서 말이야."

"그렇습니까? 그건 잘 모르겠습니다."

은테 안경 위로 이지용의 미간이 찌푸려졌다. 시험 종료 시간이 다가왔는데 미처 풀지 못한 문제를 발견한 우등생 같았다.

"다른 건 뭐 아나?"

"네?"

"방금 그건 모른다며. 다른 건 안다는 것처럼 들려서."

이지용은 소주를 털어 넣는 것처럼 남은 커피를 단번에 마셨다.

녀석이 인상을 쓰며 말했다.

"뭘 알고 싶으십니까? 정선한 병장이 왜 자살했는지? 그 노트에 유서라도 있을 것 같아 찾는 겁니까?"

"아는 게 있나?"

"사는 것보다 죽는 게 차라리 나을 거 같아서 아니겠습니까? 자살하는 데 무슨 다른 이유가 있겠습니까?"

"그러니까 왜 그런 생각을 하게 됐느냐는 거지."

"본인 말고 그걸 누가 알겠습니까? 그리고 그걸 알아내서 뭐합니까?"

"뭐하느냐니? 사람이 죽었는데 이유는 알아야지."

"타살이나 사고사라면 알아내야겠지만 자살 아닙니까? 알아주길 바라는 이유가 있었으면 유서를 쓰지 않았겠습니까? 유서도 없다면 그 죽음의 이유를 파헤칠 필요가 있습니까? 조용히 애도하는 것이 고인의 선택을 존중하는 거 아닙니까?"

"선택? 자살이 선택이 될 수 있나?"

"병장님 책 좋아하시지 않습니까. 책을 읽는데 말입니다, 이게 너무 지루하고 재미없는 겁니다. 억지로 보라고 하면 더 이상 보는 것이 고통스러울 정도로 말입니다. 그러면 책장을 덮어도 되는 거 아닙니까? 굳이 마지막까지 그 고통을 참아내야 합니까?"

"책이라면 덮어도 되겠지."

"크게 다를 게 있습니까? 결국 책이란 것도 인생이 담겨 있는 거잖습니까. 그래서 읽는 거 아닙니까?"

이지용의 입에서 이런 말이 나올 줄은 몰랐다. 그럴듯한 비유였다.

선한이는 이 세상의 삶이 소풍이길 바랐던 녀석이다. 자살이라는 결말은 선한이가 적은 게 아니다. 그런 면에서 이지용의 말은 맞았다. 선한이는 작가의 입장에서 마침표를 찍은 게 아니라 자신의 이야기를 읽는 독자의 입장에서 책장을 덮었다. 선한이는 다음 페이지를 보기가 두려웠던 것이다. 그렇다면 그런 이야기를 써 내려간 작가는 누구인가. 선한이는 누구에게 자신의 이야기를 적게 한 것일까.

작가들에게는 고유의 문체가 있다. 표지에 이름이 적혀 있지 않아도 스타일이 확고한 작가들은 글로 자신을 드러낸다. 선한이의 죽음은 아버지의 죽음처럼 이르고 갑작스러웠지만 전혀 다른 문체로 그려져 있었다. 나는 그 글을 쓴 작가의 손목을 낚아채고 싶었다. 커피를 든 이지용의 하얗고 가는 손목이 눈에 들어왔다. 나는 아마도 그 작가의 손목이 저렇게 생기지 않았을까 하는 생각이 들었다.

나는 녀석에게 다가섰다. 이지용이 흠칫하며 뒤로 물러섰다.

갑자기 계단 위 병실 쪽이 시끄러워졌다. 드라마가 끝났는지 후문이 열리고 환자들이 몰려나왔다. 우리 둘만 있던 공간이 순식간에 사람들로 채워졌다. 담배 연기와 욕설과 함께 시끌벅적한 대화들이 오갔다. 우리는 그들 사이에서 담배를 피우지도, 욕을 하지도 않고, 아무런 말도 없이 서로를 노려봤다.

10

반납일이 됐는데 책을 다 읽지 못했다. 책도 두꺼웠지만 이지용이 한 말이 책장을 넘길 때마다 생각났기 때문이다.

우리의 인생을 한 권의 책이라고 하면 우리는 결말은커녕 다음 페이지에 일어날 일도 알 수 없다. 우리가 알 수 있는 건 오직 지금 우리가 읽고 있는 부분뿐이다. 우리는 뒷부분을 예측하려 하지만 인생이란 책은 늘 독자의 예상을 뛰어넘는다. 지금까지 읽어온 내 인생을 돌이켜보면 좋은 쪽이든 나쁜 쪽이든 내 생각대로 삶이 흘러간 적은 없었다. 어떤 부분이 마음에 들지 않는다고 다른 책을 집어 들 수도 없는 상황에서 내가 할 수 있는 선택은 작가를 바꾸는 것이었지만 그 후로도 내 인생이 읽기 편해지진 않았다. 그럼 다음에 할 수 있는 선택은 무엇일까. 이지용이 말한 대로 책을 덮어버리는 것이 선택이 될 수 있을까. 아니면 언제나 내 생각과는 달랐던, 알 수 없는 다음 페이지를 펼쳐야 할까.

이제껏 수많은 책을 읽었다. 지루한 책도 있었고, 어려운 책도 있었지만 나는 중간에 책을 덮은 적이 없다. 좋으면 좋은 대로, 싫으면 싫은 대로 의미가 있었다. 그만큼 나는 책을 좋아했다. 지루하다고 쉽게 책을 덮는 사람은 실은 책을 별로 좋아하지 않는 사람이 아닐까. 삶을 사랑하는 사람에게 인생은 덮을 수 없는 책이다. 결코 소설같이 흘러가지 않는 일상의 지루함이나 남루한 현실의 한 페이지도 책장을 넘기는 그의 손을 멈추게 하지 못할 것이다.

나는 오후에야 『셜록 홈즈』를 다 읽었다. 남은 시간 동안 『카라마조프 가의 형제들』을 읽는 건 무리였다. 나는 반납을 했다가 다시 빌리기로 했다.

"미용 봉사 왔답니다."

일병이 병실 앞에서 외치자 짬밥이 안 되는 환자들이 복창하며 전달했다.

자대엔 깍새라고 불리는 이발병이 있다. 물론 정식 보직은 아니다. 사수 깍새의 계급이 올라가는 속도에 맞춰 소대별로 부사수를 뽑아 교육을 시킨다. 군인 머리야 거기서 거기지만 손재주가 있고 없고는 차이가 있다. 괜히 소대별로 뽑아놓은 게 아닌데도 병장 정도 되면 잘 자른다고 소문이 난 이발병들을 불러 자신의 머리를 맡긴다.

광통엔 이발병이 없다. 대신 내일의 헤어 아티스트를 꿈꾸는 아주머니들이 있다. 일주일에 한 번씩 미용사가 되고 싶어 하는 아주머니들이 방문해 무료로 머리를 잘라준다. 자원 봉사라지만 연습의 의미가 크다.

자대에선 밤샘 근무를 서느라 머리 자를 타이밍을 잡기도 어려왔다. 나는 책을 들고 이발실로 가는 무리들 속에 뛰어들었다.

나는 먼저 도서관에 들러 책을 반납하고 맞은편에 있는 이발실로 들어갔다. 벽면이 유리로 되어 있는 직사각형 형태의 방에선 십여 명의 아주머니들이 도구를 꺼내고 있었다. 아주머니들 사이에도 실력의 우열은 존재했기에 전담 디자이너를 고집하는 환자들도 있었지만 나는 머리를 빡빡 밀기 때문에 사람을 고르지 않았다. 나는 자리가 비는 곳에 가서 앉았다.

"어, 오랜만이네."

돌아보니 저번에 내 머리를 밀었던 아주머니가 내 뒤로 다가왔다.

"안녕하세요. 퇴원했다가 다시 왔어요."

나는 고개를 숙여 인사했다.

"아이구, 건강해야 되는데 어떡해."

아주머니는 안타까운 표정을 짓다가 갑자기 정색하며 말했다.

"근데 빡빡이잖아! 오늘도 빡빡이야?"

나는 미안한 얼굴로 웃었다.

나처럼 밀어버리면 연습이 안 되기 때문에 아주머니들은 빡빡이를 싫어했다.

"이제 병장이잖아. 나갈 날도 얼마 안 남았는데 멋 좀 부려. 내가 잘해줄게."

"죄송합니다. 그냥 본격적으로 하시기 전에 손 푸신다고 생각해 주세요."

나는 손을 모아 비는 시늉을 하며 말했다.

밖에서 보면 똑같은 군인일 뿐이지만 우리 사이에서도 패셔니 스타는 존재했다. 군인이라 해봐야 이십 대 초반의 주민등록증만 발급받은 철부지들이다. 똑같은 교복을 입혀놔도 어떻게든 튀어보려는 아이들처럼 군복을 입고서도 남들과는 다른 멋을 추구하는 녀석들이 있었다. 모자 안쪽에 치약 박스를 잘라 넣어 전투모의 각을 잡는 건 기본이고 전투화의 줄 끝에 장식을 달거나 바닥에 징을 박기도 했다. 관물대를 열어보면 스킨과 로션뿐 아니라 수분크림과 미스트, 자외선 차단제와 핸드크림까지 온갖 화장품이 가득했다. 바디워시와 샴푸, 비누 등도 외부에서 공수해 왔다.

하지만 나는 군용 비누와 헌혈하고 받은 스킨에센스가 전부였다. 외모에 관심이 없는 건 아니었다. 학창 시절엔 외출하기 전마다 곱슬머리를 펴보려고 거울 앞에서 삼십 분씩 서 있었다. 나도 평범한 남학생이었다. 평범한 군인은 되지 못했을 뿐이다.

군대에 잘 적응한 사람들은 시간이 갈수록 모든 것에 익숙해지며 집에서처럼 생활하게 되지만 나에게 군대는 늘 떠나야 할 곳이었다. 누구나 제대 날짜를 기다리며 살겠지만 나는 한순간조차 이곳을 내 집이라고 생각해본 적이 없었다. 복귀 행군을 할 때 저 멀리 부대를 보며 "야, 집이다!"라고 외치는 부대원들의 마음을 나는 공감하지 못했다. 군 생활 전체가 나에겐 길고 긴 행군이었다. 자대의 침상에 있건, 훈련 중의 텐트 속이건, 광통의 베드에 있건 그곳은 나에게 길바닥이었다. 행군을 하며 머리 스타일과 피부에 신경을 쓰는 사람은 없다. 부적응은 군대에서의 내 삶을 간결하게 만들었다. 나는 나의 부적응을 부끄러워하면서도 한편으론 지나치게 적응하지 않아서 다행이라고 생각했다. 나는 환의를 입고 푹신한 이발 의자에 앉아 있는 지금도 집으로 돌아가는 여정의 일부임을 잊지 않았다.

"근데 오늘은 혼자야? 같이 오던 친구는 안 왔어?"

아주머니가 내 머리를 삼 밀리미터 길이로 밀며 말했다.

선한이도 나와 똑같이 머리를 밀었다. 하지만 녀석은 인기가 좋았다. 두상이 예뻐서 미는 것만으로도 아주머니들에게 만족감을 주었기 때문이다.

나는 스님처럼 변해가는 내 머리를 보며 말했다.

"갔어요."

"그래? 머리가 아주 예쁘게 생겨서 좋아했는데……."

아주머니가 웃었다.

나는 선한이가 스스로 목을 매어 죽은 녀석이 아니라 머리가 동글동글하게 예뻤던 녀석으로 기억되길 바랐다. 슬픈 소식을 온 세상에 전할 필요는 없었다.

"갑자기 갔나 보네. 나는 부탁을 해놓고 왜 안 왔나 했다니까."

아주머니가 내 머리를 다 밀고 스펀지로 머리카락을 털어내며 말했다.

"부탁이요?"

"어, 캐러멜 마키아토를 사다 달라고 하더라니까."

우리는 둘 다 커피를 좋아하지 않았다. 내가 아이처럼 코코아를 마실 때 선한이는 자판기에서 녹차를 뽑았다. 나는 캐러멜 마키아토가 어떤 맛인지도 몰랐고 선한이도 그럴 거라 확신했다.

"어떤 맛인데요?"

"그렇게 물어보면 어떻게 설명해야 되나? 그냥 달달하지."

더 묻고 싶었지만 뒤에 사람이 기다리고 있었다.

나는 세면대로 가서 머리를 감았다. 자잘한 머리카락들이 비누 거품과 함께 세면대 배수구로 흘러 들어갔다.

정선한이 캐러멜 마키아토라니.

나는 병실로 돌아가며 선한이와 캐러멜 마키아토의 상관관계에 대해 생각했다. 안 하던 짓을 하는 데는 이유가 있는 법이다. 연애라도 시작했던 걸까.

문을 열고 병실로 들어가자 우리 베드의 일병과 이병이 앞에 나와 안절부절못하고 있었다. 나는 금방 상황을 파악했다. 작업 때문에 경환자를 소집했지만 이번 주에 퇴원 환자가 있어 사람이 부족했던 것이다. 다른 베드에 상병이 몇 명 누워 있었지만 그들에게 함께 가자는 말을 하는 것보단 둘이 가는 편이 나을지도 몰랐다.

"사람 더 없어?"

내가 말했다.

"다들 이발하러 간 모양입니다."

일병이 대답했다.

녀석의 머리도 덥수룩했다. 기르고 싶어서 기른 건 아닐 터였다.

"세 명 필요한가? 내가 갈게."

내가 말하자 녀석들은 입을 모아 "아닙니다"라고 했지만 뾰족한 수가 없었다.

우리는 함께 일 층으로 내려갔다.

11

광통엔 창고처럼 사용되는 병실들이 있다. 환자들 대신 잡동사니를 넣어뒀는데 마냥 먼지가 쌓이도록 둘 수는 없어서 가끔씩 경환자를 불러 청소를 시켰다. 오늘 우리가 할 일이었다.

보통 지정된 장소로 가면 작업 지시를 전달해줄 의무병이 와 있는데 병실엔 아무도 없었다. 일 층인데도 햇볕이 잘 들지 않는 병실엔 쓰지 않는 낡은 매트리스만 잔뜩 쌓여 있었다.

"아, 이거 다 정리시키는 거 아냐? 빡셀 거 같은데……."

나는 불길한 기분이 들었다.

"근데 왜 아무도 없냐? 무슨 다른 말 없었어?"

내 말에 일병이 고개를 저었다.

"그냥 내려가란 말만 들었습니다."

"백병장이?"

"병실장님이 전달하셨습니다."

이번엔 이병이 대답했다.

병실장이란 단어가 신경을 긁었다. 이 정도 작업이면 한 병실이 아니라 여러 병실에서 경환자를 불러야 했다. 겨우 세 명이 할 일이 아니었다.

"미안한데 올라가서 병실장한테……. 아니 백병장 있으면 백병장한테 물어봐. 어디서 시킨 거냐고. 내려왔는데 아무도 없다고 그래."

내가 일병에게 말했다.

일병은 "네"라고 대답하고 병실로 돌아갔다.

나는 병실을 둘러봤다. 매트리스가 사람 키보다 높이 쌓여 있었다. 우뚝 솟은 매트리스 벽들을 보며 괜히 나섰단 생각이 들었다.

사람 없는 거 빤히 알면서 두 명만 남겨놓고 다 나가다니.

돌아가면 한 소리 해야겠다고 다짐하는데 이병 녀석이 배를 잡고 말했다.

"화장실 좀 다녀오면 안 되겠습니까? 갑자기 배가 아파서 말입니다."

"뭘 그런 걸 묻냐? 다녀와."

"알겠습니다."

이병은 아픈 표정으로 급히 병실을 나갔다.

홀로 남은 나는 천천히 병실 안쪽으로 가봤다. 매트리스가 어지럽게 쌓여 있어 미로 같다는 기분까지 들었다. 이해가 가지 않았다. 군대의 기본은 오(伍)와 열(列)을 맞추는 것이다. 옷걸이에 옷을 걸 때조차 정해진 규칙에 따라 각을 잡고 정렬을 한다. 하지만 이 매트리스 더미들은 일부러 어질러놓은 것 같았다. 매트리스 벽 사이에 자연스럽게 만들어진 길은 안으로 들어갈수록 좁아졌다. 밖에서 볼 땐 여러 길이 있을 것 같았지만 막상 들어서니 길이 하나뿐이어서 앞으로 나가느냐 돌아서 나가느냐의 선택밖에 없었다. 중간쯤 갔는데 안쪽에서 인기척이 느껴졌다.

나는 공포영화가 싫었다. 왜 깜짝 놀라기 위해 돈을 내고 어두컴컴한 극장으로 들어가 비명 소리를 들어야 하는지 몰랐다. 게다가 주인공들은 뭐가 그리 용감한지 자리를 피해야 할 상황에서 위험한 곳으로 스스로 들어가다 위기에 빠졌다. 엉터리라고 생각했다. 하지만 나는 이제야 그 이유를 알았다. 영화를 보는 우리는 거기서 무언가 위험한 존재가 기다린다는 걸 알지만 주인공은 설마 귀신이 있다고는 생각하지 않는다. 그건 어리석고 바보 같은 생각이니까.

나는 어리석고 바보 같은 생각을 집어치우고 앞으로 나갔다. 병실 후문까지 가봤지만 역시 귀신은 없었다. 긴장이 풀리며 피식 웃음이 났다. 하지만 나는 곧 얼굴을 찡그렸다. 후문이 잠겨 있지 않았다. 창고 병실 후문은 평상시엔 자물쇠로 잠겨 있었다. 인기척은 착각이 아니었다. 누군가가 매트리스 위에서 뛰어내려 돌아서려는 나를 덮쳤다. 뒤에서 나의 목을 조르는 그 누군가는 환의를 입고 있었다. 그는 나보다 덩치가 크고 거친 숨을 쉬는 인간이었다. 귀신이라면 손 쓸 도리가 없지만 사람이라면 이겨낼 수도 있다. 체육관 파이프는 한 손에 잡히지 않을 정도로 굵다. 그런 것을 잡고 턱걸이를 반복하면 악력이 강해진다. 다시 말하지만 아픈 곳은 무릎뿐이었다. 나는 그의 손목을 움켜잡고 힘을 다해 바깥으로 잡아당겼다. 하지만 그는 꿈쩍도 하지 않았다. 그의 팔은 체육관 파이프보다 가늘었지만 그 안은 내가 감당 못 할 힘으로 차 있었다.

갑자기 죽음의 늪에 빠져버렸다. 허우적거릴수록 나는 빠르게 어둠 속으로 빨려 들어갔다. 숨이 막히고 눈물이 났다.

선한이도 이랬을까. 발을 딛고 있던 벤치프레스 의자를 치워버리고 선한이는 어떤 기분이었을까. 후회하지 않았을까. 살려고 발버둥 쳤을까. 아니면 자신이 택한 죽음을 고통 가운데 받아들였을까.

나는 그의 손목을 놓고 손을 잡았다. 그리고 한 손으로 그의 손등을 쥐어짰다. 손가락이 조금 펴지는 순간 나는 다른 손으로 그의 새끼손가락을 잡아 뜯어버릴 기세로 비틀었다. 비명과 함께 살의가 꺾여나갔다. 나는 멈추지 않고 방금 빡빡 깎은 머리를 뒤로 날렸다. 머리뼈는 주먹보다 단단하다. 뒤통수가 아프지만 그는 나보다 더 아플 것이다. 나는 뒤로 돌아 공격을 이어가려 했지만 그가 옆쪽에 세로로 세워져 있던 매트리스를 내 쪽으로 쓰러뜨렸다. 미처 자세를 잡지 못한 나는 그대로 깔려 쓰러졌다. 등줄기에 전류가 흘렀다.

곧 후문과 정문 양쪽에서 문이 열리는 소리가 연달아 들렸다.

"병장님."

일병의 목소리였다.

"여기야!"

내가 소리쳤다. 말만 하는데도 온몸이 찌릿찌릿했다.

곧 이병도 병실로 돌아왔다. 구조는 오래 걸리지 않았다. 일병이 내 위의 매트리스를 치우자 이병이 날 발견했다. 혼자서는 몸을 일으키는 것도 힘들었던 나는 양옆에서 부축을 받아 일어났다. 병실까지 가는 짧은 길이 한밤중의 복귀 행군 같았다. 군장을 지고 가는 중대원들 사이에서 무릎이 아픈 나는 총만 메고 걸었다. 중대원들이 서로를 격려하며 파이팅을 외칠 때마다 나는 패배감을 느꼈다. 앞뒤로 수십 명의 사람들이 있지만 나는 홀로 깊은 밤 길을 걷는 기분이었다.

병실에 들어서자 최대위와 백병장이 놀란 얼굴로 나를 받아 처치실로 옮겼다. 어떻게 된 거냐고 묻는 최대위에게 일병이 횡설수설했다. 어설픈 설명이었지만 나는 그대로 뒀다. 사실대로 말하면 문제가 생길 가능성이 높았다. 게다가 통증이 너무 심해 지금은 아무것도 하기가 싫었다. 날 공격한 녀석이 누구며 왜 그랬는지 알고 싶지도 않았다. 나는 누구든 좋으니 제발 이 고통을 멈춰주기만을 바랐다. 최대위가 누워 있는 내 오른쪽 다리를 천천히 들어올렸다.

"아픕니다."

나는 이를 악물고 말했다.

최대위는 자신도 아픈 얼굴로 이번엔 왼쪽 다리를 들어올렸다. 오른쪽만큼은 아니지만 통증이 있었다. 나는 신음 소리를 냈다.

"디스크 같네. 진료를 받아야겠다."

최대위가 말했다.

마침 문대위가 군의관실에서 나왔다. 최대위가 문대위를 데리고 처치실로 돌아왔다.

"작업하다가 매트리스에 깔렸다는데……."

최대위가 설명하는 동안 문대위는 누워 있는 나를 물끄러미 바라봤다. 의사가 환자를 보는 눈빛이 아니었다. 이 새끼가 또 무슨 쇼를 하나 하는 얼굴이었다.

"지금 웃냐?"

문대위가 말했다.

"네?"

나는 잘못 들었나 싶었다.

"웃는 게 아니라 아파서 그러는 거 같습니다."

백병장이 대신 대답했다.

"뭐 별거 있겠냐. 진료는 받아봐라. 신경외과 진료 잡아줘요."

문대위는 그렇게 말하고 돌아서 나갔다.

찍힌 건 안다. 찍힐 만하다는 것도 안다. 하지만 어떻게 하면 고통에 일그러진 얼굴이 웃는 걸로 보일까. 나는 그걸 모르겠다.

당장은 진료를 받을 수가 없어 일단 예약만 하고 진통제를 먹었다. 나는 백병장의 부축을 받아 자리로 돌아갔다.

나는 백병장에게 몸을 맡긴 채로 속삭였다.

"새끼손가락이 부러진 환자가 진료받으러 올 거야. 그럼 나한테 말해줘."

"무슨 말이야?"

"일단 그렇게 해줘. 지금은 말하기도 힘들어."

"알았어. 쉬어."

백병장의 부축을 받아 나는 자리에 똑바로 누웠다.

진통제를 먹고 삼십 분이 지나도 통증은 가라앉지 않았다. 그래도 조금씩 머리가 돌아가기 시작했다.

허리를 내주고 손가락을 뺏다니. 엄청나게 손해 보는 장사였지만 그 녀석도 참고 지나갈 부상은 아니다. 지금쯤 새끼손가락을 붙잡고 나처럼 몸부림치고 있을 것이다. 아마 오늘이나 내일 진료도 받을 테니 정체를 밝히는 건 시간문제다.

만약 나를 목표로 삼은 의도적인 테러라면 혼자 한 일은 아니다. 배후가 누굴까. 역시 병실장이 떠오른다. 병실장이라면 모든 상황을 컨트롤할 수 있다. 하지만 자신에게 기어오른 녀석을 혼내주는 것치고는 폭력의 강도가 지나쳤다.

병실장의 얼굴을 보고 싶었지만 움직일 수가 없었다. 시간은 더디 흘렀고 통증은 여전했다. 저녁 시간이 되어 움직이지 못하는 환자들을 위한 배식차가 올라왔다. 원칙적으로 위에서 식사하는 중환자는 미리 명단을 제출해야 하고, 경환자는 내려가서 먹어야 했지만 자리에서 일어나기도 귀찮아하는 병장들은 위에서 밥을 먹었다. 나는 이제껏 웬만하면 내려가서 식사를 했지만 지금은 계단 하나 내려가기도 힘들었다.

"식사하실 수 있겠습니까?"

우리 베드의 일병이 걱정스런 얼굴로 물었다.

"조금만 가져다줘라. 너도 따로 가져와서 먹어. 나 때문에 그런다고 하고."

내가 말했다.

일병이 식판에 저녁을 받아 왔다. 이병이 다가와 몸을 일으키게 도와줬다. 일병은 이병이 먹을 것까지 담아 와 옆에서 나를 도와주며 같이 식사를 했다. 나는 약을 먹는 기분으로 밥을 넘기며 이 녀석들도 한패일까를 생각했다. 내가 그곳으로 내려가는 것까지는 유도할 수 있어도 날 혼자로 만들려면 이 녀석들도 포섭해야 한다. 하지만 일병을 다시 병실로 보낸 건 나다. 그것까지 계산했더라도 이들의 역할은 거기까지였을 것이다. 나한테 일어날 일에 대해선 몰랐을 것이다. 날 처음 발견했을 때의 놀라던 얼굴이나 걱정하던 태도는 연기 같지 않았다. 무엇보다 병실 전체가 적이란 생각은 하기 싫었다. 혼자인 것은 지긋지긋했다.

"밥 다 먹고 이비인후과 장교 병실에 가면 박대위라고 있을 거야. 내가 다쳤다고 이야기해줘."

나는 공격당했다는 말은 하지 않고 이 녀석들이 아는 정보만 전하고 싶었다. 박대위는 시끄러워지는 걸 원치 않았다. 전부 말해주면 일을 중단시킬지도 몰랐다. 녀석들은 알겠다며 고개를 끄덕였다.

간신히 밥을 먹고 눕는데 병실장이 다가와 말을 걸었다.

"다쳤다며? 그냥 애들 보내지, 왜 나갔냐?"

"그렇게 됐습니다. 저 당분간 아침엔 못 나가겠습니다."

"됐어. 그냥 쭉 나오지 마. 다친 김에 밥도 계속 여기서 먹고. 편하게 지내다 가야지."

병실장이 씩 웃었다.

"근데 작업은 어디서 불렀는지 아십니까?"

내가 인상을 쓰며 물었다.

"아니, 난 그냥 전화가 와서 전달만 했지…… 밑에 아무도 없었다고?"

"그렇습니다."

"이상하네. 암튼 쉬어라."

병실장은 고개를 갸우뚱하더니 자기 자리로 돌아갔다.

병실장의 얼굴은 평소와 다르지 않았다. 여전히 재수 없었다. 하지만 별다른 동요는 느껴지지 않았다. 연기인지 정말 아무것도 모르는 건지 헷갈렸다.

밤이 돼도 통증은 줄어들지 않았다. 당직 간호장교에게 말해 진통제를 더 먹었지만 소용이 없었다. 재채기만 해도 온몸에 전류가 흘렀다. 나는 이 병원 어딘가에서 새끼손가락을 붙들고 끙끙대고 있을 녀석을 생각하며 참았다. 적어도 고통과 불면의 밤을 보내는 사람이 나 혼자는 아니란 사실이 위로가 됐다.

12

아버지가 처음 사준 노트북은 일제였다. 세련된 디자인에 당시엔 보기 힘들었던 와이드 화면에다 사운드도 빵빵했다. 하지만 애프터서비스는 엉망이었다. 이상한 소리가 나서 애프터서비스를 의뢰했더니 이러저러하지만 별건 아니라며 보내왔다. 소리는 하루도 지나지 않아 또 났다. 나는 노트북을 다시 보냈다. 불편을 드려 죄송하지만 역시 별건 아니라며 다시 가져왔다. 하지만 소리는 또 났다. 이번엔 친구를 데리고 직접 고객센터를 방문했다. 나도 모르게 지갑을 열게 될 것 같은 험악한 인상의 친구였다.

이번엔 시간이 조금 오래 걸렸다. 하지만 고장은 깔끔하게 고쳐졌다. 나는 그 이후로 몇 번 더 고객센터를 다니며 그들이 처음 오는 손님에게 하는 고정적인 멘트가 있다는 걸 알았다. 그리고 그런 멘트를 두세 번이나 듣고 나서야 제대로 된 서비스를 받기 싫다면 험한 인상을 타고난 친구를 데리고 가거나 성형을 해야 한다는 걸 알게 됐다.

신경외과 군의관은 단번에 대전국군병원에서 CT를 찍도록 해줬다. 쓸데없는 연고나 바르며 두세 번은 오가야 가능한 일이었다.

"감사합니다."

나는 신경외과 진료실을 나가 박대위에게 말했다.

"어떻게 병원에 와서 다치냐?"

박대위가 혀를 끌끌 찼다.

통증은 있지만 이틀 사이에 천천히 걸어 다닐 정도로 몸이 회복됐다. 나는 박대위와 함께 사람이 별로 없는 교회 근처의 벤치로 갔다.

"아마 연애를 하지 않았나 하는 생각이 듭니다."

나는 조심스럽게 벤치에 앉으며 말했다.

"연애?"

"그렇습니다. 누가 면회를 온 적이 있는데 굉장히 당황했었습니다. 짝사랑하던 여자가 왔는지 밖에서 사귀다 헤어졌던 여자가 찾아온 건지 모르지만 그런 모습은 처음이었습니다. 아마 그 후에 잘되지 않았나 싶습니다."

"하지만 결국엔 잘 안됐고? 그래서 죽었다?"

"거기까진 모르지만 누가 면회를 왔는지 알아봐주시면 좋을 것 같습니다. 분명히 그날 선한이는 평소와 많이 달랐습니다."

이십 개월 동안 자대와 병원을 오가며 수많은 사람을 만났지만 입대 전부터 사귀던 사람과 제대할 때까지 만나는 경우는 보지 못했다. 이별은 흔했고 애인이 고무신을 거꾸로 신었다고 죽는 사람은 흔치 않았다. 오히려 바로 휴가를 나가 다른 애인을 만들고 오는 녀석도 있었다. 기다려주지 않는 여자와 보란 듯이 다른 여자를 만나는 남자. 그런 커플 사이에도 한때는 뜨거운 감정이 흘렀겠지만 그 감정을 사랑이라고 불러야 할지는 모르겠다.

하지만 실연을 당했다고 죽는 쪽도 사랑이라 부르긴 어렵다. 아버지는 그런 건 사랑이 아니라고 했다.

나는 사람이 사람을 채울 수 있다고 믿었다. 불완전한 두 사람이지만 함께하면 완전해지는 관계가 있다고 생각했다. 나는 이 사람이 아니면 안 된다는 생각이 드는 것이 사랑이 아니냐고 말했다.

아버지는 내 말을 듣고는 빙긋이 웃으며 이런 말을 해주었다.

"네가 없으면 죽겠다는 사람과는 만나지 마라. 사람은 사람을 채워줄 수 없다. 날 채워줄 수 없는 사람에게 나를 채워주길 기대하고 요구하니까 결국은 바닥을 드러내고 메말라 갈라져버린다. 자신이 없으면 살 수 없도록 만드는 것은 사랑이 아니다. 남겨진 사람의 삶을 파괴하는 사랑이란 존재하지 않는다. 포도 향만 첨가된 탄산 주스처럼 그것은 사랑이라 불렸을지 모르나 실체는 다른 것이다. 사랑은 상대를 세워주는 것이다. 건강하게 만드는 것이다. 생명을 낳는 것이다. 모든 것이 끝나도 사랑은 가슴에 남아 그 남은 생을 살아가게 한다. 나는 누구보다 너와 엄마를 사랑하지만 너와 엄마가 없어도 살 수 있다. 너도 그래야 한다."

결혼 전 아버지와 어머니는 양가 모두에서 반대에 부딪혔다. 자식 입장이라 객관적이진 못하지만 두 분을 보면서 자란 나는 양가의 반대가 이해되지 않았다. 내 눈엔 보이지 않는 단점들이 뭐였는지 모르지만 끈질기게 설득하고 기다려도 어른들의 마음은 움직이지 않았다. 특히 어머니 쪽이 완강했다. 결국 허락이 떨어진 건 연탄가스 때문이었다. 어머니가 연탄가스에 쓰러진 것이다. 이러다 딸을 잃겠다 싶었던 외할아버지는 정상회담을 성사시키고 담판을 지었다. 하지만 연탄가스는 자살 시도가 아니라 우연한 사고였다. 어머니는 나를 낳고 나서야 진실을 고백했다.

오해였지만 함께하지 못한다면 차라리 죽겠다며 시작한 결혼 생활은 교통사고로 끝이 났다. 하지만 아버지의 죽음은 어머니의 삶을 파괴하지 않았다. 어머니는 상실감이 아니라 아버지가 남긴 사랑의 온기를 따라 살았다. 어머니는 장례를 마치고 몽골로 떠났다. 나는 그 모습을 보며 아버지의 말이 옳았다는 걸 알았다. 나는 그런 어머니가 고마우면서도 싫었다.

선한이는 속이 그대로 보일 정도로 순수한 녀석이었다. 나는 녀석의 그런 면을 좋아했지만 뜨거운 물만 부어도 금이 가는 유리잔처럼 위태롭게 느껴지기도 했다. 캐러멜 마키아토는 감당이 안 됐을지도 모른다.

다시 주말이 찾아왔다. 아직도 오른쪽 다리를 내디딜 때마다 등에서부터 다리까지 전류가 흘렀다. 대청소 시간에 나는 휠체어를 타거나 목발을 짚는 중환자들과 함께 물리치료실로 갔다. 그들 사이에 어색한 걸음으로 섞여 가자니 청소를 피하려 꾀병을 피우는 것만 같았다.

"정신이 썩어빠진 새끼. 넌 몸이 아니라 마음이 병든 거야."

자대의 장교가 나에게 한 말이다.

그는 부대에 아프지 않은 사람이 어디 있느냐며 나에게 근성이 부족하다고 했다. 그의 말대로 중대원들은 자잘한 부상을 달고 살았지만 나만큼 다친 사람은 없었다. 하지만 그 차이는 눈에 보이지 않았다. 그의 말이 틀린 것은 아니다. 나는 마음도 병들었다. 그런 시선들이 내 마음을 병들게 했다. 나는 늘 눈에 보이지 않는 통증들에 시달렸다.

내 허리에 새로운 통증을 더해준 녀석의 정체는 밝혀지지 않았다. 당연히 입원을 할 거라고 생각했는데 새끼손가락을 다친 신환자는 들어오지 않았다. 생각보다 타격이 적었거나 정말 귀신이었는지도 모르겠다. 이렇게 되면 사실대로 털어놔도 믿어줄 사람도 없다. 오히려 자해를 한 거 아니냔 말이나 들을 형편이었다. 그동안의 경험들을 생각해보면 충분히 가능한 일이었다.

물리치료실 구석에 자리를 잡고 앉는데 왼쪽 다리에 깁스를 한 일병이 목발을 짚고 다가왔다.

"왜 혼자 계십니까?"

내가 광통에 다시 온 날에 휠체어를 타고 앞과 뒤를 돌아다니며 전달을 했던 녀석이다. 그땐 허벅지까지 깁스를 덮고 있었는데 지금은 무릎 아래까지 잘라낸 상태였다.

"많이 좋아졌나?"

"네, 잘 붙어가고 있답니다."

내가 목발을 받아주자 녀석이 내 옆에 앉았다.

"이제 다리를 움직일 수 있으니까 운동을 많이 해야 된답니다."

한동안 다리를 뻗고만 살았을 녀석은 손으로 무릎을 구부렸다.

"다행이네."

"조금 걱정도 됩니다."

"뭐가?"

"오랫동안 병원에만 있어서 돌아가면 잘 적응을 할지 모르겠습니다. 재활도 하고 가야 할 텐데 이미 입원 기간은 찼고 이러다 신환자들 들어와서 자리가 부족하면 총 맞는 거 아닌가 싶어서 말입니다. 조금 겁납니다."

"어디 있었냐?"

"자대 말입니까? 이기자입니다."

녀석의 얼굴이 밝아졌다.

이기자 부대는 27사단의 이름이다. 경례 구호가 '이기자'인 걸로 유명하다. 동부전선 최전방을 지키는 소위 메이커 부대다.

"빡세긴 하겠구나."

"병장님은 수색대 아닙니까?"

"흉장 달고 있다고 다 같은 수색대냐. 병원이나 오가면서 지내는데……."

평범한 가방에 '프라다'라는 상표를 붙이면 명품이 되듯 똑같은 군복이라도 메이커 사단 마크가 달려 있다면 정예 부대의 일원이 된다. 거기에 더해 오른쪽 가슴에 특공대나 수색대의 흉장이라도 있으면 군인들이 모이는 터미널에서 가슴을 펴고 다니게 된다. 하지만 명품 가방을 들고 다닌다고 사람도 명품은 아닌 것처럼 흉장이 아니라 특전사의 베레모를 쓰고 다녀도 나처럼 군 생활을 했다면 내세울 건 없다.

"너무 걱정하지 마. 만약에 좀 이르게 퇴원을 하게 되면 차라리 초반에 시원하게 말을 하고 사단 의무대에서 조금 더 쉬어. 휴가 나가서 치료도 좀 받고. 몸만 확실히 괜찮아지면 넌 잘할 거야."

진심이었다. 처음 봤을 때부터 똘똘한 녀석이란 생각이 들었다. 이지용이 예의를 갖추면서도 뭔지 모르게 기분을 나쁘게 했다면 이 녀석은 기어올라도 귀엽게 봐줄 만한 캐릭터였다. 나도 이 녀석 같은 타입이었다면 상황이 더 나았을 것이다. 내 군 생활은 불운의 연속이었지만 나 스스로 고통을 증폭시킨 면도 있었다.

"감사합니다."

녀석이 싹싹하게 웃으며 말했다.

운동을 하느라 허공을 오르내리는 녀석의 깁스엔 사람들의 응원 메시지가 가득했다. 후임과 선임뿐 아니라 면회를 온 친구들, 간호 장교들의 메시지까지 있었다. 정형외과만이 아니었다.

다리 빨리 낫길 바래! '하루에 세 번, 삼 분 이내에, 삼 분 동안' 도 잊지 않기! −이소윤 소위.

그녀의 이름 옆에는 하트가 그려져 있었다.

"삼삼삼 운동? 이건 치과에서 하는 거 아니냐?"

나는 메시지를 가리키며 물었다.

"아······. 제가 이가 좀 썩어서······ 치과 진료를 받았습니다. 그때 간호장교님이 써주셔서······."

녀석은 얼굴을 붉혔다.

내가 허리를 다쳐서 신경외과에서 진료를 받는 것처럼 다른 곳이 아프면 해당 군의관에게 진료를 받고 상태가 심한 경우 전과를 할 수도 있다. 흔한 일은 아니지만 그런 식으로 반년도 넘게 머무는 경우도 있다.

나 때문에 잠시 운동을 멈췄던 녀석은 다시 다리를 움직였다. 이번엔 자세를 바꿔 뒤로 누워 다리를 들어올렸다. 다리 뒤편에도 메시지들이 있었다.

"거기에도 적어놨냐?"

나는 웃으며 말하다 뭔가를 보고 이기자를 붙들었다.

"잠깐만 멈춰봐."

"네?"

나는 당황한 녀석이 다리를 내리지 못하게 한 팔로 깁스를 잡았다. 그리고 자리를 옮겨 깁스의 뒷부분을 봤다. 이소윤 소위가 쓴 글 안쪽에 프랑스 시인 빅토르 위고가 메시지를 남겨놓았다.

나는 사랑에 빠진 한 남자를 알고 있다. 그의 모자는 낡고 외투는 해졌으며 구두에는 물이 새고 있었지만 그의 영혼에는 별들이 지나가고 있었다.

그곳에 빅토르 위고의 글을 적어놓은 건 선한이였다.

13

2002년 11월 24일, 노무현 민주당 대선 후보와 월드컵 바람을 타고 출마 선언을 한 국민통합 21 정몽준 후보의 단일화가 이뤄졌다. 단일화 여론조사에서 승리한 쪽은 노무현 후보였다. 당내 경선 초반만 해도 지지율이 십 퍼센트도 되지 않는 군소 후보였던 노무현 후보는 결국 양당의 통합 대통령 후보로 한나라당 이회창 후보와 대결하게 됐다.

그로부터 일주일 후 광통에서도 이변이 일어났다. 칠월에 첫 방송을 시작한 이래 사십 퍼센트 대의 기록적인 시청률로 주말 오후 시간을 제압했던 「야인시대」가 텔레비전 세 대 중 두 대를 다른 드라마에 빼앗겼다. 「야인시대」를 밀어낸 주인공은 '막상막하'라는 병영 드라마였다. 요리가 좋아서 요리사가 된 사람도 집에 가면 요리를 안 한다는데 징병제에 의해 입대한 군인들이 군대 이야기를 좋아할 리가 없다. 아이돌 그룹 핑클의 멤버인 성유리가 소대장으로 출연하지 않았다면 있을 수 없는 일이었다.

"저런 소대장만 있으면 기쁜 마음으로 돌아가지."

"저게 말이 되나, 판타지 드라마지. 그냥 「야인시대」나 보자."

"저 끝에 가서 봐."

텔레비전 앞에서 티격태격하는 소리가 들렸다.

「막상막하」는 분명 판타지에 가까웠다. 하지만 광통이라면 불가능한 일도 아니다. 자대에선 여자 장교를 찾아보기 힘들지만 이곳엔 병실마다 간호장교들이 있다. 중위라고 해도 나이 차는 많지 않다. 이십 대 초중반의 청춘들이다. 개중엔 눈이 맞아 사귀는 커플도 있고 출중한 외모로 인기가 높은 스타 간호장교도 존재했다. 그중에서도 치과 담당인 이소윤 소위는 아이돌 못잖은 인기를 누렸다.

선한이는 우연히 치과 진료를 받는 일병의 휠체어를 밀게 됐다. 기다리는 동안 읽으려고 가져간 시집은 한 글자도 보지 못했다. 그날 이후로 일병이 수차례 진료를 받는 동안 그의 휠체어를 미는 것은 선한이의 몫이었다. 선한이는 아무에게도 그 자리를 뺏기지 않았다. 첫눈에 반하는 것을 사랑이라 불러도 좋다면 선한이는 사랑에 빠졌다. 일병의 치료가 끝나자 그녀를 보기 힘들어진 선한이는 어디 아픈 이가 없는지 살폈지만 녀석의 치아는 치과협회에서 상이라도 줄 정도로 건강했다. 선한이는 썩은 이가 아니라 깨끗한 이 때문에 아파했다. 결국 선한이는 매일 간호장교들의 퇴근 시간에 병실 후문에 나가 이소윤 소위가 위병소를 나가는 모습을 보는 걸로 만족해야 했다. 선한이는 자신의 마음을 어떻게 전해야 할지 몰랐다.

"한동안 괴로워하시다가 언제부턴가 표정이 좋아 보이셔서 잘되는가 싶었는데 또다시 보면 아닌가 싶기도 하고……. 제가 먼저 물어볼 것도 아니고 해서 더 자세히는 모르겠습니다."

이기자가 말했다.

나는 자대를 자랑스러워하는 녀석에게 '이기자'란 별명을 붙여줬다. 그리고 녀석과 함께 선한이처럼 이소윤 소위가 퇴근하기를 기다렸다. 치과에 찾아갈까 생각도 해봤지만 예전에 지겹게 들었던 드릴 소리를 또 듣고 싶지는 않았다.

"어, 저기 가십니다."

이기자가 갈색 가죽 재킷에 검은 진을 입고 가는 단발머리 여자를 가리켰다. 아직도 걸음이 불편했던 나는 부지런히 다리를 움직였다.

"이소윤 소위님."

내가 그녀를 불러 세웠다.

그녀가 돌아섰다. 머리를 짧게 잘라 환하게 드러낸 얼굴이 예뻤다. 백육십오 센티미터 전후의 키에 건강하고 보기 좋은 몸매. 피곤한지 안색이 어둡기는 했지만 인기가 있을 만했다.

"충성. 병장 이필립이라고 합니다."

나는 경례를 했다.

"미안한데 뭐 주려는 거면 받을 수 없어."

그녀가 말했다.

인기인의 비애랄까. 미안함보다는 피곤함이 느껴지는 말투였다. 나는 선한이가 그녀에게 뭘 주려고 하진 않았길 바랐다.

"아닙니다. 여쭤보고 싶은 것이 있어서 왔습니다."

"뭔데?"

그녀가 처음으로 살짝 웃으며 말했다.

"그거 캐러멜 마키아토입니까?"

나는 그녀가 든 테이크아웃 컵을 가리켰다.

"어, 맞아. 어떻게 알았어? 그게 궁금해서 온 거야?"

그녀는 조금 더 크게 미소 지었다.

다 집어치우고 전화번호나 묻고 싶었다.

"혹시 정선한 병장이라고 아십니까?"

거절당할 것을 알고 하는 고백 같은 질문이었다. 그녀의 입가에서 미소가 사라졌다.

나는 이미 끝났다는 것을 알면서도 매달리는 남자처럼 구차하게 말했다.

"제 친구입니다. 시간이 있으시면 조금만 이야기를……."

"없어. 시간도 없고, 이야기할 것도 없어."

그녀가 말했다.

자살을 했다고 신문 일면에 나오는 사람은 흔치 않다. 대부분은 아무개란 이름으로 간단히 언급될 뿐이다. 가까운 곳에서 일어난 사건이지만 자기 담당도 아닌 정형외과에서 자살한 사병의 이름을 기억하는 간호장교는 별로 없을 것이다. 치과에서 넋 놓고 그녀를 보고 있었을 환자는 군용 트럭 몇 대를 채우고도 남을 테니 기억을 못 한다고 매정하다 할 일도 아니다. 그러니 정말 모른다면 저렇게 반응할 필요는 없다. 거짓말인 걸 알면서도 나는 돌아서는 그녀를 붙잡지 못했다. 그녀는 위병소를 통과해 내가 쫓아갈 수 없는 세계로 떠나갔다.

어쩔 수 없이 돌아서는데 정형외과 병실 후문에서 환의를 입은 누군가가 이쪽을 보고 있었다. 눈을 찡그려봤지만 늦은 오후의 강렬한 햇빛이 시야를 가렸다. 내가 병실 쪽으로 걸어가자 그는 후문을 열고 안으로 들어갔다.

나는 기다리고 있던 이기자에게 말했다.

"방금 저 위에 있던 거 누구야?"

"위에 말입니까? 권중현 상병이었나……. 정확하게는 모르겠습니다."

"불편한데 도와줘서 고맙다. 먼저 올라갈게."

나는 급히 계단을 올라 병실로 들어갔다.

작업을 피해 나다니던 환자들이 돌아오며 활기를 띠기 시작한 병실에서 권중현은 보이지 않았다.

권중현은 나를 싫어한다. 나도 녀석을 싫어한다. 싫어하는 대상에게 관심을 갖고 집착하는 건 바보 같은 일이다. 나는 권중현에게 아무런 관심도 없고, 권중현도 마찬가지일 것이다. 놈이 병실 후문에 나와 보고 있던 건 내가 아니라 이소윤 소위였을 것이다.

나쁜 놈도 누굴 좋아할 자유는 있지만 나는 기분이 나빴다. 선한 이가 좋아한 여자에게 권중현이 관심을 갖고 있다는 사실이 불길했다.

저녁 내내 보이지 않던 권중현은 점호가 돼서야 나타나 자기 베드에 앉았다. 나는 권중현을 주시했지만 녀석은 내 쪽으로 고개도

120

돌리지 않았다.

취침 시간이 되고 불이 꺼졌다. 미니 텔레비전을 가진 병장들은 주말을 기다리지 못하고 모포를 뒤집어쓴 채 성유리 소대장 주변으로 몰려들었다. 나는 텔레비전 속의 미녀 대신 이소윤 소위를 생각했다. 그녀는 선한이를 알았다. 선한이가 말없이 그녀를 지켜만 보진 않았단 뜻이었다. 선한이가 뭔가를 했고 그녀는 받아들이지 않았다. 나는 그것이 뭘까 생각하다 잠이 들었다.

늙으면 새벽잠이 없어진다지만 군대에선 계급이 올라갈수록 잠이 많아진다. 하지만 나는 보통 다섯 시와 여섯 시 사이에 잠이 깼다. 전날을 힘들게 보냈어도 야간 근무만 없다면 다음 날 아침 누가 깨우지 않아도 상쾌한 상태로 일어날 수 있었다. 환자가 많아 불침번 순번은 자주 오지 않았고 가끔 근무를 설 때도 병장은 초번이나 말번에 넣어줬다. 언제나처럼 자연스럽게 눈을 뜬 내 앞에 익숙한 장면이 보였다.

간호 데스크 앞에서 박걸이 불침번과 대화를 하고 있었다. 데스크 위의 시계를 보니 역시 새벽 기도회가 시작할 시간이었다. 또 같이 가줘야 하나 싶어 반쯤 일어섰는데 눈을 비비고 보니 불침번이 권중현이었다. 새벽부터 저 녀석과 마주하기는 싫었다. 나는 다시 모포를 뒤집어쓰고 누웠다. 갑자기 둘 사이에 언성이 높아졌다. 나는 눈을 슬쩍 내놓고 귀를 기울였다. 목소리 크기가 다시 줄어들어 잘 들리지는 않았지만 가만 보니 사정을 하는 쪽은 박걸이 아니라 권중현 같았다. 하지만 박걸은 냉정하게 권중현을 뿌리치고 후문으로 나가버렸다. 권중현은 한숨을 내쉬며 고개를 숙였다. 뭔가 생각하던 권중현은 벌떡 일어나 뭐라고 혼잣말을 하며 서랍을 뒤졌다. 그리고 종이를 꺼내 뭔가를 적었다. 종이 한 장을 사이에 두고 철제 책상에 볼펜이 부딪치는 소리가 조용한 병실에 퍼졌다. 깨어 있던 내 귀엔 거슬렸지만 자고 있는 녀석들은 아무 반응도 보이지 않았다. 한참 글을 쓰던 권중현은 내용이 마음에 들지 않는지 종이를 구겨 주머니에 넣었다. 그리고 화장실로 들어갔다. 뭘 하는 건지 궁금했지만 따라 들어가고 싶지는 않았다. 나는 모포 속에서 몸을 웅크리고 발가락을 꼼지락거렸다. 발밑의 라디에이터에서 기분 좋은 열기가 뿜어져 나왔다. 나는 그 열기에 몸을 맡겼다. 약이라도 한 것 같은 가수면 상태에서 빠져나온 건 불침번의 "기상하십시오"란 소리가 아니라 비명 때문이었다.

나는 벌떡 일어났다. 시간은 6시 1분. 병실의 불은 꺼져 있는 상태고, 권중현은 보이지 않았다. 상병 하나가 화장실 문을 박차고 비틀거리며 나왔다. 몇 걸음 가지 못하고 다리가 엉켜 바닥에 쓰러졌지만 녀석은 아프지도 않은지 잠시도 멈추지 않고 네 발로 복도를 기었다. 그대로 두면 무릎이 부서질 때까지 갈 것 같았다. 나는 상병을 뒤에서 붙잡았다.

"야! 왜 그래? 진정해!"

이유를 물었지만 나는 이미 답을 알았다.

상병은 뭔가 말하려 했지만 단어가 떠오르지 않는지 입을 열었다 닫았다만 반복했다. 녀석은 발작이라고 해도 좋을 만큼 어쩔 줄을 몰랐다. 모르는 사람이 봤다면 정형외과가 아니라 정신과 환자인 줄 알았을 것이다.

나는 상병을 끌어안고 말했다.

"괜찮아. 괜찮아. 진정해."

상병은 울음을 터뜨렸다.

소란스런 소리에 병장들을 제외한 환자들이 거의 다 일어났다.

"뭐냐! 아침부터 어떤 새끼가 처짜냐?"

병실장이 신경질을 내며 모포를 걷어찼다.

앞쪽 베드의 이병이 화장실로 가려 했다.

"들어가지 마!"

내가 소리쳤다.

이병이 움찔하며 멈춰 섰다.

"넌 또 왜 그러냐? 그 새낀 왜 처울고 있고."

병실장이 인상을 쓰며 나에게 말했다.

"병실장님이 들어가보십시오."

내가 말했다.

병실장은 잠이 덜 깬 눈으로 나를 노려보더니 화장실로 들어갔다.

자리에서 일어난 이지용이 화장실로 들어가는 병실장을 보더니 이내 내 쪽을 바라봤다. 녀석 역시 무슨 일이 일어났는지 아는 눈치였다. 우리는 눈싸움을 하는 것처럼 서로에게서 눈을 떼지 않았다.

"어어어!"

병실장이 소리를 지르며 화장실에서 튀어나왔다.

병실장은 수술이라도 한 것처럼 커다래진 눈으로 나를 봤다.

권중현이 샤워실에서 목을 맸다.

14

　화장실 오른편엔 변기 칸이 세 개, 왼편엔 소변기 두 개와 세면대 두 개가 있다. 그 왼편 벽 너머는 샤워실이다. 환자 수에 비해 시설이 부족해서 부지런을 떠는 사람들은 기상 시간보다 일찍 일어나 샤워실을 사용했다. 첫 번째 목격자인 상병은 오늘 외부 병원에 나가 진료를 받기로 한 상황이었다. 그는 시계를 맞춰 기상 시간보다 오 분 일찍 일어나 샤워를 하려고 화장실로 들어갔다. 샤워실 가림막이 달려 있는 봉에 권중현이 목을 매달고 있었다.

　상병에 이어 시체를 보고 나온 병실장은 주저앉아 정신을 차리지 못했다. 사고가 터졌다는 걸 느낀 환자들이 여기저기서 웅성댔다. 날 노려보던 이지용이 화장실로 들어갔다. 나는 앞으로 나가 데스크에 있는 전화를 잡았다. 내가 당직실에 보고를 하는 동안 이지용이 화장실 밖으로 나왔다. 이지용은 통화를 하는 나를 말없이 보고만 있었다.

당직실로부터 연락을 받은 헌병대가 현장에 도착하고 화장실은 폐쇄됐다. 화장실 문의 유리를 통해서 카메라 플래시의 번쩍거림이 새어 나왔다. 검시관으로 보이는 이가 도착하고 권중현은 시신 수습용 가방에 담겨 병실을 나갔다.

다른 병실의 양해를 구해 화장실을 사용하는 것 말고는 전 인원이 베드에서 대기했다. 군의관과 간호장교, 의무병도 마찬가지였다. 헌병대는 먼저 군의관과 간호장교, 의무병을 조사했다. 군의관실을 나서는 최대위의 안색이 걱정스러울 정도로 좋지 않았다. 백병장에 이어 최초 발견자인 상병과 병실장 그리고 이지용이 차례로 불려 갔다. 그다음이 나였다.

나는 문을 열고 들어가 경례를 했다.

"충성. 병장 이필립입니다."

"앉아."

사복 차림의 헌병대 수사관은 날 보지도 않고 서류를 넘기며 지시했다.

나는 군의관실이 싫었다. 이 방의 주인이 나를 싫어했기 때문이다. 하지만 지금 이 방의 주인은 군의관이 아니었다. 군의관실은 인체 해부도와 관절 모형 그리고 의학 서적 등으로 가득했지만 지금 이 방은 군의관실이라기보단 짐승 우리 같았다.

의자에 앉아 있는 곰 같은 사내가 부리부리한 눈을 치켜뜨며 말했다.

"당직실에 신고한 게 너지?"

"그렇습니다."

"넌 시체를 보지도 않았다며? 어떻게 권중현 상병인지 알았지?"

"권중현 상병은 불침번 말번이었습니다. 다섯 시경에 잠이 깨서 권중현 상병이 화장실로 들어가는 걸 봤습니다. 그리고 다시 잠이 들었는데 갑자기 비명이 들렸습니다. 최초 발견자가 겁에 질려 나오는 걸 보고 화장실에서 일이 생겼구나 싶었습니다."

"병실장한테 확인해보라고 했다지? 왜 네가 들어가지 않았나?"

당연한 질문이다. 이 질문을 듣기 싫었다면 모두가 보는 가운데 화장실에 들어가서 시체를 확인했어야 했다. 하지만 그러기가 싫었다.

몽골에서 온 아버지의 시신은 어떻게 처리를 했는지 몰라도 생각보다 상태가 양호했다. 그런데도 한동안 매일 밤이 되면 누워 있는 아버지의 모습이 떠올랐다.

"솔직히 말씀드리면 제 눈으로 확인하기가 싫었습니다."

"이 새끼가……. 근데 왜 병실장한테 들어가보래?"

"병실장이기 때문입니다. 누군가 확인하고 보고해야 한다면 병실장이 해야 한다고 생각했습니다."

"보고는 네가 했잖아."

"병실장이 많이 당황한 것 같아서 어쩔 수 없었습니다."

"말 잘하네. 보고도 아주 침착하게 했다며. 딱 보지 않고 말할 수 있는 수준에서만 말했네. 꼬투리 잡힐 거 하나도 없이."

수사관이 진술서를 보며 말했다.

어떤 직업은 후천적으로 그 종사자에게 직업 특유의 말투를 심어준다. 강압적이고 위협적인 말투는 수사관 특유의 것이라고 생각했는데 이 사내의 말투는 습관만은 아닌 것 같았다. 방의 주인은 바뀌었지만 이 남자도 날 좋아하지 않았다. 역시 난 이 방이 싫었다.

"질문 하나 드려도 되겠습니까?"

"읊어봐."

"전 용의자 신분입니까?"

"이 새끼."

수사관이 피식 웃었다.

"영화를 많이 봤나 보네. 그럼 어쩔 건데? 밑에서 아는 사람이라도 불러줄까?"

영화를 많이 본 편은 아니지만 변호사를 '밑에서 아는 사람'이라고 부르는 건 본 적이 없다. 수사관이 말하는 아는 사람이란 박대위가 분명하다. 내가 어떻게 입원했는지 알고 있단 소리다. 처음엔 군의관만 알고 있었겠지만 결국 간호장교와 백병장도 알게 되었을 것이다. 그리고 군의관 도우미인 이지용도.

네 개의 보기 중 정답을 고르기는 어렵지 않았다.

"너 권중현이랑 사이가 안 좋았다며, 아니야?"

"죽은 사람한테 이런 말 해서 미안하지만 권중현 상병과 사이가 좋은 사람보단 안 좋은 쪽을 찾는 것이 쉽습니다."

"이야, 죽을 만한 놈이었다 이거냐?"

수사관이 과장된 몸짓을 하며 말했다.

"밑의 애들을 많이 괴롭히기는 했습니다. 하지만 죽어 마땅한 정도는 아니었습니다."

"든든한 빽이 있어서 그러냐, 전혀 쪼는 눈치가 아니네. 짜증 나게."

"자살이 아닙니까? 유서 같은 건 없었습니까?"

"건방진 새끼. 질문은 내가 해, 이 새끼야!"

수사관이 책상을 손바닥으로 내리쳤다.

"죄송합니다. 권중현이 뭔가 끄적거렸던 거 같아서 말씀드렸습니다."

나는 이런 부류의 남자들이 좋아하는 이병 같은 자세로 말했다.

"끄적거려? 진짜야?"

수사관이 몸을 앞으로 기울이며 내 말에 호기심을 드러냈다. 처음으로 보이는 직업적이고 습관적인 말투였다.

수사관은 모르고 있다. 유서는 발견되지 않았다는 소리다. 화장실 쓰레기통은 다 뒤져봤을 텐데. 그 구겨버린 종이가 유서가 아니었나.

"진짜냐고 묻잖아."

수사관이 으르렁거렸다.

"그런 것 같은데 저도 잠이 덜 깼을 때 본 거라 확실치는 않습니다."

"새끼. 어쨌든 네가 살아 있는 권중현을 본 마지막 사람이다. 또 다른 건 없어?"

살아 있는 권중현과 마지막으로 대화를 나눈 사람은 알고 있었다. 들어오기 전 힐끗 본 박걸의 얼굴은 산 사람의 것이 아니었다. 박걸을 이 짐승 우리에 넣어주면 더 이상 날 귀찮게 하지 않겠지. 당장 날 내보내고 박걸을 잡아먹으려 들 것이다. 하지만 나는 박걸이 권중현과 무슨 이야기를 나눴는지 수사관보다 먼저 듣고 싶었다.

"없습니다."

나는 거짓말을 좋아하지 않는다. 좋아하는 일은 잘 못하면서 좋아하지 않는 일은 쉽게 되는 게 신기했다. 애초에 수사관은 내가 범인이라 여겨 까칠하게 굴었던 것이 아니다. 수사관은 내 거짓말을 믿었다.

"좋아, 나가봐."

"충성."

경례를 하고 나가는데 수사관이 나를 불러 세웠다.

"아, 잠깐만. 너 꼭 밑에 가서 전해. 여기 왜 왔는지, 널 들여보내서 뭘 하는지 모르지만 여긴 남의 구역이라고. 알겠냐?"

구역이라니. 이 수사관도 「야인시대」를 좋아하는 모양이다.

"뭘 뻔히 봐, 이 새끼야."

"아닙니다. 죄송합니다."

"좋은 시절이다. 너 여기가 옛날에 어땠는지 모르지? 좋은 때에 태어난 걸 다행으로 알아."

수사관의 말이 반어적으로 들렸다. 남자는 내가 모르는 옛날이야말로 좋은 시절이었다고 생각하는 것 같았다. 나는 그가 좋아했던 시절에 태어나지 않아 다행이라고 생각하며 군의관실을 나왔다.

조사는 권중현이 속한 베드의 환자들로 마무리됐다. 헌병대는 철수했지만 베드 대기는 계속됐다. 하지만 분위기는 조금씩 풀려갔다. 일과 시간이 끝나고 간호장교가 퇴근을 하자 누군가 텔레비전을 켰다. 제지하는 사람은 없었다. 환자들이 텔레비전 앞으로 모여들었다. 평소보다 대화는 적었지만 웃음소리가 들리는 건 똑같았다. 병실장은 여전히 멍해 보였지만 슬퍼하는 것 같진 않았다. 이 중에 권중현의 죽음을 애통해하는 사람이 누가 있을까 생각하니 권중현의 삶이 슬퍼졌다.

슬픔 때문인지는 모르지만 권중현의 죽음 전후로 가장 다른 얼굴을 하고 있는 건 박걸이었다. 박걸은 텔레비전을 등지고 초점 없는 눈으로 베드에 앉아 있었다. 마음 같아선 당장 가서 오늘 새벽의 이야기를 묻고 싶었지만 눈과 귀가 많았다. 나는 박걸에게 가는 대신 군의관실을 찾았다.

문을 여니 오늘 오전 수사관이 있던 자리에 이지용이 앉아 있었다. 나는 주인이 또다시 바뀐 이 방이 여전히 마음에 들지 않았지만 녀석에게 궁금한 것이 있었다.

"웬일이십니까?"

이지용이 말했다.

나는 문을 닫고 이지용의 맞은편에 앉았다.

"궁금한 게 있는데."

"뭡니까?"

"헌병대한테 네가 말했냐, 내가 어떻게 들어왔는지?"

"그렇습니다."

이지용은 잠시 생각하다 말했다. 발뺌해봐야 소용이 없다고 판단했기 때문일 것이다.

"그렇지. 다른 사람은 굳이 그런 이야기를 할 필요가 없거든. 자신들한테 좋지 않은 이야기니까. 근데 사실 너도 그런 이야기를 할 필요는 없었을 텐데, 왜 그랬냐?"

"밖에서 들으니 조금 시끄러운 것 같던데 그것 때문에 곤란하셨습니까? 죄송합니다."

"사과를 들으려는 게 아니야. 이유를 들으려는 거지."

"저도 사과하려는 거 아닙니다. 기분이 나쁘셨다면 유감이라는 거지 제가 틀린 말 한 건 없지 않습니까?"

나는 나를 상대했던 수사관의 기분을 알 것 같았다. 그래도 책상은 치지 않았다.

"맞아, 맞는 말이지. 그러니까 이유나 말해줘."

"그냥 이야기를 하다 보니까 자연스럽게 나왔습니다."

"상관도 없는 이야기가 어떻게 자연스럽게 나오냐?"

"상관이 있는지 없는지는 모르는 거 아닙니까?"

"상관이 있다고 유서에 써 있냐?"

내 직구를 거침없이 받아치던 이지용은 헛스윙도 못 하고 날 멍하니 바라봤다.

"뭘 놀라? 내가 권중현이 쓰는 걸 봤어. 그땐 유서인지 몰랐지만 분명히 주머니에 넣고 화장실에 들어간 것 같았는데 헌병대는 못 찾았단 말이야. 그럼 누군가 치웠다는 소리인데 사건 이후에 화장실에 들어간 사람은 셋뿐이거든. 두 명은 겁만 집어먹고 나왔고 나머지 한 명은 다른 걸 갖고 나오지 않았을까 싶은데?"

"무슨 말씀을 하시는지……."

"종일 베드 대기를 했으니 버릴 시간도 없었지. 지금도 갖고 있냐?"

이지용이 주머니에 손을 넣었다. 뭔가를 집는 것 같았다. 녀석의 다친 어깨가 부르르 떨렸다. 나도 가끔 다친 무릎에 경련이 일어날 때가 있다. 그런 날이면 통증은 둘째 치고 기분이 더럽다.

나는 여차하면 힘으로 뒤질 생각이었다. 허리가 불편하지만 이
녀석 정도는 문제없었다. 이지용도 내 생각을 눈치 챈 것 같았다.
녀석은 문을 처다봤다. 하지만 문에는 내가 더 가까웠다. 긴장감이
군의관실을 채웠다. 놈이 갖고 있지 않을 가능성도 있지만 죽이 되
든 밥이 되든 나는 이지용을 내보내줄 생각이 없었다.

그때 군의관실의 문이 열렸다. 쌀이 익기도 전에 뚜껑이 열린 밥
통처럼 군의관실을 채웠던 긴장감이 일순간에 빠져나갔다. 문 앞엔
이기자가 목발을 짚고 서 있었다.

"죄송합니다. 방해가 됐습니까?"

이기자가 눈치를 보며 나에게 말했다.

"무슨 일이야?"

"지용이한테 전화가 와서 말입니다."

움직임이 불편한 중환자들은 데스크 앞쪽의 신형 베드에서 생활
했다. 일과 시간이 끝나면 데스크의 전화를 받는 건 그들의 몫이었
다. 이지용은 날 잠시 노려보더니 천천히 밖으로 나갔다. 나는 아무
것도 못 하고 이지용을 보냈다. 이지용은 데스크에서 전화를 받았다.

"누구야?"

나는 이기자에게 다가가 물었다.

"어머님인 거 같습니다."

"둘이 동기야? 너도 내 아들이냐?"

"그렇게 됩니까? 네, 저도 삼월 군번입니다."

이기자가 씩 웃었다.

"자대나 여기나 동기가 살려주는구나."

"네?"

나는 영문을 모르는 이기자를 남겨두고 베드로 돌아갔다.

15

주일 낮 예배엔 교회가 꽉 찼다. 신앙이 없는 환자들도 꽤 왔는데 예배가 끝나면 나눠주는 라면도 한몫했지만 피아노를 치는 여자아이의 미모가 결정적이었다. 들리는 소문에 병원 고위 장교의 딸이라고 했다. 정확한 나이는 모르지만 고등학생 정도로 보였다. 사귄다 하더라도 자칫 실수라도 하면 산 채로 공중 분해될 상황이었다. 하지만 이럴 때면 귀신 잡는 해병대보다도 용감해지는 녀석들은 쪽지 등을 건네며 수작을 걸었다. 그녀에게 접근하기 용이한 피아노 앞좌석을 차지하려고 예배 시작 삼십 분 전부터 나와 있는 녀석도 있었다.

지금은 수요일 저녁 예배다. 공짜로 나눠주는 라면도, 피아노를 치는 미녀도 없다. 하지만 교회는 미어터졌다. 무용과 여대생을 초청하여 위문 공연을 연 것이다. 게다가 간식은 맥도널드 햄버거. 자리가 없어 뒤쪽에 간이 의자를 펼쳐야 될 정도로 사람들이 몰려들었다. 박대위와 나는 맨 끝자리에 앉았다.

"이게 뭐냐?"

박대위가 말했다.

"이렇게 될 줄 몰랐습니다. 죄송합니다."

베드 대기가 풀리지 않아 나올 방법이 없었던 나는 교회에서 박대위를 만나기로 했다. 종교 활동은 막지 못하기 때문이다. 예기치 못한 상황이었지만 나쁘게 볼 것만은 아니었다. 소란스런 가운데 은밀히 이야기를 나눌 수도 있으니까. 하지만 교회에선 속삭이는 소리조차 들리지 않았다. 교회를 가득 채운 환자들은 입을 다물고 단상을 노려봤다.

무용과 여대생과 맥도널드 햄버거란 말은 거짓이 아니었다. 한복을 입고 무대에 오른 아주머니들은 분명 여성대학에 다니는 대학생이었다. 아주머니들이 열심히 연습했을 춤을 선보이는 동안 우리 손에 쥐어준 햄버거도 천 원을 주면 백 원이 남는 구백 원짜리 맥도널드 햄버거가 분명했다.

"교회에서 이렇게 사기 쳐도 되는 거냐?"

병실로 돌아가는 길에 박대위가 말했다.

"거짓말은 아니지 않습니까?"

내가 웃으며 말했다.

"헛소리하지 말고 할 말 있으면 빨리 해봐."

"간호장교하고 무슨 일이 있었던 것 같습니다."

"어떤 일?"

"아직 모릅니다."

"그게 뭐냐?"

박대위가 인상을 썼다.

"치과 간호장교인 이소윤 소위입니다. 한 번 만나봤는데 선한이 이야기에 굉장히 민감하게 반응했습니다. 분명히 무슨 일이 있기는 있었습니다."

"너 지금 뭐라고 그랬냐? 만나봐?"

박대위가 멈춰 섰다.

"그렇습니다. 기다리고 있다가 퇴근길에 따라가서……."

"미쳤냐?"

"네?"

"너 내가 탐정놀이 하지 말라고 그랬지? 이 새끼가 칭찬해주니까 네가 진짜 뭐라도 되는 줄 알아? 그런 일이 있으면 보고를 하고 지시를 받아야지, 네 맘대로 장교한테 가서 조사를 해?"

"죄송합니다."

나는 고개를 숙였다.

박대위가 잠시 나를 노려보다 말했다.

"너희 병실에서 누가 죽었다며? 그건 어떻게 된 거야?"

"상병이 샤워실에서 목을 맸습니다."

"일이병들은 가만있는데 상병장들이 난리야. 무슨 일이래?"

"잘 아는 친구가 아니라서 자세히는 모르겠습니다."

나는 박대위에게 헌병대의 경고를 전하지 않았다. 이런 분위기에서 헌병대 이야기까지 꺼냈다간 날 갈아 마시려고 할 터였다.

박대위가 화를 누그러뜨리고 말했다.

"사고가 연달아 터지면 부대가 어떻게 돌아가는지 너도 알잖아? 이럴 때일수록 조심해야 돼. 앞서 나가지 말라고. 이미 자기들이 조사 끝내고 덮은 사건을 우리 소관도 아닌데 나서서 설치다가 무슨 일이라도 생기면 어떻게 되겠냐?"

"알겠습니다."

"이소윤 소위라고 했나? 둘이 연애 비슷한 거라도 한 거야?"

"짝사랑에 가까운 것 같습니다."

"서글프구만."

박대위가 추운지 몸을 부르르 떨었다.

"일단 여자한텐 접근하지 마, 시끄러워질 수 있으니까. 내가 나중에 알아보도록 하지."

"네."

"어쨌든 수고했어. 다른 쪽으로 가능성은 없는지 더 알아봐."

정형외과 병실이 보이자 박대위는 이비인후과가 있는 반대편으로 돌아가려고 했다.

나는 급하게 박대위를 붙잡았다.

"박대위님."

"왜?"

"그 면회 온 사람 말입니다."

"아…… 그거? 기록이 부실해서 연락이 잘 안되는데……. 중요한 건 아니잖아? 간호장교랑 엮인 거라며?"

"그렇습니까?"

괜히 실망스러운 소식이었다. 나는 경례를 하고 박대위와 헤어졌다.

병실로 올라가니 이미 교회를 다녀온 환자들이 삼삼오오 모여 교회의 과대광고를 지탄하고 있었다. 분노의 토로라기보다 재밌는 무용담을 늘어놓는 분위기였다. 병실에 남아 있던 환자들은 그럴 줄 알았다며 낄낄댔다.

권중현이 이 세상에서 사라진 지 일주일하고도 이틀이 지났다. 그동안 많은 환자들이 퇴원을 했고 전후방에서 신환자들이 들어왔다. 물갈이가 되었기 때문일까. 권중현은 역사 교과서 속의 인물 같아졌다. 시험을 칠 때만 기억했다가 곧 잊어버리는 이름 말이다. 좋은 이름이든 나쁜 이름이든 사람들은 쉽게 잊는다. 하지만 사라진 이들을 결코 잊지 못하는 사람도 있다.

박걸은 권중현을 어떻게 기억할까. 교회를 간다는 이유로 폭행을 당해 손목이 부러졌는데도 새벽 기도를 빠지지 않던 녀석이다. 그런 녀석이 권중현이 죽은 후로 교회에 가지 않았다. 나는 새벽마다 시간을 맞춰 일어나 박걸을 살폈지만 녀석은 권중현이 죽은 다음 날부터 새벽 기도뿐 아니라 믿지 않는 환자들까지 몰려든 오늘 저녁까지도 교회에 가지 않았다.

나는 박걸에게 다가가 말했다.

"목사님이 너 안 오느냐고 묻더라. 교회 끊었냐?"

"그렇습니까? 요즘 몸이 안 좋아서……."

"여기 있는 놈은 다 안 좋지, 좋은 놈이 어딨냐?"

"그렇습니다."

박걸이 오랜만에 웃어 보였다. 죽어가는 사람이 안간힘을 다해 짓는 미소 같아 불편했다.

말을 건 김에 이야기를 좀 더 해볼까 했는데 다른 녀석이 끼어들었다. 총무를 맡고 있는 상병이었다. 총무는 병실장이 정했는데, 불침번과 청소 구역을 정해서 발표했다.

"병장님, 오늘 불침번 말번이십니다. 괜찮으시겠습니까?"

총무가 공손하게 말했다.

병실장 패거리지만 이 녀석은 다른 환자와도 잘 지내려 하는 편이었다. 괜한 허세는 떨지 않았다.

"안 괜찮으면 빼주려고?"

나는 웃으며 농담을 건넸다.

"아닙니다. 해주시면 좋겠습니다."

총무가 웃으며 말했다.

나는 알았다며 고개를 끄덕였다.

한 시간쯤 지나 점호가 진행됐다. 전원이 정숙한 가운데 베드에서 대기했다. 오늘은 당직 사령이 직접 병실을 돌았다. 병장들도 절도 있는 자세를 취하는 유일한 시간이었다. 당직 사령이 들어오자 병실장이 인원 보고를 하고 갑작스런 환자를 체크했다.

이상이 없는 것을 확인하고 당직 사령이 말했다.

"지난 열흘 동안 대기하느라 힘들었지?"

"아닙니다."

우리는 한목소리로 우렁차게 대답했다.

"모두 알다시피 이 병실에서만 불행한 사고가 두 번이나 있었다. 마음이 편치 않았을 텐데 통제에 잘 따라줘 고맙다. 알다시피 내일은 투표를 하는 날이다. 군복은 다 챙겼나?"

"그렇습니다."

16대 대통령 선거는 12월 19일이다. 하지만 군인인 우리는 부재자 투표 대상자로 한 주 전인 12월 12일에 투표를 했다. 군용 버스를 타고 부재자 투표소인 광주 서구청으로 이동해서 투표를 한 후 복귀할 예정이었다. 환의를 입고 갈 수는 없기에 병원에 입원한 전 환자가 미리 군복을 찾아놓았다.

"아마 대부분이 첫 번째 대선이 아닐까 하는데…… 선거 유인물도 다 받아서 봤을 거라고 생각한다. 지금은 다쳐서 환자로 있지만 환자이기 전에 군인으로, 또 군인이기 전에 한 사람의 국민의 입장에서 대통령이자 국군 통수권자로 우리나라와 군을 잘 이끌어갈 후보를 택하기 바란다. 이상."

당직 사령이 말을 마치자 병실장이 경례를 했다.

당직 사령은 병실을 떠났지만 모든 병실의 점호가 마치기 전엔 움직여선 안 됐다. 하지만 우리는 당직 사령이 다른 복도로 갈 때쯤에 텔레비전을 켜서 뉴스를 봤다. 여성 기상 캐스터가 진행하는 날씨와 이어지는 스포츠 뉴스를 보기 위해서였다. 오늘은 점호가 일찍 끝나 정규 뉴스의 마지막 꼭지도 볼 수 있었다. 일주일 남은 대통령 선거는 이회창 후보의 강세였던 초반과 다른 분위기로 흘러갔다. 노무현 후보는 당내 경선과 단일화를 거치며 지지율 반전을 이뤄내 여론조사에서 처음으로 이회창 후보를 앞섰다. 바깥은 막바지 선거 운동의 열기가 뜨거워 보였다. 하지만 우리에게 그 장면은 어쩐지 현실감이 없게 보였다. 반년 전 월드컵 때도 그랬다. 분명 같은 경기와 결과를 지켜봤지만 경기가 끝난 후 거리에 뛰쳐나와 기쁨을 나누는 붉은색의 물결은 우리에게 철저히 비현실적인 광경이었다. 텔레비전이 꺼지면 방금 전까지 함께라고 생각했던 사람들은 사라지고, 우리 곁엔 다치고 찢기고 상한 사람들만이 남았다.

스포츠 뉴스가 끝나자 병실의 불이 꺼졌다. 내일은 투표 때문에 낮잠을 자기도 어렵다. 불침번 말번인 나는 잠을 청했다.

초번과 말번이 병장의 몫이라면 제일 좋지 않은 시간대인 네 시부터 다섯 시는 주로 이병이 맡았다. 입원한 지 얼마 안 되는 이병이 근무 시간 오 분 전에 날 깨웠다. 나는 간단히 인수인계를 받고 간호 데스크에 앉았다. 이병이 자기 베드로 들어가고 누군가 어둠 속에서 앞으로 나왔다. 박걸이었다.

"수고하십니다."

"어, 왜?"

"새벽 기도회 좀 다녀왔으면 합니다."

"혼자? 안 가다가 왜 가려고 해?"

"어제 병장님 말씀 들어보니까 목사님도 걱정하시는 것 같고 해서 말입니다. 이젠 몸도 괜찮습니다."

"혼자 가는 건 좀 그런데……."

"솔직히 병장님이 불침번인 거 알고 나온 겁니다. 이해해주실 것 같아서 말입니다."

나는 박걸을 빤히 쳐다보다 말했다.

"오늘 누구 찍을 거냐?"

"네?"

"선거 말이야."

"아……. 그게……."

박걸은 대답하지 못하고 머리를 긁적거렸다.

"됐어. 가봐."

내가 말했다.

"감사합니다."

곤란해하던 박걸은 나의 말에 고개를 꾸벅 숙이고 돌아섰다.

박걸이 후문을 열고 어둠 속으로 사라지자 나는 자리에서 일어났다.

16

박걸은 교회를 지나쳐 나무숲으로 들어갔다. 그리고 주머니에서 야상의 허리 라인을 조이는 끈을 꺼냈다. 어제 찾아온 군복에서 빼낸 것이었다.

권중현이 환의 위에 입는 재킷의 허리끈으로 목을 매자 병원 측은 모든 재킷의 허리끈을 수거했다. 덕분에 우리는 주머니에 손을 넣고 재킷을 가운데로 모아 다녀야 했다. 같은 이유로 자대에선 이병의 야상 허리끈을 받아두었다가 적응 기간이 끝난 후 돌려준다.

박걸은 멀쩡한 한 손과 입을 사용해 줄을 묶어 매듭을 만들려고 했지만 잘되지 않았다. 나는 어둠 속에서 녀석을 지켜보고 있었다. 목을 매려고 할 때 나가면 극적이겠지만 박걸이 매듭을 만들기를 기다리기엔 날씨가 추웠다. 오늘 최저 기온은 영하 5.2도고 난 맨발에 슬리퍼 차림이었다. 나는 어둠 속에서 나가 말도 없이 다짜고짜 박걸 앞으로 갔다. 깜짝 놀란 박걸은 귀신이라도 본 것처럼 뒷걸음질하다가 엉덩방아를 찧었다. 한 손이 불편한 녀석이라 어디 다칠까 걱정이 됐다.

"야! 괜찮냐?"

내가 급히 다가가며 말했다.

얼마나 놀랐는지 박걸은 내가 코앞까지 갔는데도 이상한 소리를 내면서 바닥을 기어 도망갔다.

"야! 나야, 나!"

나는 박걸의 어깨를 붙잡고 말했다.

박걸은 그제야 나를 돌아봤다.

"병장님?"

"그래, 나라고. 손 괜찮아?"

박걸은 그대로 뒤로 자빠져 거친 숨을 쉬었다. 나는 뻗어버린 녀석의 멀쩡한 왼손에서 야상 끈을 빼앗았다.

박걸이 정신을 차리고 몸을 반쯤 일으키며 말했다.

"아……. 그건……."

"이렇게 묶으면 못 죽어."

나는 어설프게 엮어놓은 야상 끈을 뭉쳐서 박걸의 머리를 두드렸다.

"뭘 하려면 준비를 제대로 해야지. 그래, 안 그래?"

나는 박걸 앞에서 매듭을 묶으며 말했다.

"저기 그게 아니라……."

"임마, 내 근무 시간에 보내쳤더니 죽어버리면 난 어떻게 될 것 같냐? 영창은 기본에 너희 부모님한테 무슨 원망을 들으라고? 너 그런 거 생각은 해봤냐?"

나는 묶은 매듭을 박걸 앞에 던지며 말했다.

"어떻게 할 거야?"

"죄송합니다."

박걸은 고개를 떨궜다.

오늘 죽을 사람에게 내일 아침 메뉴는 중요하지 않다. 내가 누굴 찍을 거냐고 물었을 때 박걸이 곤란한 기색을 내비친 것은 투표를 할 생각이 없기 때문이었다. 나는 박걸이 병실을 나가고 나서 녀석의 베드로 갔다. 그리고 박걸의 사물함을 열어 야상을 살폈다. 끈이 없었다. 부대마다 차이가 있지만 일병 정도 되면 끈을 돌려준다. 나는 내 앞 시간에 근무를 마치고 누워 있는 이병에게 가서 다음에 녀석의 근무를 대신 서줄 테니 내 근무를 서달라고 부탁했다. 어차피 잠시 누워 있다 일어나야 했던 녀석은 흔쾌히 자리에서 일어났다.

"권중현이 자살하기 전에 너하고 있던 거 봤어."

내가 말했다.

박걸은 놀라 고개를 들었다.

"헌병대엔 이야기하지 않았어. 내가 무슨 말이건 했다면 당장 너를 데려갔겠지. 난 너를 넘길 생각이 없다. 너 지금 이러는 거 권중현이랑 무슨 일이 있어서지? 나한테 이야기해주면 안 되냐?"

박걸은 잠시 망설이다 입을 열었다.

군대에서 제일 착해 보이는 계급은 이병과 병장이다. 이병이야 막내기 때문이고 병장은 직접적으로 후임들과 부딪치지 않기 때문이다. 병장이 이병을 갈구는 일은 없다. 오히려 겉으로는 격려해주는 경우가 많아서 웬만해선 나쁘게 보이질 않는다. 반면 악명을 떨치는 계급은 일병 4호봉에서부터 상병 시절까지였는데 언제까지 이어지는지는 개인차가 있다. 대부분은 상병 5호봉 정도가 되면 병장들도 터치하지 않는 위치가 돼서 유해진다는 느낌이 있다. 일종의 이미지 관리다. 마지막까지 개자식으로 기억되고 싶진 않을 테니까.

하지만 유독 제 버릇을 못 버리는 녀석이 있다. 권중현의 악명이 하늘을 찔렀던 시기는 올해 여름이었다. 내가 돌아왔을 땐 상병 중에도 고참이 되어 예전처럼 후임들을 쥐어짜지는 않았다. 대신 이젠 눈치 보지 않고 자신에게 주어진 권력을 즐겼다. 녀석에겐 장난이었을 것이다. 예전에 비하면 화도 안 내고, 욕도 안 하고, 웃으면서 지내니 후임들도 심하게 여기진 않았을 거라 생각한다. 하지만 당하는 입장에선 장난감 취급을 받는 기분이었을 것이다.

박걸은 권중현이 애용하던 장난감이었다. 권중현은 걸핏하면 박걸을 불러다 기독교에 대한 질문을 했다. 관심이 있어서가 아니라 놀리기 위해서였다. 녀석은 부식으로 나온 포도 주스를 들고 가서 왜 예수가 포도주를 주며 자신의 피라고 했는지 진지한 태도로 묻다가 박걸의 베드에 일부러 주스를 쏟고는 예수의 피가 묻었다며 호들갑을 떨었다. 처음엔 진지하게 대하던 박걸은 점차 권중현을 무시하고 건성으로 대응했지만 그럴 때면 권중현은 버럭 화를 냈다.

"저는 권중현 상병이 싫었습니다."

박걸이 말했다.

"좋아하는 쪽이 이상한 거 아니냐?"

"권중현 상병은 문제가 많은 사람이고 그래서 모두들 싫어했지만 주님은 그런 사람도 사랑하십니다."

"그렇다고 하자. 근데?"

"새벽 기도회를 가려고 일어났는데 권중현 상병이 불침번이었습니다. 보자마자 짜증이 났습니다. 또 무슨 장난을 걸까, 정말 싫다, 저 인간이 없어지면 얼마나 좋을까. 그런 생각을 하면서 앞으로 갔습니다. 새벽 기도를 가도 되느냐고 묻는데 권중현 상병의 분위기가 평소랑은 많이 달랐습니다. 혼이 나간 사람 같다고 해야 하나……. 정신이 없어 보였습니다. 대답을 안 해줘서 다시 물었더니 갑자기 뜬금없는 질문을 했습니다."

"무슨 질문?"

"정말로 예수를 믿으면 모든 죄를 용서받고 구원을 받느냐고 했습니다. 저는 그냥 넘어가나 했더니 또 시비를 거는 건가 싶어 화가 머리끝까지 났습니다. 멀쩡한 손에는 성경을 들고 있었는데 깁스를 한 손으로라도 쳐버리고 싶었습니다."

그때의 감정이 되살아나는 듯 박걸의 어조가 격해졌다.

"너무 화가 나서 하마터면 소리를 지를 뻔했습니다. 보내주지 않아도 저는 그냥 가겠다고 했습니다. 그리고 돌아서는데 권중현 상병이 저를 급하게 잡았습니다. 그리고 이상한 말을 했습니다."

"뭐라고?"

"죄를 지었다고 했습니다. 자기가 다른 사람을 죽게 했다고, 어쩌면 좋으냐고 물었습니다."

"누굴 죽게 해?"

"모릅니다. 저는 그것도 다 장난이라고 생각했습니다. 너무 화가 나서 진지하게 듣지를 않았습니다. 상병님이 알아서 책임지시라고 하고 나가버렸습니다. 그렇게 새벽 기도를 갔는데 마음이 편치 않았습니다. 시간이 좀 지나니 어쩌면 권중현 상병이 진심으로 물어본 것이 아닌가 하는 생각이 들었습니다. 돌아가면 다시 이야기를 해봐야겠다고 생각했습니다. 그리고 다시 병실로 돌아왔는데……."

박걸의 목소리가 떨렸다. 녀석은 한참 동안 말을 잇지 못했다.

다른 사람을 죽게 했다. 죽였다가 아니라 죽게 했다. 권중현은 월드컵이 시작될 때부터 지금까지 여기 있었다. 그사이에 죽은 사람은 선한이 말고는 없었다. 병실 후문에서 녀석이 이소윤 소위를 훔쳐보던 게 생각났다.

갑자기 지금껏 이상하게 여기지 않았던 사실 하나가 떠올랐다.

권중현이 어떻게 지금까지 여기 있었지?

권중현도 무릎이 문제였다. 나처럼 제대할 정도는 아니어서 쉬다가 복귀를 해야 했다. 나보단 늦게 입원했지만 가을에는 퇴원을 했어야 했는데 권중현은 겨울이 시작될 때까지 버텼다. 그게 가능하려면 다른 곳에 문제가 생겨 전과를 하거나, 병실장이나 도우미를 해야 했다.

생각을 정리하는데 박걸이 신음을 토해내며 말했다.

"제 잘못입니다. 그때 이야기를 들어줬어야 했는데……. 그럼 달라질 수도 있었는데……. 주님이 그 사람을 구할 마지막 기회를 제게 주셨는데……. 제가 미움에 사로잡혀서 외면해버렸습니다."

나는 박걸의 뒤통수를 후려쳤다. 박걸은 머리를 부여잡았다.

"이 사이비야, 성경 어디에 잘못하면 자살하라고 쓰여 있냐? 네 말대로 권중현 같은 인간도 사랑하는 하나님이 네가 죽으면 잘 죽었다고 퍽이나 좋아하겠다. 다른 생명 귀한 줄은 알고 네 생명 귀한 줄은 모르냐? 다른 사람 사랑하는 건 알고 네가 사랑받는 건 몰라? 매일 새벽마다 가서 뭐 했나?"

박걸은 머리를 잡은 채로 고개를 처박고 있었다. 너무 세게 때렸나 걱정이 됐다.

"괜찮냐?"

나는 박걸의 등에 손을 올리며 말했다.

박걸의 등이 흔들렸다. 뜨거운 눈물이 얼어붙은 땅에 떨어졌다.

17

아침을 먹고 우리는 군복으로 갈아입었다. 자대에 복귀하기 위해 군복을 입었다면 만감이 교차했겠지만 오늘은 잠시 나들이 다녀오는 기분이라 오랜만에 입는 군복이 싫지 않은 눈치들이었다. 괜히 들떠서 여기저기 모여 이야기를 나누는 환자들 사이에서 박걸이 한 손으로 야상 끈을 넣으려 애쓰고 있었다.

나는 박걸에게 다가가 손을 내밀며 말했다.

"줘봐."

나는 박걸에게 끈을 건네받아 야상에 집어넣었다. 그리고 녀석의 뒤에서 야상을 입혀주고 끈을 이용해 허리라인을 조절했다. 나는 무대 위의 모델을 점검하는 디자이너처럼 한 걸음 물러서서 박걸을 살폈다.

"야, 군복 입혀놓으니까 태가 난다. 나보다 훨씬 낫네."

"감사합니다."

"인정한단 뜻이냐?"

"아닙니다."

박걸이 웃으며 말했다.

"가운데 정렬하시랍니다."

앞에서 이기자가 선창하자 일이병들이 전파했다.

군복을 입은 우리는 병실 가운데 통로에 두 줄로 나란히 섰다. 옆에 권중현이 쓰던 베드가 보였다. 문득 내가 꿨던 꿈이 생각났다.

퇴원 선고는 우리에게 죽으란 소리처럼 느껴졌다. 성치 않은 몸으로 자대로 복귀하기 위해 입는 군복은 수의 같았다. 하지만 우리는 완전히 죽지 않았다. 몸도 마음도 피투성이가 될지는 몰라도 우리는 되살아났다. 고통의 때는 반드시 끝난다. 오늘은 잠시 바깥 공기를 쐬고 올 뿐이지만 언젠가 영원히 집에 가기 위해 군복을 입는 날이 온다. 하지만 그때를 기다리지 못한 사람은 영원한 죽음에 이른다. 선한이의 마지막이 권중현과 같단 사실이 나는 억울하고 원통했다.

병실장이 앞에 나와 인원 체크를 하고 간호장교에게 보고를 했다.

최대위는 수척해 보였지만 씩씩한 말투로 말했다.

"오랜만에 군복 입으니까 어때, 좋아?"

"좋습니다!"

중간의 한 녀석이 크게 외치자 모두들 웃었다.

최대위도 미소를 지었다.

"조금 이따가 우리 차례라고 방송 나오면 정문 앞에 나가서 버스 탑승하면 돼. 잠깐 나갔다 오는 거지만 오랜만에 바깥 구경도 하면서 기분 전환도 되면 좋겠다. 잘들 하고 와."

"알겠습니다."

우리는 한목소리로 대답했다.

최대위가 자기 자리로 돌아가고, 우리는 양옆의 베드에 걸터앉아 잠시 대기했다.

나는 중환자 베드에 있는 이기자에게 말을 걸었다.

"이기자, 너희들은 어떻게 하냐?"

휠체어나 목발을 짚는 중환자들도 투표를 위해 전부 군복으로 갈아입었다. 하지만 우리와 같이 서지는 않았다.

"저희들은 이따가 장교님들이 개별적으로 태워주신답니다."

"그래, 잘하고 와라."

"알겠습니다."

녀석은 언제나처럼 밝게 웃으며 말했다.

그때 우리 병실을 부르는 방송이 나왔다. 우리는 대열을 맞춰 병실을 빠져나갔다.

정문 앞에 가보니 하얀색 바탕에 파란 줄이 그어져 있는 대형 군용 버스가 대기하고 있었다. 우리는 인솔 장교의 지시를 받아 버스에 탑승했다. 박결과 같이 중간쯤에 있던 나는 눈치를 보다 앞으로 갔다. 버스에 올라서자 먼저 타고 있는 이지용이 보였다. 옆자리가 비어 있었다. 나는 냉큼 가서 이지용의 옆에 앉았다. 이지용이 뚱한 얼굴로 나를 봤다.

"왜 그렇게 봐?"

나는 천연덕스럽게 말했다.

"다른 데도 자리 많은데 말입니다."

"난 여기가 좋은데."

"절 좋아하시는 줄은 몰랐습니다."

"너무 그러지 마라. 여기서 내가 뭘 어쩌겠냐?"

나는 웃어 보였다. 녀석은 웃지 않았다.

이지용의 군복 입은 모습은 처음이었다. 나는 녀석의 군복을 보고서야 어떻게 일병이 오자마자 도우미가 되었는지 알 수 있었다.

"너 자대에서 의무병이었냐?"

"그렇습니다."

"그래서 바로 도우미가 됐구나. 어디 있었는데, 사단? 연대?"

"대대에 파견 나가 있었습니다."

"사단이나 연대 의무대는 가봤는데 대대는 모르겠네. 그래도 파견이면 조금 편한 편 아닌가?"

군 생활은 어렵다. 행정병은 사무실에서 근무하는 대가로 야근을 하는 것은 물론이고 주말까지도 장교들에게 불려 가 업무에 시달려야 했고, 취사병은 새벽 다섯 시에 일어나 종일 밥 짓고 치우고를 반복하다 저녁 설거지를 마치고 돌아오면 잘 시간이었다. 사람들이 쉽다고 생각하는 곳도 막상 가보면 결코 쉽지 않다.

하지만 파견은 잘만 타면 정말 편한 생활을 할 수도 있다. 파견 나간 부대의 사람들은 남이나 마찬가지고, 중대장도 행보관도 없으니 같이 간 인원들끼리만 잘 지내면 된다.

이지용은 내 질문에 답하지 않고 소리 없이 웃었다. 섬뜩할 정도로 일그러진 미소였다.

누구나 자기 군 생활이 제일 힘든 법이다. 군인들에게 편하게 지 낸 거 같다고 하면 대부분은 기분 나빠한다. 하지만 이 정도는 아 니다. 놀리려고 한 건 아닌데 질문보단 내가 옆자리에 있는 게 마음 에 들지 않는 것 같다.

모든 인원이 탑승을 완료하고 버스가 부재자 투표소인 서구청으 로 출발했다. 도착할 때까지 내 옆을 떠나지 못하는 이지용은 출발 하자마자 창밖에 시선을 고정했다. 상관은 없다. 이제부터 할 이야 기는 눈을 맞추며 다정다감하게 할 대화가 아니니까.

"권중현이 도우미였냐?"

내가 말했다.

이지용이 나를 돌아봤다.

"갑자기 생각난 건데 권중현이 너무 오래 입원을 한 거야. 어떻게 그렇게 오래 있었지 생각을 해보니까 병실장이나 도우미 하는 거 말고는 방법이 없잖아. 근데 병실장 하기엔 짬이 부족하고……. 그 럼 도우미밖에 안 남지. 보통 도우미는 두 명을 쓰는데 넌 혼자란 말이야. 그래서 이상하게 생각했거든. 그런데 권중현이 도우미라면 말이 되더라고. 아마 명목상이고 일은 네가 다 했겠지만."

"맞습니다."

이지용은 퀴즈 프로그램 진행자처럼 웃으며 말했지만 날 칭찬해 주는 것 같지는 않았다.

"권중현 상병이 밤에 절 불러내더니 남은 한 자리는 자신을 써달 라고 했습니다. 그래서 제가 군의관님께 추천했습니다."

"밑의 애들 괴롭히는 데는 천부적인 재주가 있다만 도우미에 적

합한 인재는 아니잖아."

"제 입장에선 어쩔 수 없었습니다."

"협박이라도 했단 이야기냐? 권중현이야 그러고도 남을 인간이 지만 네가 순순히 들어줬을 것 같지는 않은데."

"절 너무 과대평가하시는 것 같습니다. 제가 뭐라고 말입니다. 병 장님도 아시겠지만 전 마음만 먹으면 언제든 뜻대로 할 수 있는 약 해빠진 녀석 아닙니까?"

이지용이 이죽거리며 비아냥거렸다.

녀석은 내가 죄책감에 시달리다 자살하도록 만들고 싶은 모양이 었다. 하지만 나는 조금 미안할 뿐이었고 아직 묻고 싶은 것이 남아 있었다.

"권중현이 선한이한테 무슨 짓을 했는지 아냐?"

나는 일부러 '내가 알고 있는 걸 너도 알고 있지'라고도 들리도 록 말했다.

녀석의 눈동자가 바닥에 굴러 떨어질 것처럼 흔들렸다. 그 순간 버스가 멈춰 섰다. 타이밍이 좋은 녀석이다.

"자, 내려서 정렬해라."

앞자리에 앉아 있던 인솔 장교가 일어서서 말했다.

우리는 버스에서 내려 이 열로 섰다. 갑자기 나타난 군인 무리에 사람들의 시선이 쏠렸다. 투표소에 입장하기 전 다시 인원 체크를 하고 우리는 투표소로 들어갔다. 지나가는 복도에 후보자들의 포 스터가 붙어 있었고, 나는 여전히 이지용의 옆에 붙어 있었다.

"권중현 상병이 뭘 했다는 겁니까?"

이지용이 처음으로 먼저 말을 건넸다.

녀석은 그사이에 침착함을 되찾았다. 침착함을 되찾은 이지용과 이야기하는 건 재미가 없었다.

"넌 누구 찍을 거냐?"

내가 후보들의 포스터를 보며 말했다.

"네? 그건 말해주면 안 되는 거 아닙니까?"

난데없는 질문에 이지용이 웃었다.

"그럼 어떤 사람이 좋다고 생각하나?"

이지용은 내 질문에 잠시 생각하다 말했다.

"뭐, 정치는 잘 모르지만 저 같은 사람을 대변해줄 보통 사람이 되는 게 좋지 않겠습니까? 우리 편이 돼줄 테니 말입니다."

"포스터에 실리는 사람 중에 보통 사람은 없다. 좋은 쪽이든 나쁜 쪽이든 보통 사람이 아니니까 저 자리까지 가는 거지."

"그럼 병장님은 어떤 사람이 좋다고 생각하십니까?"

"너는 누구 편이냐고 묻는 사람이 아니라 무엇이 옳은 것이냐고 묻는 사람. '내가 너의 편이 되어줄게'가 아니라 '옳은 것을 함께 지켜나가자'라고 하는 사람. 그런 사람이면 괜찮지 않겠냐?"

내가 이지용을 보며 말했다.

"듣기가 좋긴 한데 그런 사람이 있겠습니까? 있다고 해도 별로 인기가 없을 것 같습니다."

"그래, 오히려 양쪽 모두에게 공격받을지도 모르지."

복도를 지난 이지용과 나는 투표장 안으로 들어가 양쪽으로 갈라졌다.

나는 오른편에서, 이지용은 왼편에서 신분을 확인하고 기역 자 모양으로 나눠져 있는 기표소로 들어갔다. 나는 받아 온 투표용지를 내려놓고 이 자리에 오지 못한 선한이를 생각했다. 선한이는 내 질문에 뭐라고 대답하고 누구에게 표를 던졌을까. 나는 도장을 들어 한 사람의 이름 옆에 찍었다.

투표를 마치고 화장실을 다녀온 후 버스가 대기하고 있는 곳으로 나갔다. 이미 투표를 마친 녀석들은 흡연 구역에서 담배를 피우거나 커피를 마시고 있었다. 나는 벤치에 있는 박걸 옆에 가서 앉았다. 반대편 공중전화에선 이지용이 전화를 하고 있었다. 나는 이지용의 뒷모습을 보며 녀석이 누굴 찍었을까 생각했다. 왠지 나와 같은 후보에게 투표를 했을 것만 같았다. 하지만 그렇다고 내가 이지용과 같은 편에 있는 것 같지는 않았다.

"뭐가 그렇게 심각하십니까?"

박걸이 생각에 잠겨 있는 나에게 말했다.

"뭐가 그렇게 심각하냐니. 그게 오늘 새벽에 죽으려고 했던 놈이 할 대사냐?"

박걸은 멋쩍게 웃으며 주변을 둘러봤다.

"병장님."

"왜?"

"저 벽에 햇빛이 비치는 거 보이십니까?"

박걸이 가리키는 곳은 우리가 앉은 벤치에서 보이는 건물 외벽이었다. 베이지색 벽에 겨울 햇빛이 사선으로 드리워져 있었다.

"저게 왜?"

"저게 너무 예뻐 보입니다."

"어?"

나는 피식 웃었다.

"정말입니다. 갑자기 세상이 좋아 보입니다. 이 추운 공기도 신선하게 느껴지고 지나가는 사람들도 다 좋아 보입니다. 신기합니다. 아무것도 달라진 건 없는데 말입니다."

박걸이 상기된 얼굴로 말했다.

"네가 달라진 모양이지. 난 추워죽겠구만."

나는 손을 주머니에 집어넣고 몸을 부르르 떨었다.

"맞습니다. 저는 오늘 거기서 죽었던 것 같습니다. 그리고 다시 태어난 것 같습니다."

한동안 아이 같은 눈으로 자신 앞에 펼쳐진 세상을 보던 박걸이 나를 보며 말했다.

"감사합니다."

"나 너 살리라고 보낸 천사 아니다."

나는 퉁명스럽게 말했다.

"압니다. 아무리 잘 믿어도 어떻게 사람이 천사가 되겠습니까?"

"그럼 잘 믿으면 뭐가 되나?"

"사람이 됩니다."

"그게 뭐야?"

나는 어이가 없어 웃었다.

하지만 박걸은 진지하게 다시 말했다.

"사람다운 사람 말입니다."

사람다운 사람이라. 왠지 모르게 나는 박걸의 그 말이 좋았다.

투표를 마치고 우리는 다시 버스를 타고 복귀했다. 이지용은 눈치를 보다 냉큼 다른 사람의 옆에 앉았다.

돌아오는 길, 나는 이지용의 뒤통수를 보며 생각했다. 협박을 당했다는 이지용의 말은 거짓이다. 권중현은 약자에게 강하고 강자에게 약한 놈이다. 일병이라지만 도우미를 건드렸다가는 퇴실당할 수도 있다. 권중현이 잘하는 거라곤 누군가 해야 할 더러운 일을 대신 해주고 그 대가를 챙기는 것뿐이다. 도우미 자리는 협박이 아니라 협조로 얻은 것이다. 그 협조가 뭔지 모르지만 선한이와 연관된 것이 분명하다.

우리는 병실로 돌아와 군복을 반납하고 환의로 갈아입었다. 중환자들은 우리가 다녀온 후 장교들의 승용차를 타고 투표소로 갔다. 오전과 오후 내내 투표소까지 가는 것이 가능한 모든 환자가 순차적으로 투표를 마쳤다. 이렇게 바깥보다 일주일 빠르게 대선 투표가 끝났다.

새벽부터 찬바람을 맞고 다녔더니 몸이 으슬으슬했다. 나는 자리에 누워 이불을 뒤집어쓰고 잠이 들었다. 얼마쯤 지났을까 누군가 내 베드를 걷어차며 나를 깨웠다. 나는 병장 베드를 걷어차는 배짱 좋은 녀석이 누군지 확인하려고 인상을 쓰며 일어났다. 박대위가 성난 얼굴로 서 있었다.

　박대위는 땅을 걷어차듯 걸었다. 나는 두어 걸음 뒤에서 발소리를 죽이며 따라갔다. 말하지 않아도 그가 화가 났다는 건 알 수 있었다. 행동으로 화가 났다는 걸 보여주기 때문이 아니었다. 지금 그는 오히려 화를 누르고 있었다. 그의 거친 걸음은 참고 참았지만 도저히 통제되지 않아 새어 나온 분노의 표현이었다. 나는 그것이 두려웠다.

　박대위는 공터에 주차된 자신의 코란도 승용차 운전석에 탔다. 나는 옆자리에 앉았다.

　바깥의 소음이 차단되자 그가 입을 열었다.

　"일은 중단한다. 넌 내일 신경외과로 전과해."

　"네? 무슨 말씀이십니까?"

　"잘 들어. 실수란 건 말이야, 반드시 대가를 치르게 되어 있어, 알겠어? 우리끼리 '실수해서 죄송합니다' '그래, 다음부터 조심해라'

한다고 결코 끝나지 않아."

박대위가 내 얼굴에 삿대질을 하며 말했다.

그가 이렇게 화를 낼 정도의 일이 뭘까 생각하다 갑자기 무서운 질문이 떠올랐다.

"이소윤 소위가 어떻게 됐습니까?"

박대위는 차창 밖을 보며 진정하려고 애를 썼다.

"죽진 않았어. 죽었다면 너랑 이러고 있을 수도 없지."

"자살 시도를 했습니까?"

"손목을 그었다. 지금은 밖의 병원에 입원 중이야."

"저는 별다른 이야긴 하지 않았습니다. 그냥 선한이를 아느냐고 물었을 뿐입니다."

나는 항변하듯 말했다.

"그건 중요하지 않아. 어찌 됐건 너는 이소윤 소위에게 접근했고 그 후에 이소윤이 자살 시도를 했어. 헌병대는 우리가 널 여기 꽂은 걸 알고 있고, 네가 이소윤 소위를 찾아간 것도 파악한 상태야. 그리고 너희 병실에서 자살 사건이 터졌을 때 너한테 경고도 했다며! 왜 말하지 않았어?"

"……죄송합니다."

나는 할 말이 없었다.

"내가 말했지. 실수는 대가를 치르게 된다고. 죄송하다고 해서 끝나지 않아. 내가 지금 어디서 오는 것 같아? 널 잡아 처넣겠다고 하는 걸 간신히 막고 왔어."

"대위님, 어쩌면 더 잘된 일입니다. 이번 일로 더욱 분명해졌습니다. 선한이 사건은 단순한 자살이 아닙니다. 얼마 전에 자살한 권중현 상병과 이소윤 소위 그리고 아마도 저희 병실 도우미인……."

"넌 상황이 어떤지 말을 해줬는데 아직도 탐정놀이를 하려고 하냐!"

"탐정놀이가 아닙니다. 정말입니다. 제 설명을 한번 들어보시면……."

박대위는 설명을 듣는 대신 내 멱살을 잡았다.

"네가 아니라도 이 정도쯤 되면 정선한이 단순한 자살이 아닌 건 알아. 아니, 애초에 단순한 자살이 뭔데? 복잡한 자살은 따로 있냐? 지금 문제는 그게 아니란 말이야!"

"그럼 뭐가 문제입니까? 헌병대 때문입니까? 진실이 보일 것도 같은데 여기서 그만둔단 말입니까? 이 일을 시키신 분은 그렇게 넘어갈 수 있답니까?"

"무슨 뜻이냐? 내가 끝내 못 하게 하면 내 위에라도 이야기해보겠단 거냐?"

"못 할 건 뭐겠습니까?"

나는 내가 막 나가고 있다는 걸 인식했다. 앞이 낭떠러지란 걸 알면서도 나는 멈추지 못했다.

박대위가 피식 웃으며 말했다.

"너 오늘 뭐 하고 왔냐?"

"무슨 말씀입니까?"

"투표하고 왔잖아. 대통령 선거."

"이거랑 무슨 상관입니까?"

"곧 새로운 정부가 들어서는데 왜 상관이 없냐? 너한테 이 일을 시킨 분은 곧 자리를 떠나. 은퇴가 얼마 남지 않으셨단 말이야. 원래 공사가 분명한 양반인데 떠나시기 전에 무슨 바람이 불었는지 이런 일을 벌였지만 사적인 일로 헌병대하고 충돌하고 사건을 크게 만들면서까지 일을 진행시키진 않을 거다. 하고 싶다고 해도 우리가 따르지 않아. 지금은 떠나는 사람이나 남는 사람이나 눈치 보며 몸을 사릴 때거든. 이래도 하고 싶으면 혼자서라도 해봐. 내가 직통으로 보고하게 연락처도 가르쳐줄게. 하지만 일이 잘못되면 아무도 널 보호해주지 않는다는 건 알아라. 꼬리는 잘려 나가는 거야."

나는 멍하니 차창 밖을 봤다. 아무도 없는 공터를 둘러싸고 있는 앙상한 나무들이 보였다. 보이지 않는 바람이 잎이 떨어져 나간 나뭇가지를 흔들었다.

"잘못했습니다."

내가 말했다.

"진짜 뭘 잘못했는지는 아냐?"

박대위가 내 쪽의 차문을 열며 말했다.

"실수는 할 수 있어. 일이 이렇게 됐지만 그건 됐다. 그런데 뭐, 잘된 일? 사람이 죽을 뻔했는데 네 생각에 들어맞으면 잘된 일이냐? 사람이 무슨 장기말인 줄 알아? 괜찮은 놈 같아서 예뻐했더니 완전히 사람 같지도 않은 새끼 아니야. 꺼져, 이 새끼야!"

박대위는 내 머리를 세차게 밀었다.

나는 차 밖으로 떠밀려 나왔다. 문이 닫히고 차가 공터를 빠져나갔다.

나는 혼자 걸어 병실로 돌아갔다. 바람이 불 때마다 속에서부터 몸이 떨려왔다. 박대위가 날 데리고 나가는 모습이 심상치 않았는지 이기자와 박걸이 걱정스런 얼굴로 기다리고 있었다. 나는 말없이 그들을 지나쳐 베드로 갔다. 베개를 가슴 밑에 두고 엎드렸다. 나는 눈을 감고 취침 시간이 되기만을 기다렸다. 내 치부를 가려주던 나뭇잎들이 떨어져 나간 지금, 나는 어둠이 날 숨겨주기만을 바랐다. 바람이 병실 창문을 때릴 때마다 나는 따뜻한 병실에 있으면서도 몸을 떨었다.

착하다는 이야기를 수도 없이 들으면서 자랐다. 책을 좋아한 덕분인지 학교 공부는 어렵지 않았다. 크게 노력하지 않아도 점수가 잘 나왔다. 한 번도 일등을 한 적은 없지만 그건 내가 공부벌레들과는 달리 다양한 분야에 관심이 많아서라고 생각했다. 교과서만 붙잡고 사는 녀석들보다 수많은 책을 읽은 내가 우월하다고 여겼다. 그래서 나는 공부벌레들과는 어울리지 않았다. 오히려 노는 녀석들과 친구가 됐다. 친구들은 일찍 술과 담배를 시작했다. 나는 그들과 어울리면서도 친구들을 어른 흉내를 내고 싶어 하는 어린아이로 치부했다. 나는 나 자신이 또래보다 성숙하고 깊이 있는 존재라고 생각했다. 하지만 실은 나도 어른인 척하고 싶은 어린아이였을 뿐이다. 술과 담배 대신 이해하지도 못할 철학책을 집어 든 것이 달랐을 뿐이다.

나는 멋있어 보이는 이미지를 설정하고 그 이미지에 맞춰 살았다. 사람들은 잘 속아줬고 나중엔 나조차 속아 넘어갔다. 나는 진심으로 내가 좋은 사람이라고 생각했다. 매주 교회를 다니며 수도 없이 "나는 죄인입니다"란 말을 듣고 따라 했지만 나에겐 해당되지 않는 말이었다. 나는 한밤중에도 무단 횡단은 하지 않는 모범 시민이기 때문이었다. 주체도 못할 정도로 술을 마시고 거리에 자신이 먹은 것을 쏟아내는 사람들을 보며 나는 도덕적 우월감을 느꼈다.

고교 이 학년 때부터 떨어지기 시작한 성적은 수능시험 때까지도 회복되지 않았다. 주변 사람들은 갑작스런 아버지의 죽음이 영향을 끼쳤다고 생각했다. 좋은 핑곗거리였다. 나는 그렇게 생각하도록 두었다. 사실은 내가 공부벌레라고 불렀던 아이들만큼 노력을 해본 적이 없기 때문이란 걸 들키기 싫었다. 나는 원하지 않은 대학에 들어가 수업은 제쳐놓고 도서관에 틀어박혀 활자들 속에 숨어 지냈다. 집에 돌아와서는 불면증에 시달리며 매일 밤 서너 권의 책을 읽어치웠다. 쇼핑과 폭식으로 스트레스를 해소하는 사람처럼 책을 사들이고 밤낮으로 먹어치웠다. 방은 높이 쌓인 책으로 좁아져갔고 닥치는 대로 아무거나 집어삼킨 책들은 내 영혼을 비대하게 만들었다. 그렇게 내 영혼이 한 걸음 걷기조차 힘들어졌을 때 영장이 날아왔다. 나는 책으로 둘러싸인 방을 나와 연병장으로 갔다.

버스를 타고 훈련소로 가며 어쩌면 군대가 약이 될지도 모른다고 생각했다. 나는 육체적인 훈련과 규칙적인 생활이 지나치게 복잡해진 나를 단순하게 만들어주길 기대했다. 하지만 결국 그 모든 복잡한 위장막이 걷히고 확인한 내 모습은 낙오자이자 무능력자였다. 나는 그런 나를 인정할 수 없었다.

박대위가 찾아왔을 때 나는 두려움보다 두근거림을 느꼈다. 날 필요로 하고 인정하는 사람이 있다. 나는 그 기대에 부응하고 싶었다. 지금까진 불운했을 뿐 원래의 나는 뛰어난 능력과 성품을 갖춘 사람이라고 여겼다. 나는 내 가치를 증명해내려 했다. 그래서 기꺼이 이 불확실한 일에 뛰어들었다.

진실에 다가갈수록 나는 원래의 나로 돌아간다고 느꼈다. 박걸의 야상에 끈이 없는 걸 확인했을 때 나는 가슴이 뛰었다. 녀석을 걱정한 것이 아니었다. 내 예측이 맞았단 사실에 기뻐했던 것이다. 박걸의 자살을 제지하고는 내가 메시아라도 된 것 같았다. 병실에 돌아와 박걸을 통해 알게 된 정보를 갖고 어떻게 이지용을 공략할까를 생각했다. 박대위의 말이 맞았다. 나는 버스에 타서 이지용과 대화를 시도하며 권중현의 죽음을 장기말처럼 사용했다. 내 외통수에 이지용이 당황하자 쾌감을 느꼈다. 이소윤 소위의 소식을 들었을 때도 마찬가지였다. 그때 내 심장의 두근거림은 사람의 생명이 아니라 사건의 실체를 향해 있었다. 운 좋게 피해 간 이지용을 잡아먹을 수 있는 묘수를 드디어 발견했던 것이다.

나는 내가 죄인이란 말을 받아들였다. 나는 개가 스스로 토한 것을 다시 먹는 것처럼 살았다. 그러면서 술을 마시고 토하는 사람들에게 손가락질을 했다. 나는 한 번도 사람다운 사람으로 살지를 못했다.

수술이 끝나고 마취가 풀린 것처럼 한꺼번에 통증이 몰려왔다. 취침 시간이 되고 불이 꺼졌지만 고통의 불길은 꺼지지 않았다. 무릎이 돌아갔을 때도, 허리를 다쳤을 때도, 온갖 무시와 조롱으로 심장이 멍들었을 때도, 아버지가 날 두고 떠났을 때도 겪어보지 못한 아픔이었다. 나는 베개를 입에 물고 밤새도록 가슴을 쥐어뜯었다.

언제 잠들었는지도 모르고 자다가 깨어난 시간은 다음 날 오전 열 시였다.

이기자가 와서 나를 흔들었다.

"간호장교님이 나오시랍니다."

무슨 말이 나올지 알았던 나는 담담히 데스크로 갔다. 역시 신경외과로 전과하란 명령이었다.

"CT를 찍고 가도 늦지 않는데……. 다 이야기가 됐다고 말씀을 하시네."

사정을 모르는 최대위는 군의관실을 몇 번이나 쳐다보며 말했다.

그녀는 나를 싫어하는 문대위가 하루라도 빨리 날 보내려 한다고 생각하는 것 같았다.

"괜찮습니다. 준비하고 다시 나오겠습니다."

나는 자리로 돌아가 사물함을 정리했다.

짐을 챙기는 나에게 박걸이 와서 말했다.

"어디 가십니까?"

"어, 신경외과로 전과한다."

"아직 필름도 안 찍었는데 가십니까?"

"그렇게 됐다."

내가 묵묵히 짐을 챙기는 걸 보고 박걸이 거들었다.

"베개랑 모포는 제가 들겠습니다."

나는 데스크로 돌아가 명찰을 반납하고 최대위와 백병장과 작별 인사를 나눴다. 그렇잖아도 마음이 무너져 있을 최대위는 날 챙겨 주지 못했다는 생각이 드는지 얼굴이 좋지 않았다.

"먼 데 가는 것도 아닌데 그러십니까?"

백병장이 웃으며 최대위를 달래고는 나에게 말했다.

"가도 아는 사람도 없잖아. 자주 놀러 와."

"그래."

나는 웃으며 고개를 끄덕였다. 그리고 뒤로 돌아 군의관실로 향했다.

최대위와 백병장이 놀란 눈으로 나를 봤다. 퇴실이나 전과를 하면서 군의관실에 따로 인사를 하는 경우는 거의 없다. 도의적으로는 인사를 하는 게 당연하지만 군의관과 환자의 관계란 보통 좋지 않기 때문이다. 최대위와 백병장은 혹시나 내가 군의관을 찾아가 부당한 대우라고 대들지 않을까 걱정하는 눈치였다.

"충성. 병장 이필립입니다. 용무 있어 왔습니다."

내가 밖에서 문을 두드리며 말했다.

안에서 "들어와"란 문대위의 목소리가 들리자 나는 문을 열었다.

문대위는 자리에 앉아 나를 맞이했다. 뒤에는 이지용이 서 있었다.

"무슨 일이냐? 전과 때문에 왔어? 이야기된 걸로 아는데……."

문대위가 허튼소리는 할 생각도 말라는 듯 먼저 말을 꺼냈다.

"아닙니다. 여기 세 번째인데 그동안 인사도 제대로 못 드렸잖습니까. 떠나기 전에 인사드리려고 왔습니다. 그동안 잘 보살펴주셔서 감사합니다. 충성."

나는 절도 있게 경례를 했다.

문대위는 의외의 상황에 당황했다.

"어……. 그래……. 세 번이나 왔던가……."

"그렇습니다."

"……그래……. 제대가 많이 남지는 않았지?"

"내년 오월입니다."

"……그래……. 참……. 군대 와서 다쳐서……. 그래……. 암튼 너도 고생이 참 많았다."

할 말이 막히면 연신 '그래'거리던 문대위는 엉거주춤하게 일어서 나에게 악수를 청했다.

"병장 이필립."

나는 관등성명을 대며 문대위의 손을 잡았다.

문대위가 다른 손으로 내 어깨를 잡으며 말했다.

"그래……. 내가 신경외과에 말을 잘 해놓을 테니까……. 걱정하지 말고 잘 치료받다가 제대해라. CT도 최대한 빨리 찍을 수 있게 해줄게. 밀리다가 연말 연초 지나면 한참 걸리니까……."

"감사합니다."

나는 사단장이라도 상대하는 것처럼 대답했다.

이제 와서 잘 보일 필요는 없었다. 나쁜 기억도 많았다. 하지만 그 나쁜 기억의 일부분은 내가 자초한 것이었다. 게다가 이곳에 와서 얻은 것도 많았다. 좋은 친구도 만났고, 상처 입은 몸과 마음을 쉴 시간도 가졌다. 마지막엔 존중하는 모습을 보이고 싶었고, 감사한 마음으로 떠나고 싶었다. 어제의 나도 이랬을진 모르지만 오늘의 나는 이것이 옳다고 생각했다.

나는 짐을 챙겨 정형외과 병실을 떠났다. 옆엔 베개와 모포를 든 박걸이 함께했다. 우선 베개와 이불을 반납한 후에 신경외과에 가서 신고를 하고 다시 새 베개와 모포를 받아 가야 했다. 나는 박걸에게 베개와 모포를 부탁하고 신경외과로 갔다. 신경외과 병실장은 나보다 두 달 후임이었다.

"잘 아실 테니까 달리 부탁드릴 말씀은 없습니다. 꼭 필요한 부분만 도와주시길 부탁드립니다. 편하게 지내다 가시면 좋겠습니다."

신경외과 병실장은 호텔에서 손님을 맞이하듯 나를 깍듯하게 대했다.

나는 간호장교와도 간단한 면담을 마치고, 병실 앞에서 기다리고 있던 박걸에게 돌아갔다.

"가끔 들러주십시오."

박걸이 말했다.

"그래, 잘 지내라."

"……알겠습니다. 그럼 쉬십시오."

박걸은 인사를 하고 돌아섰다.

나는 병실로 들어가다 다시 밖으로 나가 박걸을 불렀다.

벌써 저만치 가 있는 박걸이 나를 돌아봤다. 나는 소리를 치려다 손짓으로 박걸을 불렀다.

박걸이 다시 돌아와 물었다.

"왜 그러십니까?"

나는 잠시 망설이다 말했다.

"너 교회 가면 말이야, 기도 좀 해줄 수 있을까?"

"네? 뭐라고 말입니까?"

박걸이 놀란 눈으로 물었다.

"사람다운 사람으로 살게 해달라고. 그렇게 기도해줘라."

박걸은 내 눈을 뚫어져라 쳐다봤다. 나는 오래도록 숨겨온 잘못을 고백하고 처분을 기다리는 꼬마처럼 주눅이 들었다.

더 이상 박걸의 눈을 보기 힘들어졌을 때 녀석이 웃으며 말했다.

"네, 그렇게 하겠습니다."

19

신경외과로 전과하고 주말이 지났다. 매주 축구를 하다 다치는 인원만 해도 상당해서 정형외과는 항상 환자들로 북적였다. 신경외과는 그에 비하면 한산한 편이었다. 허리가 아픈 병사들은 많지만 디스크가 아닌 단순 통증으로는 입원이 어렵기 때문이다.

사람 수가 많으면 환자 관리가 어렵지만 병실 관리엔 유리하다. 손이 많으면 아무래도 힘이 덜 드니까. 사람 수가 적으면 당연히 반대가 된다. 게다가 계급이 전체적으로 높으면 선임도 후임도 불만을 가지기 쉽다. 계획적으로 병력을 받아들이는 자대에서조차 꼬인 군번이 존재하는데 입원 환자의 계급을 인위적으로 조정할 수 없는 광통에서는 그런 상황이 빈번했다.

신경외과가 그랬다. 병장의 숫자가 많은 데다 상병이 모든 환자 중 가장 많은 비중을 차지했다. 상대적으로 적은 숫자인 일병과 이병에게 부담이 많이 가는 구조였다. 하지만 신경외과의 분위기는 정형외과보다 밝았다. 물론 정형외과엔 자살 사건이 두 건이나 있었지만 사건 이전과 비교해도 마찬가지였다.

내 생각엔 병실장의 공이 컸다. 신경외과 병실장은 자대를 포함해서 사병과 장교 구분 없이 내가 본 가장 유능한 리더였다. 리더십 하면 떠오르는 카리스마가 느껴지는 타입은 아니었다. 대신 그는 남의 말을 들을 줄 알았다. 병실장은 다쳐서 온 병원에서까지 막내 역할을 해야 하는 이병들의 이야기에 귀를 기울였고, 얼마 있지도 않은 후임들을 데리고 잡무를 책임져야 하는 일병들의 한숨을 놓치지 않았다. 그는 여기서 멈추지 않았다. 그의 귀는 후임의 목소리뿐 아니라 웬만해선 나서지 않는 선임 병장들의 속마음까지도 닿아 있었다. 병영 생활 개선 계획의 일환으로 자대에선 이병을 챙겨주는 분위기가 강해지고 있었다. 좋은 취지였지만 그 과정에서 병장이 역차별을 당하기도 했다. 잘못된 관행은 바로잡아야겠지만 모든 사병은 평등하다는 전제하에 병장들에 대한 어떠한 존중도 보이지 않는 행태에 병장들은 자신들이 견뎌온 세월 전체가 부정당하는 느낌을 받았다. 다음 달이면 병장이 되는 병실장은 그 마음을 잘 이해했다.

보통 병실장들은 자기 위의 병장이 들어오는 걸 싫어한다. 병실 관리에 도움은 안 되는데 챙겨주기는 해야 하고 통제에 따르지 않아 분위기를 흐릴 가능성도 높기 때문이다. 하지만 신경외과 병실장은 새로 들어온 병장조차 귀찮게 여기지 않았다. 한 달 선임이라도 고참으로 인정하고 대우했다. 나아가 어떤 결정을 할 때마다 조언을 구했다. 병장들은 겉으로는 귀찮다며 알아서 하라고 했지만 속으로는 병실장이 자신들을 존중한다는 느낌을 받았다. 병장들은 대부분 자기 일은 자기가 알아서 했고 병실 일에 일손이 부족하면 스스로 나서서 돕기도 했다.

병실장은 그런 일들을 후임들이 당연하게 여기지 못하게 했다. 후임들의 어려움에 관심을 갖고 어떻게든 도와주려고 애썼지만 하극상은 용납하지 않았다. 자유로운 분위기였으나 점호 시간만큼은 군기가 살아 있었다. 덕분에 다른 병실의 군의관과 간호장교들조차 신경외과에 대해 좋은 이미지를 갖게 되었다. 모든 사람의 이야기를 듣는다고 모든 사람이 만족하는 방법을 찾지는 못했지만 환자들은 자신들의 이야기를 들어주는 병실장의 이야기를 듣고 따랐다. 어디에나 불평만 하는 사람들이 있기 마련이지만 그들은 철저하게 소수였다. 거기에 속하지 않은 나는 순조롭게 신경외과에 적응했다.

문대위는 자신이 말한 대로 CT 날짜를 당겨줬다. 촬영을 해보고 수술할 필요는 없다면 쉬다가 복귀하면 되고, 만약 수술을 해야 한다면 여기서 할지 나가서 할지가 고민이었다. 회복되는 정도로 봐선 쉬다가 가면 되지 않을까 하는 생각이 들었다.

나는 『카라마조프 가의 형제들』을 다시 빌려 읽으며 여유롭게 지냈다. 하지만 마음 한구석은 여전히 선한이의 일로 가득했다. 군의관실에서 마지막으로 본 이지용의 얼굴이 잊히지 않았다. 녀석은 호흡조차 멈추고 그 순간이 지나가기만을 바라는 듯했다.

선한이와 이지용, 권중현, 이소윤 소위는 어떤 방식으로든 엮여 있었다. 그들 넷을 함께 묶어내는 줄만 찾아내 당기면 모든 의문은 신발끈이 풀리듯 해결될 터였다. 하지만 나는 이제 손을 댈 수가 없었다. 이비인후과로 내려가 말을 해볼까 했지만 박대위는 드디어 자신의 차례가 되어 수술실에 들어간 상황이었다. 나는 선한이 생각에서 벗어나려고 독서에 집중했다.

그런 나에게 저녁 식사가 끝나고 의외의 손님이 찾아왔다.

"병장님."

"택견, 어쩐 일이야?"

나는 일어나 반갑게 손님을 맞았다.

"병장님이야말로 뭡니까? 분명히 정형외과로 갔는데 언제 신경외과로 옮겼습니까? 아픈 데가 왜 이렇게 많습니까?"

택견이 웃으며 말했다.

녀석은 자대의 후임이었다. 덩치는 작지만 어릴 때부터 아버지에게 택견을 배운 유단자였다. 태권브이처럼 각진 얼굴형이라 자대에선 녀석을 택견브이, 줄여서 택견으로 불렀다. 택견은 군복이 아니라 환의를 입고 있었다.

"너도 후송 온 거야? 어디가 아파?"

나는 환자 같지 않은 얼굴로 웃고 있는 택견에게 말했다.

"여기 뭐가 있답니다."

택견이 뒤통수를 만지며 말했다.

"응?"

"제가 원래 두통이 있었습니다. 근데 어느 날 보니까 뒤가 조금 튀어나온 것 같은 겁니다. 신경이 쓰여서 밖에 나가 검사를 해보니까 종양 같은 게 있답니다."

"그거 위험한 거 아냐?"

드라마가 아니라 내 주변에서 머리에서 종양이 발견된 사람을 본 건 처음이었다. 나는 깜짝 놀랐다.

"다행히 악성은 아니고 수술해서 제거하면 될 것 같습니다."

택견은 씩 웃었다.

"그래? 근데 여기서 그런 수술 할 수 있나?"

광통은 CT조차 찍을 수가 없어서 대전으로 보내는 형편이었다. 수도통합병원이 가장 시설이 좋을 테지만 그곳에서도 뇌수술은 못 할 것 같았다.

"안 됩니다. 그래서 그냥 내보내준답니다."

택견이 고개를 저으며 말했다.

"내보내줘? 제대시켜준다고?"

"그렇습니다. 여기선 안 된다고 제대 심사 올려줄 테니까 나가서 수술받으랍니다."

종양 이야기를 하면서도 웃음을 잃지 않던 택견이 씁쓸한 표정을 지으며 말했다.

"그래도 불행 중 다행이네. 머리 아프다고 왔는데 두통약만 먹이다가 나중에 종양 발견되고 죽은 케이스도 있잖아."

"그렇기는 한데……. 그래도 다음 달이면 저도 병장인데 지금까지 한 게 조금 아깝습니다. 치료도 여기서 받을 수 있으면 돈도 안 들고 좋은데 말입니다."

나는 택견의 말이 이해가 가지 않았다. 나는 제대를 시켜준다면 당장이라도 나갈 것이다. 아쉽단 생각은 없다. 아마도 녀석과 내가 쌓아온 세월이 다르기 때문일 것이다. 성실하게 군 복무를 해온 녀

176

석과 병원을 전전한 내가 느끼는 감정이 다른 건 당연했다.

"좋게 생각해라. 일찍 발견한 게 얼마나 감사해."

"그건 맞습니다. 그럼 심사 결과 나오고 나가게 되면 다시 인사드리러 오겠습니다."

택견이 웃으며 일어났다.

"가려고?"

"네, 겉보기엔 멀쩡해도 제가 중환자 아닙니까? 가서 쉬어야지 말입니다. 아, 근데 병장님."

녀석은 뭔가 생각난 듯 다시 자리에 앉았다.

"병장님 복귀하고 탄약고 나가실 때 말입니다, 제가 행정반 있을 때 전화가 온 적이 있는데 그걸 깜빡했습니다."

"언제? 어디서 왔는데?"

"시월인 거 같은데 정확히는 모르겠습니다. 근데 광통에서 온 전화였습니다. 까먹고 있다가 여기 오니까 갑자기 생각이 나는 겁니다. 제가 근무 나갔다고 돌아오면 전하겠다고 했는데 누군지 밝히지 않고 그냥 끊었습니다."

광통에 있으면서 시월에 나에게 전화를 걸 만한 사람. 생각나는 건 선한이밖에 없었지만 나는 선한이에게도 연락처를 주지 않았다.

첫 번째 후송이 끝났을 때 선한이와 나는 간단한 인사만 하고 헤어졌다. 선한이를 다시 볼 거라고 생각하지 않았고 선한이도 그랬을 것이다. 하지만 두 번째 후송에서 우리는 다시 만났다. 두 달이 안 되는 시간 동안 함께 지내다 내가 먼저 퇴원하던 날, 선한이가 나에게 집과 부대 연락처를 물었다. 나는 가르쳐주지 않았다. 녀석이 싫어서가 아니었다. 두 번째 후송에서 부쩍 친해진 건 사실이지만 밖에 나가서도 인연이 이어질는지는 몰랐다. 살아가며 수많은 사람들과 만나고 그중 몇몇은 특별한 인연이라 생각했지만 서로의 마음이 같은 경우는 별로 없었다. 꼭 다시 보자 하는 그 순간의 마음은 같을지라도 막상 나중에 연락을 하면 그 마음이 달라졌을 때가 너무 많았다. 나는 다시 보게 될 인연이라면 이번처럼 만나게 될 거라고 말했다. 만약 선한이가 전화를 한 거라면 내 생각은 둘 다 틀린 셈이었다.

나는 살아 있는 선한이를 마지막으로 본 순간을 떠올렸다. 녀석의 눈이 흔들렸고, 코는 움찔거렸다. 입은 어색하게 웃었다. 서운함을 감추지 못하는 얼굴이었다.

"그래, 네 말대로 인연이 있으면 또 보겠지. 그러면 좋겠다. 잘 지내."

선한이가 악수를 청하며 말했다.

"너도 잘 지내라. 간다."

나는 아무렇지도 않다는 듯 악수를 건네고 돌아섰다.

나는 왜 그랬던 걸까. 항상 모든 걸 다 안다는 듯 말하지만 나는 아무것도 몰랐다.

택견을 보내고, 나는 병실을 나와 피엑스로 가서 국제전화 카드를 샀다. 그리고 피엑스 옆 휴게실 쪽에 있는 전화 박스로 들어갔다. 몽골은 한국과 한두 시간 시차가 난다. 지금은 저녁 식사가 끝나고 쉴 시간이었다. 다행히 어머니가 전화를 받았다.

"저예요."

"어, 아들. 웬일이야? 휴가 나와?"

내가 전화를 거는 건 휴가 날짜가 잡혔을 때뿐이었다. 나는 용건이 없으면 연락을 하지 않았다.

"그냥 걸었어요."

"그냥? 우리 아들은 그냥 전화를 거는 사람이 아닌데요, 누구시죠?"

"아, 난 그냥 걸면 안 돼요?"

"무슨 일이 있다는 말로 들리는구나."

"내가 진짜 잘못 살았구나."

"그걸 이제 알았니? 무슨 일이야?"

"……."

나는 쉽게 말을 하지 못했다. 모든 이야기를 꺼내놓고 싶었지만 어디서부터 시작해야 할지를 몰랐다.

"좀 복잡해요. 어떻게 말을 해야 될지 모르겠어요. 바보가 된 거 같아요."

어머니는 잠깐 동안 말이 없었다.

침묵이 불편해질 때쯤 어머니의 목소리가 다시 들렸다.

"좋구나."

"네? 아들이 바보가 된 거 같다는데 좋아요?"

나는 헛웃음을 지으며 말했다.

"솔직해서 좋단 거야. 무슨 일이 있긴 있었구나."

"네, 별일이 많았어요. 지금도 많구요. 어떻게 해야 될지를 모르겠어요."

"좋아."

"아까부터 뭐가 자꾸 좋아요?"

"자기가 바보란 걸 아는 사람이 지혜로운 사람이야. 책 좀 읽었다고 그럴싸한 말만 늘어놓을 줄 알더니 무슨 일이 있었는지 몰라도 너한테 나쁜 일만은 아니었던 것 같다."

"간만에 전화했는데 해줄 이야기가 그런 것뿐이에요? 나 이제 들어가봐야 돼요."

점호 시간이 다가오자 휴게실에 있던 사람들이 병실로 돌아가기 시작했다. 나도 가야 했다.

"무슨 일인지 모르지만 기도할게. 넌 혼자가 아니란 것만 잊지 마라."

"네, 가볼게요. 끊어요."

나는 갑자기 사랑하단 말을 하고 싶었지만 멋대가리 없는 인사만 남기고 수화기를 내려놓았다.

선한이는 나에게 전화를 걸어 무슨 말을 하려고 했을까. 녀석에게 어떤 일이 생겼는지 말해주었다 해도 딱히 내가 해줄 수 있는 일은 없었을 것이다. 그래도 넌 혼자가 아니란 말 정도는 해줄 수 있었겠지. 내키진 않지만 교회에 나가 녀석을 위해 혼잣말을 할 수도 있었을 것이다. 나는 진짜 바보였다. 이제라도 알아서 다행이다.

20

12월 19일 노무현 후보가 16대 대한민국 대통령으로 당선됐다. 채 하루도 지나지 않은 오늘, 바깥에선 한참 승리의 기쁨을 나누거나, 패배의 쓸쓸함을 달랠 시간이었지만 일주일 전에 투표를 끝낸 우리는 어제와 다르지 않은 하루를 시작했다. 하지만 평소와 다른 특별한 하루를 준비하는 환자들도 있었다. 오늘 대전으로 촬영을 가는 환자들은 아침부터 군복을 찾으며 분주하게 움직였다. 선거 결과에 울고 웃는 사람들처럼 오늘 촬영 결과에 따라 전혀 다른 방식으로 군 생활이 전개될 터였다. 대전으로 가는 셔틀 버스엔 긴장감이 가득했다. 일주일 만에 군복을 다시 입은 나는 버스 뒷좌석에서 대통령보다 부러운 말년 병장을 발견했다. 전에 함께 정형외과에 입원했던 사람이었다.

"여기 어쩐 일입니까? 집에 안 갑니까?"

나는 놀란 얼굴로 물었다.

"어, 너 또 왔냐? 하하."

그가 반갑게 나를 맞았다.

"제대할 때 되지 않았습니까?"

나는 그가 건넨 손을 잡으며 말했다.

"당연하지. 말년 휴가 빼면 한 달도 안 남았다."

그는 벌써부터 세상을 다 가진 것 같았다.

"그런데 여긴 왜……."

"제대하기 전에 촬영 한 번 하고 나가려고. 어차피 밖에 나가면 오래전 거라고 새로 찍어야 된다고 할 거 아냐. 안 봐도 빤하지. 딱 새로 찍고 그거 들고 나가서 제대로 치료받아야지."

"그렇게 해줍니까?"

"아쉬운 사람이 우물 파는 거 아니냐. 허락할 때까지 계속 찾아 왔지. 군대 와서 다쳤는데 제대로 치료도 못 받고, 이 정도는 해줘 야 하는 거 아냐? 나는 우리의 권리라고 봐. 너도 넋 놓고 있다가 제대하지 말고 나가기 전에 한 번 더 찍어. 밖의 병원 가면 또 이것 들이 분명히 새로 찍으라고 한다니까. 근데 넌 지금 뭐 하러 가는 거야?"

나는 웃으며 그의 옆에 앉았다.

버스가 출발하고 나는 그에게 언제, 어디서, 어떻게 허리를 다쳤 는지 자세히 말해줬다. 그는 외래 진료 환자다. 촬영만 하고 부대로 돌아간다. 그리고 곧 집에 간다. 입이 무거운 사람은 아니지만 다른 사람들에게 말해도 과장된 군대 괴담 정도로나 생각할 것이다.

그는 호기심 어린 얼굴로 내 이야기를 끝까지 듣고 말했다.

"범인은 못 잡은 거야?"

"신고도 안 했는데 어떻게 잡습니까?"

"그러니까 왜 말을 안 해? 갑갑하네."

그는 드라마를 보며 등장인물에게 화를 내는 사람처럼 말했다.

나는 허리를 다친 일은 이야기했지만 내가 어떻게 다시 입원했는지는 말하지 않았다. 그걸 말해주지 않는 한 그는 이해할 수 없는 문제였다. 어쩌면 세상의 불통이란 이런 식인지도 모른다. 누구에게나 말 못 할 각자의 사정이 있는 법이니까.

"야, 혹시 그놈 기술자 아니냐?"

잠시 생각에 잠겨 있던 그가 호들갑을 떨며 말했다.

"네?"

"아, 너도 들어본 적 있을 거 아냐? 왜 제대시켜주는 기술자가 있다는 소문이 있었잖아."

그는 눈치를 보며 목소리를 낮췄다.

"거기서 작업하려고 기다리고 있었는데 네가 나타나니까 착각해서 널 덮친 거 아냐?"

"그걸 믿습니까? 그리고 기술자라고 해도 갑자기 공격을 할 이유가 뭐가 있습니까? 서로 다 이야기하고 만날 텐데."

나는 말도 안 된다는 듯 웃었다.

"그런가. 그건 또 그렇네……."

그는 고개를 갸웃거렸다.

광주에서 대전국군병원까지는 두 시간 반 정도가 걸렸다. 버스가 중간 지점에 있는 휴게소에 정차했다. 우리는 화장실을 다녀온 후 식당에 들어가 우동을 시켜 먹었다. 밖에서 먹는 음식은 뭐든 맛있다. 우리는 정신없이 한 그릇을 비우고 일어났다. 휴게소 앞에서 그가 담배를 피우는 동안 나는 옆에서 코코아를 마셨다. 그는 여전히 어른스럽지 못한 내 입맛을 비웃으며 담배를 비벼 껐다.

버스에 돌아오자 자유를 되찾은 그의 입이 다시 움직였다.

"최대위님은 잘 계시나?"

근심에 싸인 최대위의 얼굴이 떠올랐다.

빈말은 하기 싫었던 나는 거짓말을 했다.

"정형외과엔 잘 안 가봐서 모르겠습니다. 별로 관심도 없고."

"인정머리 없는 새끼. 최대위님만큼 좋은 분이 어딨냐? 퇴원할 때 되면 가서 인사드려."

"네, 뭐 그래야지 말입니다."

나는 일부러 심드렁하게 대답했다.

그는 불만 어린 표정이었지만 그것에 대해 더 말하지는 않았다. 대신 물꼬라도 터진 듯 다른 사람들 안부를 묻기 시작했다. 나는 휴가 복귀가 다가오는 것처럼 마음이 불편해졌다.

"백병장은 제대했나?"

"아직 병실에 있습니다."

"어, 왜? 그 인간 나랑 같은 군번 아닌가? 나 퇴원할 때 부사수한테 넘기는 분위기였는데……. 부사수가 사고라도 쳤나?"

이 질문을 넘겨도 다음 질문이 이어질 터였다. 계속 거짓말을 할 수도 있었지만 아직 대전에 도착하려면 한 시간은 더 가야 했고, 돌아오는 길도 이 사람과 함께해야 했다. 그 시간들을 전부 거짓으로 채우긴 싫었다.

"선한이 기억하십니까?"

"어, 당연하지. 우리 초대 병실장을 어떻게 잊나?"

"네?"

"아, 넌 모르지? 너 퇴원하고 얼마 안 있어서 선한이 병실장 됐잖아."

자대에 배치받고 첫 근무를 나갈 때, 사수가 몸은 깨끗이 씻었냐고 물었다. 나는 별 생각 없이 샤워는 못 했다고 대답했다. 사수는 첫날밤인데 씻지도 않고 나오느냐며 인상을 썼다. 물론 농담이었지만 피엑스에서 총을 사 오라는 장난에 비하면 질이 나빴다. 선한이가 병실장이 됐다니. 나는 이병을 놀리는 기분 나쁜 농담을 들은 것만 같았다.

"선한이가 병실장이었다고 하셨습니까?"

"어, 지금은 아닌가? 나도 바로 퇴원해갖고 그다음은 잘 모르지. 쭉 했으면 지금까지 버틸 수도 있었을 거 같은데."

"선한이가 어떻게 병실장이 됐습니까? 전임이랑 친하지도 않았잖습니까?"

나는 주문한 것과 다른 음식을 받은 손님처럼 따져 물었다.

병실장은 간호장교의 선택으로 결정되지만 후보는 전임 병실장이 추천했다. 결정 과정에서 선임 병장들이나 도우미도 영향을 줬지만 역시 후보군을 추리는 병실장의 역할이 가장 컸다. 당연히 병실장은 자신과 친한 사람들을 택했다. 결국 해먹던 사람이 있던 집단에서 해먹었던 것이다. 선한이는 전임 병실장과 어떠한 유대 관계도 없었다. 선한이와 어울려 다닌 사람은 내가 유일했다.

"어, 전임이 갑자기 총을 맞은 거야. 왜 그 새끼도 월드컵이다 뭐다 오래 버텼잖아. 가을 되자마자 소개팅을 망쳤나 문대위가 M60*을 갈겨버리는데 오래 묵은 병장급들을 다 쏴버린 거 아니냐. 나도 그때 장렬히 전사했고…… 그런데 위를 싹 가는 김에 병실장이랑 도우미도 쏴버린 거야. 그래도 병실장이 나가면서 지 똥 닦아준 권중현을 밀어봤는데 짬이 안 되잖아. 최대위가 고민하는데 새로 들어온 일병 도우미인가가……"

"이지용 말입니까?"

"어? 이름은 기억 안 나. 그냥 곱상하게 생긴 놈이었는데 암튼 그놈이 지나가듯이 투표를 해서 뽑으면 되지 않겠냐고 말한 거야. 뭐, 우리야 어차피 나갈 사람이니 상관도 없고 밑에선 열광했지. 가을에 난데없이 찾아온 광통의 봄이랄까. 권중현 때문에 돌아버릴 지경이었던 밑의 애들이 좋다고 일어난 거지."

"그래서 선한이가 뽑힌 겁니까?"

"어, 어차피 웃대가리들 다 날아가고 남는 애들 중에 짬 되는 후보가 몇이나 있겠냐. 겨우 두세 명 있었는데 이름이 뭐였더라…… 암튼 한 놈은 권중현만큼은 아니라도 전임 병실장에게 우호적인 놈이었고 다른 한 놈은 워낙 존재감이 없어서……"

"선한이도 존재감은 없지 않았습니까?"

"없긴 왜 없어? 선한이도 그렇고, 사실 너도 상당히 튀었지. 아마

● 구형 기관총.

네가 있었으면 네가 됐을지도 모르겠다."

"저흰 거의 따로 놀았는데……."

"그러니까 더 튀지. 밤만 되면 티브이도 안 보고 둘이 나가서는 밤하늘을 보면서 떠들다가 돌아오는데……. 항상 책 갖고 둘이 이야기하고, 이것들은 무슨 예술가 연합인가……. 암튼 너희들 존재감 장난 아니었어. 스스로를 잘 모르는구나?"

"아니, 뭐 그건 됐고, 그래서 선한이가 자기가 한다고 했습니까?"

"처음에 후보라고 했을 때는 부담스럽다고 뺐지. 근데 달리 할 사람도 없고 계속 설득하니까 결국 나서더라고. 막상 당선됐을 때는 은근히 좋아하는 눈치던데. 의욕도 좀 보이고. 근데 넌 뭐 선한이가 병실장 된 게 불만이냐? 아까부터 왜 그래?"

나는 선한이가 무능하다고 생각하지 않았다. 오히려 나는 선한이를 높이 평가했고 녀석의 재능이 꽃피길 바랐다.

아이작 아시모프는 세 번이고 네 번이고 도전해본 다음 자신에게 작가의 재능이 없는 것이 확인되거든 대법원장이나 은행장 같은 열등한 직업에 종사하라고 권했다. 작가 이외의 직업이 열등하단 뜻이 아니라 그만큼 작가라는 직업에 대한 프라이드를 내보인 것이다.

책을 좋아하는 사람이 흔히 그러듯 나도 글을 쓰며 살고 싶단 생각을 해봤다. 수천 경기를 지켜보다 보면 어느 순간부터 감독과 선수들을 안주 삼아 술을 마시며 내가 저들보다 나은 면도 있지 않을까 하는 착각에 빠지게 된다. 하지만 실제로 프로가 되어 손바닥이 갈라질 때까지 스윙을 하며 공 하나에 죽고 사는 삶을 사는 건 전혀 다른 차원의 문제였다. 나는 결국 행복한 독자로 남기로 했다.

하지만 선한이는 나와는 달랐다. 수천 경기를 본다고 프로가 되진 못하지만, 오랜 세월 야구를 보다 보면 어떤 선수에게 재능이 있는지 정도는 보인다. 선한이에겐 나에게 없는 예술적인 감각이 있었다. 에이스나 홈런 타자가 될 수 있을지는 몰라도 프로로 살아갈 재능은 있었다. 일인자가 되지 못해도 좋아하는 일을 하며 살 수 있다는 건 축복이다. 그런 면에서 선한이는 축복받은 존재였다.

하지만 선한이의 재능은 글을 쓸 때 발휘되는 것이다. 선한이에게 병실장은 욕심 낼 자리도 아니고 어울리지도 않았다. 운동선수 출신의 정치인들은 대부분 선수 시절의 명성을 갉아먹는다. 권력의 달콤함을 좇는 사람들은 명예를 잃는 건 물론이고 약속받았던 달콤함조차 맛보지 못한다. 악마는 약속이란 말을 모른다.

"선한인 죽었습니다."

"어?"

"체육관 파이프에 목을 맸습니다. 정확한 이유는 아직 모릅니다."

버스가 대전으로 들어섰다. 톨게이트를 지나고 얼마 되지 않아 대전월드컵경기장이 보였다. 선한이가 자살했단 말에 그는 시작하마자마 응원하는 팀이 골을 먹은 관중처럼 조용해졌다. 하지만 종료 휘슬이 울리기까지 시간은 남아 있다. 결코 이대로 끝나게 하지는 않는다.

나는 망연자실한 얼굴로 앉아 있는 그의 무릎을 잡으며 말했다.

"다 왔습니다."

버스가 대전국군병원에 도착했다.

21

깔끔한 고층 건물. 대전국군병원은 광통에 비하면 미래 도시의 병원이었다. 우리는 접수를 하고 CT 촬영실 앞으로 갔다. 예약을 했지만 바로 촬영에 들어가는 건 아니었다. 엑스레이처럼 금방 찍을 수도 없고, 대기하는 사람도 꽤 있어서 한동안 기다려야 했다. 우리는 탈의실에서 검사복으로 갈아입고 촬영실 앞에서 대기했다. 선한이 이야기를 꺼내고 분위기가 지나치게 무거워졌다. 장례 버스 타는 기분으로 돌아가기는 싫었다.

"재밌는 이야기 없습니까?"

내가 말했다.

"어?"

"귀신 이야기 같은 거 있잖습니까? 우리 부대엔 탄약고 귀신 있는데."

"겨울에 웬 귀신 이야기냐?"

그가 웃었다.

"요즘은 제대하기 전까지 근무든 작업이든 끝까지 부려먹다가 보낸다고 하던데 저도 돌아가면 모르잖습니까. 근데 뭐 시간 때울 이야기가 있어야지 말입니다. 탄약고 귀신 이야기만 하다 보니까 이젠 모르는 놈도 없고……. 그쪽 부대엔 뭐 없습니까?"

그는 잠시 생각에 잠겼다가 "아" 하며 고개를 들었다.

"귀신 이야기보다 무서운 이야기가 있네."

"뭡니까?"

"우리 부대 이야긴 아니고 전방에서 일어난 일 같은데 그쪽 동네에선 꽤 유명한 것 같아. 사고 사례로 전파도 됐는데 아마 우리가 병원에 있을 때 터졌나 봐."

다른 부대에서 터진 사고들은 필요에 따라 전군에 전파가 됐다. 자살 사고도 마찬가지였다. 광통에서 두 번이나 자살 사건이 터졌으니 아마 이 일대 다른 부대에도 사고 사례가 전파되고 자살 방지 정신 교육이 실시되었을 것이다. 나는 그게 정말 싫었다.

"대대 의무대에서 있었던 일이야."

그가 본격적으로 이야기를 시작했다.

그저 무슨 말이든 시키려고 했던 건데 의무대란 말에 솔깃해졌다. 군복을 입고 인상을 쓰던 이지용이 생각났기 때문이다.

"너도 알겠지만 파견은 잘만 타면 진리 아니냐. 거기도 중대장도 없고 행보관도 없고 군의관은 자기 공부에 바쁜 사람이라 터치도 안 하고 하는 분위기였단 거야."

"천국 아니면 지옥이었겠습니다."

"그렇지. 근데 어느 쪽이었겠냐?"

그가 고개를 끄덕이며 물었다.

통제할 간부가 없으면 보통 군 생활은 편해진다. 하지만 선임 중에 권중현 같은 인물이 있다면 간부가 없다는 건 오히려 치명적인 문제가 돼버린다. 그의 악행을 견제해줄 사람이 없기 때문이다. 아버지는 천국이란 모든 길과 벽이 금으로 만들어진 도시가 아니라 예수와 함께 사는 곳이라 했다. 같은 환경이라도 누구와 함께 있느냐에 따라 천국도, 지옥도 될 수 있다. 그리고 아마 이 이야기의 배경은 지옥일 것이다. 천국은 좀처럼 이야깃거리가 되지 못한다.

"권중현이 사린 가스라면 거기엔 핵폐기물급인 선임이 있었나 봐."

그가 화학대원답게 표현했다.

"무슨 체르노빌입니까?"

내가 웃었지만 그는 진지하게 말을 이었다.

"적어도 거기 있던 녀석들 정신은 그 정도로 황폐해졌다고 봐야지."

"무슨 짓을 했길래……."

사단 의무대는 제법 규모가 컸다. 하지만 연대급으로만 내려가도 인원은 열 명도 되지 않았다. 대대나 독립중대에 파견을 나가 있는 인원은 한 손으로도 셀 수 있다. 이야기 속의 괴물은 그곳의 선임 병사였다. 계급이 깡패인 군대에서 그는 육체적인 힘과 성질머리도 깡패 수준으로 갖추고 있었다. 지랄 맞은 성격과 카리스마를 구분하지 못하는 대부분의 머저리들처럼 그는 걸핏하면 폭발했다. 하지만 그 정도 진상은 길가의 돌덩이만큼이나 많다. 그가 괴물로 불리게 된 건 기분 나쁜 농담으로 끝내야 할 일을 진짜로 했기 때문이다.

처음엔 귓불을 만진다거나 하는 정도였다. 하지만 어느 순간부터 귀에 바람을 넣기 시작했고 다음엔 실수를 할 때마다 성기를 아프게 잡았다. 신고를 해야 하는 상황이었지만 순진한 막내는 여기까지도 과한 장난이라고 생각했다. 그다음은 정말 장난이 아니었다.

막아주는 사람은 없었다. 오히려 폭탄이 막내에게 넘어간 걸 다행이라고 여기는 것 같았다. 어쩌면 그 정도인 줄은 몰랐는지도 모르겠다. 가족 같은 숫자의 부대에서 일어난 성범죄는 사실상 가정 내 성폭력과 같았다. 그의 형이나 삼촌이 되어줘야 할 선임들은 눈을 감았고, 아버지가 되어 막내를 보호할 책무가 있는 선임은 막내의 입에 자신의 더러운 욕망을 밀어 넣었다.

"물어뜯어버리지 그랬답니까?"

내가 거칠게 말했다.

"어떻게 알았냐? 그랬어."

"네?"

"참다 참다 그대로 물어버렸단다."

"어떻게 됐습니까?"

내가 놀란 눈으로 물었다.

"어떻게 되긴. 물린 놈은 고자가 됐단 말도 있는데 아마 치료받은 다음에 구속됐겠지. 문 녀석은 정당방위지만 거기서 생활이 되겠냐? 이미 부대원들에 대한 믿음도 깨졌을 거고……. 새출발 하라고 전출 보냈지. 근데 소문이란 게 무섭잖아. 전출을 가도 소문이 따라간 거야. 결국은 자살 시도하고 정신과로 후송 갔다고 하더라고. 정말 핵폐기물급 쓰레기 아니냐? 그런 일 당하면 방사능 피폭이랑 다를 게 없지. 마음에 구멍이 숭숭 뚫렸을 거다."

"다음 들어오세요."

이야기 중에 의무병이 나와서 나를 불렀다.

나는 안내를 받아 촬영실로 갔다. 촬영실 문에 방사능 마크가 붙어 있었다. 나는 기계에 누웠고 곧 검사가 시작됐다. CT도 엑스레이처럼 사람의 몸에 방사선을 쬐어 촬영을 한다. 나는 느끼지 못하지만 내 몸은 방사선에 노출되고 있다. 하지만 이 방사선은 몸을 망가뜨리지 않는다. 오히려 고치기 위해 사용된다. 권력도 욕망도 그 자체로 나쁜 것은 아니다. 하지만 통제되지 않은 권력과 욕망은 그것을 가진 사람은 물론 주변까지 파괴시킨다. 원전 사고로 인해 체르노빌 일대는 죽음의 땅이 되었다. 아마 그 이름 모를 피해자의 영혼도 그랬을 것이다. 나는 문득 알지도 못하는 그를 위해 혼잣말이 하고 싶어졌다.

촬영을 마치고 광통에 돌아오니 이미 날이 어둑해졌다. 우리는 위병소 앞에서 아마도 마지막일 인사를 나눴다.

"선한이 일은 진짜 안됐다."

그가 말했다.

나는 말없이 고개를 끄덕였다.

"넌 임마, 잘 있다가 제대해."

"병장님이나 잘 지내다가 제대하십시오. 저도 곧 따라갈 테니까."

"곧 좋아한다. 내년 오월이 올 것 같냐?"

그가 웃으며 말했다.

나도 그를 따라 웃었다. 뭐가 좋은지 갑자기 우리는 웃음이 터져 낄낄댔다. 퇴근하는 간호장교들이 우리를 이상하게 바라봤다.

"그럼 간다. 들어가라."

"충성. 수고하셨습니다."

나는 악수를 하고 돌아서서 가는 그에게 경례를 했다.

자대에서도 병장은 병장에게 경례를 하지 않는다. 하물며 서로가 스쳐 가는 사이인 광통에선 이병도 병장에게 경례를 하지 않는다. 선임으로 인정하고 존대는 하지만 거기까지다. 하지만 나는 그에게 기꺼이 경례를 했다. 나는 그가 어떤 세월을 보냈는지 알았다. 나와 같은 고통을 견뎌내고 이젠 끝을 바라보는 그를 진심으로 축하하고 싶었다. 그는 나에게 결국은 봄이 온다는 증거였고, 나 또한 누군가에게 그 증거가 될 것이었기 때문이다.

그는 내 예상 밖의 경례에 잠시 놀라더니 활짝 웃으며 손을 흔들었다.

그렇게 또 한 명을 보내고 돌아서는데 날 부르는 목소리가 들렸다. 이기자가 정형외과 후문 밑에서 목발을 짚고 나를 향해 다가왔다.

"거기 있어."

나는 멈추라고 손짓하고 빨리 걸어 다가갔다.

"잘 지내십니까?"

이기자가 웃으며 말을 건넸다.

"못 지낼 게 있나. 그쪽은 어때?"

나는 녀석의 다리를 가리켰다.

"좋아지고 있습니다. 근데 방금 나간 사람 말입니다……."

"어, 혹시 너도 아나? 너 여기 몇 월에 왔지?"

"구월 초에 왔습니다. 입원했던 사람 맞습니까?"

"어, 아마 너랑 잠깐 같이 있었을 거 같다. 야, 너 여기 왔을 때 병실장이 누구였냐?"

"혹시 들으셨습니까?"

"뭐, 선한이가 병실장이었던 거?"

나는 자꾸 질문에 질문으로 답하는 녀석이 짜증 나 인상을 썼다.

"네. 제가 왔을 때 막 병실장이 되셨는데 조금 하다가 적성에 안 맞는다고 관두셨습니다."

"관뒀다고? 얼마나 하다가 관뒀는데?"

"한 달 정도는 하신 거 같습니다."

투표로 뽑았지만 정식 직책도 아니고 사정이 있다면 얼마든지 그만둘 수 있다. 어차피 하고 싶어 하는 사람은 많다. 하지만 병실장 자리는 의무에 비하면 권한이 강하고 혜택도 많다. 선한이에게 병실장은 어울리지 않는다고 생각하지만 힘들어서 관둘 일은 아니었다.

"뭐 다른 문제가 있었던 건 아니고?"

"잘 모르겠습니다. 있다고 해도 제가 그런 걸 알 수 있는 위치가 아니잖습니까?"

"혹시 그때 있던 사람 중에 남아 있는 사람들 있나?"

"대부분 시월에 나갔습니다. 남은 사람은 저랑 권중현 상병 정도일 것 같습니다. 당연히 지금은 저밖에……."

"이지용은?"

"아, 맞습니다. 지용이도 비슷한 시기에 왔습니다. 도우미라 생각을 못 했습니다."

이지용은 협조해주지 않을 테니 물어볼 사람은 이기자뿐이다. 당시는 백병장도 부사수에게 맡기고 병실에서 손을 뗄 시기라 이 녀석에게 쓸 만한 정보를 얻지 못하면 더 파고들 여지는 없다.

나는 잠시 고민하다가 이기자에게 말했다.

"내일 백병장 올라오면 나한테 와달라고 해라."

"백병장 말입니까? 알겠습니다."

"그래, 그럼 쉬어. 나도 가봐야겠다."

인사를 나누고 신경외과로 돌아가려는데 이기자가 나를 붙잡았다.

"저기 병장님, 근데 아까 경례는 왜 하신 겁니까? 자대 고참도 아니지 않습니까?"

"아······. 그거······."

"막 웃고 그러시던데······. 무슨 재밌는 이야기라도 있었습니까?"

나는 뭐라고 대답할지 잠시 생각하다 이렇게 말했다.

"봄이 오고 있으니까."

"네? 이제 겨울 시작인데 웬 봄입니까?"

"넌 아직 이해하기 힘들 거다. 간다."

나는 감을 잡지 못하는 이기자를 두고 병실로 돌아갔다.

밤이 되자 쌀쌀해진 바람이 옷깃을 파고들었다. 나는 몸을 움츠렸다. 박대위에게 가서 다시 조사하자는 말을 하려면 확실한 근거가 있어야 했다. 정신과 상담까지 받는 친구한테 당시의 기억을 묻는 것은 잔인한 일이지만 나는 알아낼 것이 있다면 백병장 부사수한테서라도 끄집어낼 생각이었다. 다가오는 봄에 선한이의 죽음을 이곳에 묻어두고 떠나긴 싫었다.

　나는 진실과 함께 봄을 맞이할 것이다.

22

돈을 잃으면 조금 잃은 것이고, 명예를 잃으면 많이 잃은 것이고, 건강을 잃으면 전부 잃은 것이란 말이 있다. 나는 군대에 와서 명예와 건강을 잃었다. 돈은 원래부터 없었다. 그 말대로라면 나야말로 살 이유가 없다.

하지만 난 살아 있다. 오히려 군대에 와서 밥을 더 잘 먹었다. 군에 오기 전엔 입이 짧은 편이었지만 훈련소 입소 후부턴 어떤 반찬이 나오든 남기지 않고 먹었다. 잘 먹어야 버틸 수 있기 때문이었지만 먹다 보니 이전엔 몰랐던 맛도 느끼게 됐다. 반대로 휴가를 나가 먹고 싶었던 음식을 먹을 때는 생각보다 맛있지 않았다. 입맛이 변한 것이다.

나는 『카라마조프 가의 형제들』을 읽으며 비슷한 기분을 느꼈다. 예전에 읽은 책이지만 모든 것이 새롭게 느껴졌다. 전에 읽었을 땐 고전이란 타이틀을 빼면 솔직히 기억에 남는 것이 별로 없었다. 그

랬던 작품이 지금은 읽을수록 진정한 걸작이란 생각이 든다. 백 년
도 전에 만들어진 작품이라 형식과 문체는 요즘의 감각적인 책들
에 비해 촌스럽게 느껴졌지만 『카라마조프 가의 형제들』엔 백 년이
지나도 변치 않는 진실과 시대를 뛰어넘는 통찰력이 있었다. 셜록
홈즈는 소매의 상태나 신발에 묻은 흙 따위를 보고 그 사람이 그
날 아침에 무엇을 했는지 알아냈는데 도스토옙스키는 무엇을 보고
백 년 후의 시대를 예견한 건지 나는 궁금했다.

셜록 홈즈나 도스토옙스키 같은 통찰력을 갖지 못한 나는 백병
장의 도움을 바라며 주말 내내 그의 방문을 기다렸다. 화장실 외엔
어디도 가지 않았건만 그는 『카라마조프 가의 형제들』을 다 읽을
때까지도 오지 않았다. 백병장이 모습을 나타낸 건 월요일 오후가
되어서였다.

"일찍도 온다."

내가 내 베드로 다가오는 백병장에게 말했다.

"어? 뭔 말이야?"

백병장은 어리둥절한 얼굴로 내 옆에 와서 앉았다.

그가 연기를 한다고 생각한 나는 웃으며 말했다.

"말한 게 언젠데 이제 와?"

"말하긴 뭘 말해?"

"내가 부탁했는데 못 들었어?"

"그래서 왔잖아. 근데 내가 올 걸 알았어? 어떻게?"

백병장이 놀란 얼굴로 말했다.

이게 연기라면 몇 년 후에 드라마에서 그를 보게 될지도 모른다.

나는 우리가 말하는 부탁이 서로 다르다는 걸 알았다.

"나한테 와달라고 부탁했는데 못 들었어? 무슨 부탁을 말하는 거야?"

"새끼손가락 부러진 사람 찾았잖아. 기억 안 나?"

백병장이 주변의 눈치를 보며 조용히 말했다.

나는 그제야 내가 한 말을 기억해냈다.

"찾았어? 그런 환자 없다며?"

"먼저 하나 말해줘. 왜 그런 사람을 찾는데? 혹시 이필립 병장 허리 다치게 만든 게 그놈이야?"

"의무병이구나."

내가 말했다.

백병장의 얼굴이 굳어졌다.

그 시기에 새끼손가락을 다쳐서 진료를 받은 입원 환자는 없었다. 하지만 병원에서 근무하는 의무병이 다쳤다면 이야기가 달라진다. 백병장의 부사수가 막사에서 잡무를 하며 정신과 상담을 받았듯 부상을 입었어도 심하지만 않다면 입원하지 않고 치료를 받으며 계속 의무병 역할을 했다. 그렇잖아도 환자들을 병원 관리에 동원할 정도로 일손이 부족한데 새끼손가락 하나 부러졌다고 입원을 시킬 수는 없었다. 어차피 병원에 있는데 무슨 입원이냐며 깁스나 해주고 하던 일을 계속 시켰을 것이다. 백병장이 이유를 물은 건 민감해질 수도 있는 문제니 확실해지기 전엔 동료를 보호하기 위해서였다.

"대답이나 해. 맞아?"

백병장이 짜증스런 얼굴로 말했다.

"미안. 맞아, 그날 거기서 누가 날 덮쳤어. 서로 붙잡고 싸우다가 내가 새끼손가락을 잡고 꺾었어."

"확실한 거야? 환자 찾아달라고 한 거 보면 환의 입고 있었나 본데. 그리고 왜 이병장을 공격해?"

"의무병이면 환의야 얼마든지 구할 수 있잖아. 그리고 확실한지 그렇지 않은지는 더 말을 해줘야 판단을 하지. 왜 그랬는지야 나도 모르고."

백병장은 고민이 되는 듯 머리를 긁적거리다 물었다.

"얼굴도 알아? 봤어?"

"아니."

나는 솔직하게 말했다.

안다고 하고 확인해보게 만남을 주선해달라고 할 수도 있다. 하지만 거짓말을 했다가 사진이라도 들이밀고 맞혀보라고 하면 유일한 조력자를 잃어버린다. 거짓말은 그것을 덮을 또 다른 거짓말을 부르고, 진실은 숨겨져 있던 또 다른 진실을 밝혀낸다. 거짓으로 손쉽게 진실에 접근하려고 했다간 오히려 진실에서 멀어지고 만다. 더 이상 같은 실수를 반복하지 않을 것이다.

"그럼 밝혀낼 도리도 없잖아. 지목해도 잡아떼면 그만인데?"

백병장이 말했다.

"그건 내가 알아서 할게. 그리고 밝혀낸다고 딱히 어떻게 할 생각도 없어."

"정말? 그럼 알아내서 뭐하게?"

"그냥 나한테 왜 그랬는지만 알면 돼. 그 정도는 알아야 되지 않겠어? 나도 일 크게 만들 생각 없어. 조용히 있다가 나갈 거야. 말해주면 안 돼?"

백병장은 고민했다. 나는 좋아하는 여자에게 고백을 해놓고 대답을 기다리는 심정이었다. 재촉하고 싶은 마음을 꾹 참고 속으로 '제발'이라고 외쳤다.

마침내 백병장이 입을 열었다.

"다친 게 저번 달 중순이지? 전에도 이야기했지만 그 시기에 새끼손가락을 다친 입원 환자는 없어. 하지만 이병장 말대로 정확한 날짜는 몰라도 그때 전후로 손가락을 다친 후임이 있어. 나도 처음엔 몰랐어. 우리는 보통 맡고 있는 병실에서 생활하잖아. 저녁에야 볼 수 있는데 작업이다 뭐다 짬 좀 되면 그냥 짱박힐 수도 있거든. 같은 중대라지만 한 달 내내 거의 못 보는 경우도 있어. 그래서 몰랐는데 내 부사수가 정신과 상담 다닌다고 했잖아. 정신과 담당인 녀석이 새끼손가락에 깁스를 하고 있다는 거야."

나는 벌떡 일어설 뻔했다. 등줄기에 전류가 흘렀다. 허리를 다쳤을 때의 통증과는 달랐다. 수많은 실패를 거듭하다 마침내 전구에 불이 들어온 것을 확인한 에디슨이 이렇지 않았을까. 머릿속에서 스파크가 일어났다.

"내가 알아보니까 그 주말 전후로 외박을 나가서 술 마시다 다쳐서 돌아왔다는 거야. 근데 치료도 외부에서 다 받고 왔더라고."

"만나게 해줄 수 있어?"

"나도 같이 만난다는 조건이면."

"그건 오히려 내가 부탁하고 싶어."

둘만 만나는 건 내 쪽에서 사양이었다. 나는 그 괴물 같은 힘을 기억하고 있었다.

"그리고 부탁이 하나 더 있어."

"뭔데? 원래 오늘 하려던 부탁이야?"

"좀 어려운 건데……."

나는 백병장에게 다가가 속삭였다.

백병장은 정색을 하고 일어서며 말했다.

"지금 무슨 말 하는지 알아? 알면서 그래?"

"미안. 괜찮아. 이건 없던 걸로 하자."

나는 백병장을 진정시키며 계속 말했다. 이 기회를 놓쳐서는 안 됐다.

"나는 가능한 한 빨리 만나면 좋겠어."

"오늘 밤이라도 불러내볼게. 저녁 먹고 여덟 시쯤 어때?"

"좋아."

나는 드디어 데이트 약속을 받아낸 남자처럼 가슴이 두근거렸다.

백병장을 돌려보내고 나는 도서관에 갔다. 나는 다 읽은 『카라마조프 가의 형제들』을 펼쳐놓고 생각에 잠겼다. 만나기 전에 필요한 것이 있었다. 나는 저녁을 먹고 남는 시간 동안 필요한 것을 모두 챙겨 약속 장소로 갔다.

밖에는 비가 내렸다. 나는 재킷을 뒤집어쓰고 경보를 하듯 걸어 교회에 갔다. 목회자는 남들 다 쉬는 일요일에 가장 바쁘게 일하고 남들이 일하기 시작하는 월요일에 쉰다. 월요일 저녁의 교회에는 사람이 없었다. 병동과도 떨어져 있어 눈치를 볼 것도 없었다.

교회 열쇠는 군종이 관리했지만 부대 전체에서 왕고인 백병장의 위치는 하나님과 동격이었다. 군종은 백병장의 명령에 순종했고, 문이 열려 있었다. 나는 강대상 뒤편의 집무실에 들어가 몸을 숨겼다. 누가 교회 안으로 들어오면 알 수 있도록 일부러 문을 조금 열어놨다. 나는 문과 가까운 쪽의 소파에 앉아 집무실을 둘러봤다. 군대에 오기 전 어머니 손에 이끌려 목사님 집무실에서 기도를 받았던 기억이 떠올랐다. 목사님은 내 머리에 손을 얹고 건강하게 군 복무를 마치고 돌아오길 기도해줬지만 내 군 생활은 꼬일 대로 꼬여버렸다. 그리고 지금 나는 나만큼이나 군 생활이 꼬여버릴 한 사람을 기다렸다. 그는 오늘을 끔찍한 밤으로 기억할지도 모르나 엉뚱한 길로 들어선 사람은 반드시 돌아서야 했다. 그건 빠를수록 좋았다.

열린 문 틈으로 교회 문이 열리는 소리가 들렸다. 손님은 예약한 시간에 맞춰 교회에 들어왔다. 약속을 잘 지키는 손님이었다. 이젠 내가 뜨거운 맛으로 보답해줄 차례였다. 나는 집무실 문을 열고 밖으로 나갔다. 교회 중앙에 서 있는 손님은 백팔십 센티미터가 훌쩍 넘는 키에 건장한 체격이었다. 일과 시간이 끝나 활동복에 야상을 걸치고 나타난 그는 오른손 새끼손가락에 깁스를 하고 있었다.

"이근택 상병, 맞죠?"

내가 말했다.

삼월에 입대한 나는 군에서 맞는 첫 번째 식목일을 훈련소에서 보냈다. 모든 훈련병들이 나무를 심었는데 갑자기 눈이 내리기 시작했다. 밖에서라면 호들갑을 떨며 좋아했겠지만 군대에서 눈이란 하늘에서 내리는 쓰레기나 마찬가지였다. 우리는 어떻게 식목일에 눈이 내리느냐며 투덜댔다.

이근택에게 갑작스런 나의 등장은 식목일에 내리는 눈과 같았다. 그의 얼굴이 악취 나는 쓰레기 매립지에라도 온 것처럼 일그러졌다. 잘못된 반응은 아니었다. 교회란 죄인이 자신의 냄새나는 죄를 회개함으로써 정결케 되는 곳이었으니까. 하지만 사람들은 강단에서 선포되는 회개하라는 메시지가 자신을 향한 말이라기보단 저 교회 밖의 자신이 싫어하는 누군가를 향한 말이라고 생각한다. 나는 분명히 그의 이름을 불렀는데 그는 자신 외에 이근택이 또 있기라도 한 것처럼 두리번거렸다.

"백병장은 밖에서 기다리고 있어요. 내가 만나게 해달라고 했거든요."

이근택은 내 말을 듣고 우뚝 멈췄다. 유리문 밖에서 인기척이 느껴졌다.

"들어와서 같이 이야기해도 상관없지만 좋은 이야기도 아닌데 실례가 아닌가 해서 제가 잠깐 기다려달라고 했어요. 그게 좋죠?"

나는 천천히 그에게 다가서며 말했다.

내 말을 듣고 있는 이근택의 귀는 흉한 모양으로 말려 있었다. 흔히 말하는 만두귀. 레슬링이나 유도 같은 운동을 한 사람에게 보이는 증상이다. 나는 혼자가 아니라 다행이라고 생각했다.

"나 알아요?"

이근택이 물었다.

"모르죠."

"근데요? 무슨 볼일인데요?"

"모르는 사람이 날 왜 덮쳤는지 궁금해서요. 나한테 왜 그랬어
요?"

"무슨 헛소리야! 아저씨, 미쳤어요?"

이근택은 교통 신호를 어기면서도 뻔뻔하게 클랙슨을 눌러대는
운전자처럼 소리를 질렀다.

아마 그는 밖에서 개입해주길 바라는지도 모른다. 하지만 대기하
고 있는 사람은 내 신호에 따라 움직일 것이다.

나는 웃으며 그에게 말했다.

"미친 걸로 보여요? 어떡하지, 정신과에 입원이라도 해야 하나?"

"그러든가 말든가. 이 미친 새끼가 어디서 실실 쪼개. 죽고 싶냐?"

"살고 싶다. 살고 싶어서 발버둥 치는 거 네가 봤잖아."

나는 감추고 있던 분노를 조용히 드러냈다.

이근택은 불시 검문에라도 걸린 것처럼 당황했다.

"아저씨, 도대체 무슨 소리를 하는 거예요? 나는 아저씨 몰라. 아
저씨야말로 나한테 왜 이러는데?"

이근택은 사정하다시피 말했다.

"정말 몰라요? 정말 내가 미친 건가? 그럼 내가 정신과에 입원해
야지. 지금은 아저씨 덕분에 내가 신경외과에 있는데 정신과로 갈
수도 있죠? 아, 상태 따라 다른가? 근데 정신과에서 다치면 어떻게
돼요? 예를 들면, 어깨라든가."

이근택의 넓은 어깨가 움츠러들었다. 등장할 때만 해도 위압적으

로 보이던 그는 어느새 재판정에 붙잡혀 온 죄인처럼 처량해 보였다.

"이지용 알죠?"

내가 말했다.

그가 고개를 들었다. 하지만 그는 아무 말도 하지 못했다.

"지금 정형외과 도우미 하고 있는 이지용이요. 원래는 정신과에 있었잖아요. 벌써 잊어버렸어요? 내 생각엔 이지용 어깨를 그렇게 해준 게 아저씨 같은데. 고객이 너무 많아서 일일이 기억이 안 나나, 기술자 아저씨?"

내 말이 끝나자마자 교회 문이 열렸다.

백병장이 교회 안으로 들어오며 말했다.

"그게 무슨 말이야?"

나는 백병장에게 이근택에 대한 이야기를 듣고는 이지용이 정신과에서 어깨를 다쳐 전과한 게 아니냐고 넌지시 물었다. 백병장은 환자의 개인 기록은 말해줄 수 없다고 화를 냈다. 당연한 일이었다. 그렇잖아도 꼬리처럼 달라붙는 소문 때문에 정신과까지 온 이지용을 백병장은 보호할 의무가 있었다. 그는 최선을 다했다. 아무렇지도 않은 척하며 넘겼다면 좋았겠지만 그런 연기력은 갖지 못했을 뿐이다.

"뭐가 어떻게 됐다고? 지금 무슨 소리를 하는 거야?"

백병장이 나와 이근택을 번갈아 보며 말했다.

"근택아, 이게 뭐야? 뭐가 잘못된 거지? 말 좀 해봐."

백병장이 이근택의 어깨를 잡고 흔들었다.

"이 아저씨가 기술자야. 아마 유도 같은 걸 했겠지. 이지용은 이 아저씨가 작업해서 다치게 한 거야."

내가 대신 대답하고는 이근택에게 말했다.

"아저씨, 정선한이라고 알죠?"

이근택이 나를 노려봤다.

"선한이는 내 친구예요. 내가 여기 왜 왔는지 아저씨도 대충 알고 있을 거라고 생각해요. 이지용이 선한이에게 더러운 짓을 했다는 거 알아요. 그래서 이지용이 아저씨를 시켜 날 공격한 거죠? 내가 자꾸 설치고 다니니까. 물론 아저씨는 괜한 일에 엮이는 걸 원치 않았겠지만 이지용이 폭로라도 하면 곤란하니까 어쩔 수 없었겠죠. 아저씨, 솔직히 나는 아저씨가 기술자건 아니건 상관도 없어요. 날 다치게 한 것도 다 잊어줄게요. 대신 이지용이 한 일에 대해서 전부 다 털어놔요. 그러지 않으면 집에 못 가게 될 거예요."

나는 피하지 않고 이근택을 똑바로 쳐다보며 말했다.

셜록 홈즈는 추리를 하는 과정이 생각보다 어렵지 않다고 했다. 하나의 추리는 다른 추리로 이어지게 마련이니 중요한 추리만 끝내고 나서 추리를 시작한 지점과 결론을 발표하면 사람들이 놀라운 반응을 보인다는 것이다.

나는 이지용이 선한이에게 무슨 짓을 했는지 몰랐다. 하지만 시작과 결말은 알았다. 나는 그 사이를 이근택이 채워주길 바랐다. 하지만 이근택은 다른 길을 택했다.

"전 기술자가 아닙니다. 믿어주시겠습니까?"

이근택이 백병장에게 말했다.

"그래, 난 널 믿지. 그런데 대체 왜 저런 말을……"

백병장은 혼란스런 얼굴로 날 봤다.

이근택은 자신의 어깨를 잡고 있는 백병장의 팔을 잡으며 말했다.

"절 믿으신다면 나가주십시오."

"어?"

"병장님은 여기 안 계셨던 겁니다. 그냥 나가셔서 편하게 쉬시다 가 집에 가시면 됩니다."

"무슨 소리야?"

백병장의 목소리가 떨렸다.

"날 묻어버리겠단 소리 같네. 내가 사라지면 진실도 묻힐 것 같나? 자살로 위장이라도 시킬 생각인가?"

내가 말했다.

이근택은 백병장의 팔을 자신의 어깨에서 떨어뜨리고 나를 향해 걸어왔다. 백병장은 다리가 붙어버린 듯 그 자리에서 움직이지 못했다.

"정선한은 자살이 맞아. 나도 그럴 줄은 몰랐어. 유감이야."

이근택이 다가오며 말했다.

그는 묘하게 침착해져 있었다. 혼자였다면 정말 무서웠을 것이다.

"나도 유감이네. 지금이 너한테 주어진 마지막 기회였는지도 모르는데."

내가 말했다.

다가오던 이근택이 움찔하며 멈춰 섰다. 내 뒤에서 나타난 녀석 때문이었다. 이근택은 순간 당황했지만 이내 피식 웃었다. 그럴 만도 했다. 자신보다 이십 센티미터는 작은 녀석이니까. 뒤통수에 종양까지 있는 걸 알면 불쌍해서 울지도 모르겠다.

택견이 나를 힐끔 봤다. 내가 고개를 끄덕이자 택견은 그대로 이근택을 향해 달려가다 허공에 몸을 날렸다. 이근택은 방어를 위해 몸을 웅크리며 왼팔로 머리와 몸통을 막았다. 타격은 택견이 낫겠지만 이근택에게 잡혔다간 곤충처럼 팔다리가 뜯겨져 나갈 터였다. 상황을 냉정하게 파악한 이근택은 피하기보단 한 방을 허용하고 택견을 잡아버릴 생각이었다. 만약 택견이 아니었다면 이근택의 생각대로 됐을 것이다.

다른 무도의 발차기는 보통 바깥에서 안으로 회전해서 들어간다. 하지만 택견은 부채를 펼치듯이 다리를 안으로 접었다가 바깥으로 쭉 펼치며 상대를 가격한다. 전속력으로 달려 체중을 실어 날린 택견의 발차기는 텅 비어 있는 이근택의 오른쪽 턱에 꽂혔다. 턱을 맞으면 뇌가 흔들린다. 이근택은 비틀거리며 한쪽 무릎을 꿇었다. 하지만 체급 차가 커서인지 의식을 잃지는 않았다. 이근택은 초인적인 정신력으로 비틀거리며 일어섰다. 택견은 긴장하며 다시 자세를 잡았고 나도 달려들 준비를 했다. 하지만 이근택의 돌진 방향은 반대편이었다. 그는 백병장을 지나쳐 밖으로 뛰쳐나갔다.

나는 어쩌면 이근택이 다시 한 번 내 입을 막으려 할지도 모른다고 생각했다. 그런 상황이 닥쳤을 때 백병장이 나의 편이 되어줄 거란 확신이 없었다. 혼자서 상대할 자신이 없었던 나는 내 편이 필요했다. 나는 도서관을 나와 택견을 찾아갔다. 하지만 내 준비는 거기까지였다. 이 상황은 계산 밖이었다.

우리는 일제히 이근택을 쫓았다. 이근택이 병동 쪽으로 달렸다면 우리는 그를 잡았을 것이다. 하지만 그는 다시 한 번 내 예상을 벗어났다. 이근택은 병동이 아니라 교회와 가까운 위병소 쪽으로 달렸다. 원칙상 암구호도 모르고 검문에도 응하지 않으면 발포해야 한다. 하지만 사람에게 방아쇠를 당기는 건 쉬운 일이 아니다. 이근택은 암구호를 반복할 틈도 주지 않고 위병소를 넘어갔다. 전투 부대도 아닌 병원 위병소 근무자들은 대응 능력이 떨어졌다. 사수가 정신을 차리고 공포탄 한 발을 발사하는 동안 이근택은 어둠 속으로 사라졌다.

23

어제 공포가 아니라 실탄이었대.

정말?

응, 위병소 앞에 핏자국이 이어져 있다니까.

상병이라며, 갑자기 웬 탈영?

이브에 결혼하는 여자친구를 만나러 갔다나.

피를 뚝뚝 흘리면서 결혼식장에 나타나면 대박이겠다.

크리스마스이브 아침, 광통은 어젯밤에 벌어진 탈영 이야기로 떠들썩했다. 사람들은 이근택을 제외하곤 이 사건에 대해 가장 많은 것을 알고 있는 나에게 와서 헛소리들을 해댔다. 이근택이 사라진 후 나는 백병장과 택견을 데리고 교회로 돌아가 할 수 있는 모든 이야기를 해줬다. 두 사람 모두 집에 갈 날이 얼마 남지 않았다. 본인들만큼은 아니라도 나 역시 이들이 이 사건에 엮여 발이 묶이길 원치 않았다. 나는 두 사람에게 침묵을 지켜줄 것을 요구했다. 책임은 내가 질 터였다.

광통은 산속에 처박힌 부대가 아니라 광주 시내에 있는 병원이다. 초기 대응이 늦으면 멀리까지 도주할 수 있다. 5분 대기조가 편성되어 있지만 전투부대와는 비교하기 힘든 수준이다. 효과적인 작전이 이뤄지지 않았을 가능성이 높다. 하지만 탈영은 공소 시효가 없는 범죄다. 결국은 잡히게 되어 있다. 헌병대가 이근택을 체포하기 전에 사태를 수습해야만 했다. 그리고 내가 사태를 수습할 유일한 방법은 박대위를 찾아가는 것이었다. 나는 아침 투약이 끝나자마자 이비인후과로 내려갔다.

이비인후과 병실은 신경외과보다도 한산했다. 간호 데스크 옆에 작은 크리스마스트리가 보였다. 느릿하고 평안한 분위기였다. 수술을 한 지 일주일도 지나지 않은 박대위는 데스크 앞의 중환자 베드에서 코에 붕대를 댄 상태로 링거를 맞고 있었다.

나는 다가가 경례를 했다.

"충성. 괜찮으십니까?"

"웬일이냐?"

박대위가 무뚝뚝하게 말했다.

예상했던 반응이었다. 나는 웃으며 옆에 앉았다.

"수술도 받으셨는데 와봐야 되지 않습니까? 그리고 크리스마스 잖습니까?"

"자연스럽게 앉는 거 봐라? 네가 이런 캐릭터는 아니지 않냐?"

"사람은 변하지 않습니까?"

"내가 경험한 바로 잘 안 변하던데."

"죄송합니다. 저번에 해주신 말씀이 다 맞습니다. 제가 잘못했습니다."

나는 솔직하게 말하고 고개를 숙였다.

박대위가 피식 웃었다. 나쁜 분위기는 아니지만 바로 본론을 꺼내기는 부담스러웠다.

나는 가벼운 이야기부터 시작했다.

"몸은 좀 어떠십니까?"

"이것도 수술이라고 아프긴 하다. 내일부터는 링거도 빼고 한다니까 편해지겠지. 크리스마스라고 별것도 없지만 이 꼴로 맞이하는 건 아니지 않냐?"

"그렇습니다."

나는 고개를 끄덕였다.

"맞아, 너 여자친구 없지? 저번에 너 데리러 갔던 여자 중위 기억하냐?"

빈틈없게 생긴 깔끔한 미인이 떠올랐다. 잊기 힘든 얼굴이었다.

"중위셨습니까?"

"어, 그 친구가 네가 좀 맘에 드는 모양이더라."

"정말입니까?"

나는 의외의 말에 웃었다.

"내가 그동안 널 좀 좋게 말해줬지. 고맙냐?"

박대위는 마음이 어느 정도 풀린 듯 예전처럼 웃으며 말을 이었다.

"여기서야 장교지 밖에 나가면 친구잖아. 너 군대도 좀 늦게 왔지? 소개해주랴?"

좋은 이야기였다. 하지만 때가 나빴다. 안타깝게도 지금은 좋지 않은 이야기를 꺼내기에 좋은 타이밍이었다. 나는 유일한 기회를 때에 맞지 않는 일에 쓸 수 없었다.

"그분 말고 다른 분 소개해주시면 안 됩니까?"

내가 말했다.

"어, 누구?"

반문하는 박대위는 내 입에서 어떤 이름이 나올지 감도 못 잡는 얼굴이었다.

그 얼굴을 일그러지게 하기 싫었지만 나는 해야 할 말을 했다.

"이소윤 소위를 만나게 해주시면 좋겠습니다."

"뭐?"

박대위의 목소리가 높아졌다.

중환자실이었다면 바로 쫓겨났을 것이다. 데스크에서 캐럴을 들으며 휴대폰을 만지작거리던 간호장교가 잠시 우리를 보고는 다시 본인의 일에 집중했다.

"너 아직도 정신 못 차렸냐? 내 말 못 알아들었어? 신경 끄고 쉬다 가라고 했지? 그런 말 할 거면 당장 올라가."

박대위는 조용하지만 강경한 태도로 말했다.

이제부터가 중요했다. 나는 심호흡을 하고 입을 열었다.

"이지용, 권중현, 이소윤 소위 그리고 정신과 담당 의무병인 이근택 상병이 선한이 자살에 연관되어 있습니다. 권중현은 죽었고 이근택 상병은 어젯밤 탈영했습니다."

"너 무슨 짓을 하고 돌아다니는 거야? 어제 탈영했다는 놈도 너랑 연관이 있어?"

박대위는 딱딱한 오징어를 씹듯 이를 악물며 말했다.

하지만 멈출 수는 없었다. 나는 그의 말을 무시하고 계속 이야기를 했다.

"이지용은 당연히 인정하지 않을 겁니다. 남는 건 이소윤 소위뿐입니다. 선한이는 분명히 이들과 엮여서 죽었습니다. 만나게 해주십시오."

박대위는 한동안 말없이 나를 바라보다 말했다.

"너 솔직히 말해봐. 너 정선한하고 그렇게 친한 사이도 아니었지? 여기서 몇 달간 붙어 지낸 건 알아. 하지만 그냥 그 정도였잖아. 나가서도 만나고 할 사이는 아니었어. 서로 연락처도 몰랐지?"

"그렇습니다."

나는 고개를 끄덕였다.

"근데 왜 이래? 왜 이렇게까지 하는 거야? 결국 네가 옳다는 걸 증명하고 싶어서 이러는 거 아냐? 네가 쓸모 있는 놈이란 걸 보여주고 싶어서."

"맞습니다. 분명히 그런 마음이 있었습니다. 하지만 그것만은 아닙니다."

나는 순순히 인정했다. 그리고 그가 계속 내 이야기를 들어주길 바랐다.

박대위는 인상을 쓰며 굵은 두 팔로 팔짱을 꼈다. 내 이야기가 반갑지는 않지만 들어줄 준비가 된 것처럼 보였다.

나는 아무에게도 한 적 없는 이야기를 그에게 하기 시작했다.

"죽으려고 했던 적이 있습니다."

굳게 닫혀 있던 박대위의 입술이 조금 벌어졌다.

"첫 번째 후송에서 4급 판정을 받고 복귀했지만 마땅히 변경할 보직은 없었습니다. 중대 생활을 하면서 무릎의 통증이 다시 심해졌습니다. 아는 것은 없고 몸은 따라주지 않았습니다. 하지만 제일 힘들었던 건 주변의 시선입니다. 부대원들은 물론이고 장교들도 병원을 다녀왔으니 나았다고만 생각했습니다. 일일이 설명을 해줄 수도 없고, 설명을 해줘도 납득하지 않았습니다. 졸지에 부적응자가 된 자신도 받아들이기 힘들었지만 정말 괴로웠던 건 꾀병이나 부리는 쓰레기 취급이었습니다. 분노가 치밀어 올랐습니다. 혼자 중대 막사에서 연병장으로 내려가는 길을 걸을 때면 온갖 욕이 입에서 튀어나왔습니다. 딱히 대상을 두고 한 건 아닙니다. 하지만 욕은 끊이지도 않고 흘러나왔습니다. 이러다 내가 정말 미치겠구나 하는 생각까지 들었습니다."

나는 담담히 말하며 내 인생에서 가장 죽음과 가까웠던 시간으로 돌아갔다.

상병이 됐지만 상황은 나아지지 않았다. 부대 창립 기념일을 맞아 부대원 전체가 등산을 간 날, 나는 쉬고 싶다고 했지만 중대장은 허락하지 않았다. 그는 험한 산도 아니니 혼자서라도 천천히 올라가라고 했다. 그의 말이 맞았다. 꾀병이나 부리는 쓰레기도 충분히 오를 수 있는 산이었다. 하지만 난 꾀병이 아니었다. 정상에 오른 중대원들은 탁 트인 경치를 보며 야호를 외쳤다. 산은 메아리로 답해줬다. 뒤늦게 비틀거리며 정상에 올라간 나는 경련을 일으키는 무릎을 붙잡고 여기서 그냥 떨어져버리면 편해지겠단 생각을 했다. 속으로 한 생각인데 저 밑에서 누군가 이렇게 답해주는 것 같았다.

사람은 원래 혼자야. 혼자 왔다 혼자 가는 거야. 저들을 봐. 아무도 너의 고통을 이해하지 못해. 앞으로도 마찬가지야.

고통 끝에야 얻게 되는 진리 같았다. 저 옆에서 웃으며 소리를 지르는 이들은 백 년이 지나도 알 수 없는 깨달음처럼 느껴졌다. 나는 그렇게 그럴싸한 거짓말에 넘어갔다. 나는 고통을 끝내기로 결심했다.

무얼 하든 계획적이던 나는 장소와 시간과 방법을 생각하고 준비를 끝냈다. 하지만 언제나처럼 인생은 내가 계획한 대로 흘러가지 않았다. 그래서 다행이었다.

"갑자기 오후에 자살 방지 정신 교육을 한다는 겁니다."

"설마 그걸 듣고 마음을 돌려먹었다는 건 아니겠지?"

박대위가 그런 말을 할 만도 했다.

부대에서 하는 정신 교육이란 보여주기 위한 행사다. 예를 들어, 화재 방지 교육을 한다면 우선 강의 시간에 경청하는 모습을 찍어두고 실습 시간엔 창고에 불이 났다는 설정하에 강의에서 배운 대로 일사불란하게 움직이는 모습을 사진으로 남긴다. 여기서 가장 중요한 점은 정말 위급한 상황인 것처럼 박력 있는 표정을 짓는 것이다. 그렇게 만든 자료들로 보고서를 올리고 나면 기억에 남는 건 사진을 연출하면서 서로의 우스꽝스런 모습에 낄낄댔던 것밖에 없다.

하지만 도움이 되든 안 되든 하라면 해야 하는 게 군대다. 우리는 근처 대대로 이동해 대대 병력들과 함께 자살 방지 정신 교육을 받았다. 강당에 전 병력이 입장하자 인원 보고와 강사 소개가 이어지고 본격적인 정신 교육이 시작됐다.

불이 꺼지고 대형 스크린에 전우들의 사진들이 떴다. 군대 홍보물에 나오는 건강하고 밝은, 웃음이 가득한 병사들이 아니었다. 거기엔 더 이상 숨을 쉬지 않는, 싸늘하게 식어버린 전우들이 나왔다. 실연을 당해 목을 맨 전우와 가혹 행위 때문에 입에 총을 물고 방아쇠를 당긴 전우와 가정 형편을 비관해 강에 뛰어든 전우의 사건 현장과 시체의 상흔이 담긴 사진들이 천천히 이어졌다. 한 편의 지옥도를 보여주며 예수를 안 믿으면 이렇게 된다고 하는 선교사처럼 강사를 맡은 장교는 전우들의 시체를 쌓아놓고 겁을 줬다.

그 앞에서 강사가 자살한 사병의 유서를 읽기 시작했다.

"부모님, 이런 불효를 저질러서 죄송합니다."

강사는 여기까지 읽고는 갑자기 우리를 쳐다보며 말했다.

"죄송할 짓을 왜 해?"

웃음이 터졌다. 자살 방지 교육을 받던 강당이 순식간에 캠프파이어 현장처럼 변했다. 죽은 전우들의 사진을 앞에 두고 살아남은 전우들은 낄낄거리며 웃었다. 병사들의 반응이 마음에 들었는지 강사가 계속 농담을 던졌다. 어두컴컴한 강당 안에 쌓아 올린 전우들의 시체에 불빛이 쏴지고, 강사는 레크리에이션이라도 하러 온 것처럼 농담을 하고, 살아남은 전우들은 웃었다. 죽은 전우와 살아남은 전우 사이에 선 나는 웃지도 울지도 못했다.

"갑자기 토할 것 같아 강당을 빠져나갔습니다. 어두운 데 있다 나와서인지 눈을 뜨기가 힘들었습니다. 정신없이 화장실로 뛰어가서 얼굴을 씻었습니다. 그리고 거울을 보면서 결심했습니다. 살아야겠다. 여기서 꼭 살아 나가야겠다."

박대위는 황소처럼 씩씩거렸다. 코에 붙여놓은 붕대가 떨어질까 걱정될 정도였다.

"누구를 비난하려는 게 아닙니다. 제가 웃지 못한 건 부적응자였기 때문입니다. 저는 그 사진 속의 한 사람처럼 될 수도 있었지만, 다치지 않고 잘 적응했다면 다른 사람들처럼 웃고 있었을지도 모릅니다. 저는 선한이의 죽음이 모호한 단어로 취급되는 게 싫습니다. 선한이 사진을 띄워놓고 겁을 주는 것도 싫고, 농담이나 하면서 웃어넘기는 것도 싫습니다. 저는 선한이가 그럴싸한 거짓말에 속았다고 생각합니다. 저는 어떻게 그 녀석이 속아 넘어갔는지 알고 싶습니다. 선한이의 사진을 띄워놓고 무언가 이야기해야 한다면 그런 이야기를 해야 합니다. 그렇지 않습니까?"

나는 오래도록 간직하던 이야기를 쏟아내고 박대위의 대답을 기다렸다.

그가 코를 벌름거리며 말했다.

"효과 만점 교육이었네……."

"네, 그렇습니다."

나는 웃으며 고개를 끄덕였다.

"만나게만 해주면 되는 거냐?"

박대위가 말했다.

24

눈이 내렸다. 햇빛이 하얀 눈에 반사돼 눈이 부셨다. 그렇잖아도 눈부신 바깥세상이 더욱 아름다워 보였다. 고작 담 하나를 사이에 두고 이리도 다른 세상이 된다는 것이 놀라웠다.

링거에서 해방된 박대위는 나를 자신의 승용차 짐칸에 태우고 위병소를 통과했다. 위병소가 뚫린 지 이틀 만인 데다 화이트 크리스마스에 근무나 서야 하는 분노까지 더해져 초병들의 태도는 날이 서 있었지만 기무대 장교 차량을 잡을 배짱은 없었다. 위병소를 빠져나가고 나는 하품을 했다.

"너 너무 긴장감 없는 거 아니냐?"

박대위가 말했다.

"어젯밤에 새벽송을 돌아서 말입니다."

"새벽송?"

"크리스마스이브 자정에 다니면서 성탄 찬양을 하는 겁니다."

"시끄럽게 뭐 하는 짓이냐?"

박대위가 인상을 썼다.

"그래서 요즘은 잘 안 합니다. 원래는 성도 가정들 찾아다니면서 「고요한 밤 거룩한 밤」 같은 조용한 찬양 부르고 성탄 인사나 나누는 건데 요즘은 다 다세대 주택들이고 주변에서도 이해해주지 않으니 행사 자체가 거의 없어졌습니다. 저도 한다고 해서 깜짝 놀랐습니다."

"너 무교 아니었냐?"

"정형외과 후임이 가자고 해서 말입니다. 그리고 안 믿는 친구들도 꽤 나옵니다."

박걸이 새벽송을 하자고 찾아왔을 때 당황스럽기도 했지만 오랜만에 추억을 되살려보는 것도 재밌겠단 생각이 들었다. 늦은 시간까지 합법적으로 깨어 있으면서 간호장교들과도 어울리고, 맛있는 것도 먹을 수 있는 기회라 종교가 없는 병사들도 따라나섰다.

병실마다 참가 인원을 신고하고 교회에서 집결을 한 후에 열한 시쯤 출발을 했다. 우선은 크리스마스이브에 야간 근무를 서는 병사들을 찾아가 캐럴을 부르고 준비해 간 간식을 나눠줬다. 그다음엔 장교 숙소인 병원 뒤편의 아파트로 가서 찬양을 하고 인사와 선물을 나눈 후 교회로 돌아왔다.

교회에선 기독교인 간부 부인들과 간호장교들이 준비한 만둣국이 기다리고 있었다. 김이 펄펄 나는 만둣국을 간호장교들이 서빙해주자 여기저기서 라면 광고에 나올 법한 탄성이 터져 나왔다. 간호장교들에게 수작이라도 걸어볼까 싶어 나왔던 환자들도 숟가락을 들이켜느라 정신이 없었다.

그 탄성들 사이에 작은 울음소리가 끼어들었다. 울음소리는 조용히 탄성들을 집어삼켰다. 모두들 먹던 것을 멈추고 소리가 나는 곳을 돌아봤다. 울음소리의 주인공은 간호장교였다. 주변에서 다른 간호장교들이 다가가 그녀를 안아줬다. 그녀는 치과 간호장교였다. 그녀는 크리스마스를 병원에서 홀로 맞이하는 동기 생각이 나서 운 것이었다. 이소윤 소위는 좋은 친구를 두고 있었다.

"가기 전에 잠깐 다른 데 들르면 안 됩니까?"

나는 박대위가 준비한 트레이닝복으로 갈아입고 앞좌석으로 이동했다.

"왜?"

박대위가 눈이 내린 도로를 조심조심 운전하며 물었다.

"크리스마스잖습니까?"

"선물이라도 사 가게?"

"입원해 있는데 뭐라도 들고 가야 되지 않습니까?"

"너 돈 있냐?"

"사병이 돈이 어디 있습니까?"

"너 날이 갈수록 뻔뻔해진다."

박대위가 나를 힐끗 봤다.

"집에 갈 때가 가까워져서 그런가 봅니다."

내가 웃으며 말했다.

"뭘 사게?"

"그냥 정성이 중요한 거 아니겠습니까. 저 앞에 잠시만 대주시면 안 됩니까?"

박대위가 차를 멈춰주자 나는 잠시 내려 그녀에게 전할 선물을 가슴에 품고 차로 돌아왔다.

병원은 거기서 오 분 거리였다. 칠 층짜리 개인 병원의 로비는 크리스마스 특유의 늘어진 분위기에 젖어 있었다. 병실로 올라가는 우리를 제지하는 사람은 없었다. 우리는 엘리베이터를 타고 제일 위층으로 올라갔다. 그녀는 이 인실을 혼자 사용했다.

박대위가 간호 데스크 앞에서 말했다.

"기다리고 있을게. 혹시 내가 들어갈 만한 상황이라고 판단되면 불러."

"알겠습니다."

자살 시도까지 한 사람을 박대위와 함께 찾아가면 취조받는다는 느낌을 줄 수 있었다. 우선 이소윤 소위의 마음을 열어야 했다. 나는 박대위를 휴게실에 남겨두고 혼자 안쪽으로 들어갔다. 병실 번호와 이름을 확인하고 노크를 했다. 나는 시간을 두고 문을 열었다.

이소윤 소위는 베드 상단을 올리고 텔레비전을 보고 있었다. 그녀는 경계하는 눈빛으로 병실에 들어오는 나를 봤다. 사복 차림이라 그런지 처음엔 날 알아보지 못했다.

나는 쓰고 있던 야구 모자를 벗고 경례를 했다.

"충성. 병장 이필립입니다. 기억하십니까?"

이소윤 소위의 미간이 찌푸려졌다.

나는 재빨리 들고 있던 선물을 세워져 있는 간이 선반에 내려놨다. 그녀는 내 선물을 보고 피식 웃었다.

"나 마시라고 가져온 거야?"

그녀가 캐러멜 마키아토를 들어 보이며 말했다.

"급하게 오느라 생각나는 게 없어서 말입니다."

"이거 안에 뭐 탄 거 아냐, 자백제 같은 거? 이거 마시고 뭘 토해내야 하지?"

언제 웃었나 싶은 차가운 눈으로 그녀가 날 바라봤다.

생글생글 웃으며 그런 거 없으니 마셔만 달라고 해봐야 그녀가 날 귀엽게 볼 것 같진 않았다.

"맞습니다."

내가 말했다.

그녀는 어이없단 얼굴로 귀 옆의 머리카락을 쓸어 넘겼다.

"뭐라고?"

"자백제 같은 건 들어 있지 않지만 드시고 말씀해주셨으면 하는 건 있습니다. 그걸 토해낸다고 표현하셔도 좋습니다. 하지만 토하는 게 꼭 나쁜 건 아니지 않습니까? 토해내야 할 걸 토해내지 못하면 오히려 병이 들지 않습니까?"

그녀는 한동안 말없이 날 바라보더니 두 손으로 캐러멜 마키아토를 만지작거렸다. 난 아무렇지도 않은 척했지만 내 얼굴에 캐러멜 마키아토를 뿌려버리지 않을까 걱정이 됐다.

"달달한 것만 들고 올 줄 알았지, 여자한테 말하는 법은 못 배웠네."

그녀는 그렇게 말하고 한 모금을 마셨다.

캐러멜 마키아토가 그녀의 목을 넘어가는 순간 나는 침을 꿀꺽 삼켰다.

"아, 좋다."

그녀가 눈을 감고 음미하듯 말했다.

하지만 감긴 눈은 좀처럼 떠지지 않았다. 속눈썹이 파르르 떨리고, 입술이 흔들렸다. 나는 사물함에 놓인 크리넥스 박스를 그녀의 앞에 옮겨놓았다. 그녀는 화장지를 뽑아 눈물을 닦았다. 눈물을 닦는 그녀의 손목에 붕대가 감겨 있었다.

"그렇게 맛있습니까?"

나는 베드 옆의 의자에 앉으며 말했다.

그녀는 눈물을 미처 다 닦지 못하고 뒤로 기대어 웃더니 화장지를 내게 던졌다. 나는 바닥에 떨어진 화장지를 주워 쓰레기통에 버렸다. 그녀는 눈을 흘기며 나를 바라봤지만 입술은 웃고 있었다.

"괜찮으십니까?"

내가 붕대로 감긴 그녀의 손목을 가리키며 말했다.

"이거?"

그녀가 손목을 들어 보였다.

"무섭더라. 의식이 멀어지는데 갑자기 너무 무서운 거야. 그래서 집 밖으로 나갔다. 웃기지? 죽겠다고 손목을 그어놓고 밖에 나가서 나 좀 살려달라고 하다가 쓰러졌어."

"안 웃깁니다. 살고 싶은 게 뭐가 웃긴 일입니까?"

"그런가……."

그녀는 자신의 손목을 그었던 손으로 붕대 주변을 긁었다.

226

나는 의자를 베드 가까이 당겨 앉았다. 그녀가 긴장한 눈치로 뒤로 물러나 베드에 기댔다.

"치아 교정을 받은 적이 있습니다."

내가 말했다.

"정말? 그러고 보니까 치열이 가지런하네."

그녀가 환자를 살피듯 내 입을 살폈다.

"치열보다도 두통이 심했는데 원인이 치아 쪽에 있을 수 있다는 진단이 나와서 삼 년 정도 걸려서 했습니다."

"힘들었겠다. 그래도 다 하고 나니까 뿌듯했지?"

나는 고개를 끄덕였다.

"다 끝나고 교정기를 떼어낸 다음 거울을 보는데 웃음이 나왔습니다. 정말 잘했단 생각이 들었습니다. 두통도 사라졌습니다. 하지만 그 전엔 매달 치과를 갈 때마다 너무 힘들었습니다. 아무리 자주 가도 고통은 익숙해지지가 않았습니다. 그래서 저 나름으로 고통을 줄이기 위해 써먹은 방법이 있습니다."

"뭔데?"

"치료가 시작되면 눈을 감고 손톱으로 피부를 누르거나 꼬집었습니다."

"맞아, 그러는 사람 많아."

그녀가 웃으며 말했다.

"의학적으로 근거가 있는지 모르지만 그러면 신경이 분산된다고 해야 하나, 덜 아프단 생각이 들었습니다."

"음…… 근거가 있는 건지는 나도 잘 모르겠네."

"근거가 없다고 해도 심리적으로 나아진다면 의미는 있는 것 같습니다. 심해봐야 손톱 자국이 나거나 피부가 조금 벗겨지는 정도니까 말입니다."

나는 거기까지 말하고 그녀의 다친 손목을 잡았다. 그녀는 움찔했지만 손을 빼지 않았다.

"하지만 견뎌야 할 고통이 두렵다고 이래서는 안 되지 않습니까?"

그녀의 팔이 떨렸다.

나는 계속 말했다.

"치과에 가기 싫다고 이를 전부 없애버리는 것과 다른 게 뭡니까? 겪어야 할 고통이라면 견뎌야 하지 않습니까? 그래야 건강해지는 거 아닙니까?"

그녀가 반대편 손을 뻗었다. 나는 내 손을 치우려는 줄 알았다. 하지만 그녀의 손은 내 팔이 아닌 자신의 다친 손목을 향했다. 나는 그녀의 팔에서 손을 치웠다. 그녀는 한동안 그 자세로 있었다.

나는 잠시 시간을 두고 그녀에게 말했다.

"어제 교회에서 새벽송을 갔다가 친구분을 만났습니다."

"누구……."

그녀가 고개를 들었다.

"성함은 모르겠습니다. 뿔테 안경을 쓰시고 겉으로는 인상이 강한 분이었는데 소위님 이야기를 하면서 우셨습니다."

"아……."

그녀는 누군지 아는 것 같았다.

"좋은 친구분 같았습니다."

"울긴 왜 울어, 바보처럼."

그녀가 눈물을 찔끔거리며 말했다.

"저한테도 그런 친구가 있었습니다. 솔직히 처음엔 이상한 놈이라고 생각했습니다. 하지만 얼마 안 가 좋은 녀석이란 걸 알게 됐습니다. 정말 바보 같을 정도로 좋은 녀석이었습니다. 그런데 그 바보 같은 녀석이……."

갑자기 목이 메었다. 그녀가 고개를 떨궜다.

나는 짧게 숨을 내쉬고는 다시 말을 이었다.

"그 친구에게도 견뎌내기 힘든 고통이 있었던 것 같습니다. 아마 소위님이 겪으신 고통과도 연관이 있을 거라고 생각합니다. 저는 그게 뭔지 모르지만 그래도 살았어야 한다고 생각합니다. 끝없이 계속되는 고통은 없기 때문입니다. 살아 있었다면, 피투성이라도 살아만 있었다면 언젠가는 거울을 보면서 웃게 되는 날이 왔을 겁니다. 소위님, 선한이가 아니라 소위님의 남은 삶을 위해서 말씀해주시지 않겠습니까? 소위님이 건강하게 살아갈 수 있도록 말씀해주십시오."

그녀는 시선을 피하고 창밖을 바라봤다.

눈이 여전히 펑펑 내리고 텔레비전에선 한 해 히트한 드라마의 NG 퍼레이드가 특집 프로그램으로 방송되고 있었다. 방청객들은 연기자들의 바보 같은 실수에 쉴 새 없이 웃었다. 하지만 NG 없이 완성되는 작품은 없다. 감독이 포기하지 않는 한, 배우가 도망가지 않는 한 어떤 바보 같은 실수도 결국은 극복된다. 그리고 그 실수는 마치 없었던 것처럼 작품이 완성된다.

"식어버렸네."

그녀가 캐러멜 마키아토를 한 모금 더 마시고 말했다.

"그날 이후로 맛있는 걸 먹어도 맛있지가 않고 웃긴 걸 봐도 웃기지가 않아. 살아도 사는 것 같지가 않아서 죽으려고 했어. 한번 식어버린 커피는 다시 데워도 맛이 돌아오지 않는다는데 정말 다시 이걸 맛있게 먹는 날이 올까? 실컷 웃게 되는 날이 있을까?"

"맛이 안 돌아오면 어떻습니까? 커피 말고도 맛있는 건 잔뜩 있습니다."

"뭐? 예를 들어봐."

"코코아라든가."

"뭐야, 그게. 어린애도 아니고."

그녀가 웃었다.

"지금 웃으셨습니다. 앞으로도 지금처럼 웃을 일은 얼마든지 있을 겁니다."

내가 말했다.

그녀는 웃던 모습 그대로 멈췄다. 그녀의 입가에 머물던 미소가 깊어졌다. 아마도 선한이는 이 모습에 반했을 것이다.

그녀는 눈을 감더니 깊은 잠에서 이제 막 깨어난 것처럼 "아아" 하며 기지개를 폈다. 그리고 식어버린 캐러멜 마키아토를 나에게 건넸다.

"그래도 일단 다시 데워줄래? 마시면서 이야기하게."

나는 가지런한 이를 드러내고 웃었다.

25

성탄절 오후, 광통 강당에서 장기자랑이 열렸다. 장기자랑이라고 해봐야 뭐 대단한 것이 있을까 싶겠지만 전군에서 후송을 온 환자들 중엔 별 사람이 다 있었다. 방송을 하다 와 팬클럽까지 있는 댄서, 홍대에서 밴드 활동을 하던 뮤지션, 대학로에서 연극을 하던 배우와 개그맨까지. 프로들이 나서서 무대를 꾸미다 보니 웬만한 예능 프로그램 못잖게 완성도가 높았다. 하지만 최고의 인기는 간호장교들의 몫이었다. 급조한 아마추어의 무대는 환자들의 환성과 함께 프로들의 무대를 깔끔하게 묻어버렸다. 다시 광통으로 돌아온 나는 그 광경을 보며 웃었다.

한참 웃다가 문득 건너편 객석에 있는 이지용을 봤다. 녀석은 환호하는 사람들 속에서 무표정하게 앉아 있었다. 한때는 어떤 일에도 웃을 줄 아는 사람이 멋지다고 생각했다. 하지만 이젠 웃어야 할 때 웃고, 울어야 할 때 우는 사람이 좋았다. 이지용이 저런 얼굴을 하고 있는 것은 당연했다. 오히려 저들 사이에서 이지용이 함께 웃고 있었다면 소름이 끼쳤을 것이다.

밤이 되자 눈이 그치고, 화이트 크리스마스에도 어둠이 내려앉았다. 모든 무대는 끝이 났지만 나는 베드에 누워 새로운 무대를 구상했다. 교회를 다니던 시절, 나는 크리스마스마다 성극을 만들어 올렸다. 내성적인 성격이면서도 그럴 때만 되면 내가 아닌 사람처럼 변해버려서 대본과 연출을 맡는 것은 물론 무대에 올라 연기까지 했다. 자평하자면 무대는 항상 성공적이었다. 호응이 끝내줬다. 하지만 한 번도 상을 타지는 못했다. 지나치게 웃음에 집중했기 때문이다. 다른 사람들은 좋아했지만 심사위원을 맡은 어른들은 내가 올린 연극은 성극이 아니라고 생각했다. 당시엔 서운했는데 지금 돌아보니 바른 판단이었단 생각이 든다. 그래도 좋았다. 나는 사람들을 즐겁게 해주고 싶었고 또 그렇게 했으니까.

하지만 이번 무대엔 다른 게 필요했다. 즐거움만으로는 안 됐다. 진실을 드러내야 했다. 얼어붙은 심장에 망치질을 해야 했다.

내가 구상한 무대는 이근택에게 습격을 당한 창고 병실이다. 이야기는 크리스마스 다음 날 아침, 이지용이 백병장을 통해 한 권의 책을 받으며 시작된다. 정신과 입원 시절 이지용이 이근택에게 빌려준 책이라고 했지만 이지용은 처음 보는 물건이다. 펼쳐 보면 그 안엔 이근택이 보낸 쪽지가 있다. 이지용은 이근택이 탈영했다는 사실을 모른다. 백병장이 잘못된 정보를 흘렸기 때문이다. 쪽지엔 저녁 투약이 끝난 후 창고 병실로 내려오란 말이 적혀 있다. 이지용은 저녁 투약 후에 홀로 창고 병실로 내려온다. 당연히 병실엔 아무

232

도 없다. 이지용은 매트리스 더미에 기대 이근택을 기다린다. 잠시 후 문이 열리는 소리가 들린다. 하지만 고개를 드는 이지용의 앞에 선 사람은 이근택이 아니다.

"이근택 상병은 안 와. 아니, 정확히 말하면 못 와. 탈영했거든."

내가 말했다.

"여긴 어쩐 일이십니까?"

이지용의 목소리가 떨렸다.

"내가 무섭냐? 아는 얼굴이 갑자기 나타나도 무서운데 이소윤 소위는 얼마나 놀랐겠냐?"

"무슨 말씀을 하시는 건지······."

"몰라? 네가 한 짓을 그대로 하고 있는데도 모르는 척할 거야?"

이지용은 입을 다물었다.

"네가 얼마나 힘든 일을 겪었는지 알아. 네 상처를 헤집을 생각은 없어. 너 스스로 말해주면 좋겠다."

"뭘 말입니까!"

이지용의 언성이 높아졌다. 하지만 목소리의 떨림은 더 심해졌다. 호랑이처럼 포효하고 싶었겠지만 녀석은 버림받은 길고양이 신세였다.

나는 녀석을 달래듯 말했다.

"어제 이소윤 소위를 만났어. 무슨 일이 있었는지 다 들었다."

피해 갈 수 없다는 걸 알게 된 이지용은 손톱을 세우고 싸우기로 결심한 것처럼 보였다. 흔들리던 이지용의 눈이 매섭게 빛났다.

"병장님 잘난 친구가 자기를 덮쳤다는 이야기 말입니까? 그 여잔 뭐가 자랑이라고 그런 이야길 하고 다닌답니까?"

이지용이 빈정대며 말했다.

"지용아."

"그렇게 부르지 마! 친구인 척, 이해하는 척하지 마!"

이지용이 소리를 질렀다.

"선한이는 유서를 남겼다."

내가 말했다.

이지용은 휘청거리며 한 걸음 물러섰다.

"네?"

"유서라기보단 편지지만. 죽기 전에 선한이는 이소윤 소위에게 편지를 보냈어."

"뭐라고 썼던가요, 억울하다고? 죄 지은 놈들은 다 그렇게 말하지."

이지용이 애써 웃으며 말했다.

그는 다운을 당하고도 아직 싸울 수 있다며 글러브를 올리는 복서 같았다. 하지만 다리의 후들거림은 멈추지 않았다. 그는 비틀거리며 뒷걸음질했다.

나는 그가 압박을 느끼지 않도록 천천히 따가라며 말했다.

"너희들이 이소윤 소위와 선한이 사이에서 장난을 쳤지."

선한이는 의학으로는 치료할 수 없는 병에 걸렸다. 치료해줄 군의관은 없었다. 그때 이지용이 나섰다. 녀석은 중간에서 다리를 놔주겠다고 했다. 선한이는 그 미끼를 물었다. 사랑에 빠진 대책 없는 시인은 불같은 마음을 시로 토해냈다. 그 시는 이소윤 소위에게 전해졌다. 선한이의 시는 이소윤 소위의 마음을 움직였다. 드디어 두 사람은 만날 약속을 했다. 선한이는 떨리는 마음으로 밤을 새우고 휴가라도 나가는 것처럼 새벽부터 일어나 목욕재계를 했다. 그리고 마침내 여기서 첫 만남을 가졌다. 아름다운 장소는 아니지만 간호 장교와 사병이 눈을 피해 만날 수 있는 공간은 별로 없었다.

먼저 도착한 쪽은 이소윤 소위였다. 이 구역 담당이 아닌 이상 간호장교라 해도 평소에 와볼 만한 곳은 아니었다. 이소윤 소위는 어지럽게 쌓여 있는 매트리스 더미들을 보고 놀랐다. 쓸모없는 잡 동사니들조차 정렬을 시켜놓는 곳이 군대다. 불규칙한 매트리스 더 미들은 방치의 증거가 아니라 의도적인 배치의 결과였다. 의심을 했어야 마땅하지만 나조차 이상하다고만 생각하고 넘어갔으니 간 호장교인 이소윤 소위는 별수가 없었을 것이다. 그녀는 매트리스 벽으로 만들어진 길을 따라 안쪽으로 들어갔다. 하지만 만나기로 한 사람은 보이지 않았다. 선한이는 한 번도 청소 시간에 늦은 적 이 없었다. 그만큼 시간관념이 철저한 녀석이다. 이지용은 이소윤 소위가 먼저 도착하도록 두 사람에게 다른 시간을 말해두었다. 길 은 안으로 들어갈수록 점점 좁아졌다. 내가 이근택에게 습격당한 지점까지 갔을 때는 사람 하나가 지나다닐 만한 공간밖에 없었다. 선한이는 안쪽까지 들어갔던 이소윤 소위가 돌아설 때에야 도착 을 했다. 두 사람은 좁디좁은 매트리스 벽 사이에서 마주쳤다. 꿈 에 그리던 그녀를 만난 선한이는 활짝 웃었고, 이소윤 소위는 공포 에 휩싸였다. 이소윤 소위가 만나기로 한 건 선한이가 아니었기 때 문이다.

인적이 드문 외딴 창고 병실에서 알지도 못하는 사병과 마주쳤다. 사병은 무섭게 웃으며 자신을 껴안기라도 할 기세로 다가왔다. 이소윤 소위는 위기 상황이라고 판단했다. 그녀는 선한이를 밀치고 지나가려 했다. 하지만 공간이 없었다. 선한이는 자연스레 그녀를 잡았고, 그녀는 소리를 질렀다. 선한이는 당황한 나머지 그녀를 진정시키기 위해 강하게 끌어안았다. 하지만 진정될 리가 없었다. 그녀는 더욱 크게 소리쳤다. 선한이는 반사적으로 그녀의 입을 막았다. 그때 잠겨 있어야 할 뒷문이 열리고 권중현이 들어왔다. 누가 봐도 선한이가 이소윤 소위를 덮치는 장면이었다. 권중현은 선한이를 그녀에게서 떼어내고 겉으로 보이지 않는 부위만 골라 선한이를 때렸다. 그러는 동안 이지용이 들어와 이소윤 소위를 데리고 밖으로 나갔다. 선한이는 이지용에게 뭔가 말을 하려 했지만 권중현은 용납하지 않았다. 그녀가 해준 그날의 이야기는 여기까지였다.

"편지를 보고서 이소윤 소위는 자신이 속았다는 걸 알았어. 이소윤 소위는 시 같은 건 받아본 적도 없었거든. 하지만 이미 선한이는 자살한 후였고 그 편지를 공개할 용기는 없었지. 그때부터 마음에 병이 들기 시작했어."

"너 때문이야! 네가 나타나서 여기저기 쑤시고 다니니까 그런 거라고! 권중현도 너 때문에 죽었고 이소윤도 너 때문에 죽을 뻔했어!"

이지용이 나에게 손가락질을 하며 말했다.

"그럼 선한이는 누구 때문에 죽었지? 너 때문인가?"

선한이는 병실장이 되고 권중현의 권력부터 빼앗았다. 권중현은 하루아침에 아무런 보호벽도 없이 그를 증오하는 수십 명의 사람들 앞에 내던져졌다. 악질 일본 순사가 독립투사들이 잡혀 있는 감옥에 들어간 거나 마찬가지였다. 그런 상황이니 권중현이 이 일에 가세한 건 이해가 됐다. 하지만 투표를 해서 병실장을 뽑자고 했던 이지용이 선한이에게 이런 짓을 한 건 이해할 수 없었다.

"말해봐. 알 건 이미 다 알아. 다른 건 궁금하지도 않아. 대체 왜 그런 거야? 왜 선한이를 함정에 빠뜨렸어?"

"그 변태 새끼가 날 건드리려고 했어! 그 더러운 손으로 날 만졌다고!"

"선한이는 이소윤 소위를 좋아했는데 무슨 소리를 하는 거야?"

"알게 뭐야!"

뒷걸음질하다 후문까지 간 이지용은 순간적으로 몸을 돌려 문을 열려 했다. 하지만 이번에야말로 문이 잠겨 있었다. 출구는 정문뿐이고 날 넘어간다고 해도 문제는 해결되지 않았다. 나는 이지용을 진정시키기 위해 뒤로 물러났다.

나는 매트리스 더미에 기대고 말했다.

"진정해, 진정하고 이야기 좀 해봐. 선한이가 뭘 어쨌다는 거야?"

"갑자기 커피를 들고 군의관실에 들어오더니 나를 껴안았어. 그리고 속삭였어. 무슨 일이 있었는지 다 안다고, 걱정하지 말라고, 아무 일도 없을 거라고, 자기가 지켜줄 거라고 지껄였어."

"잠깐만, 그게 무슨 말이야? 선한이가 너에 대해 어떻게 알아?"

"내가 있던 대대 쪽에서 환자가 여기까지 후송을 왔어. 같이 생활하지는 않았지만 소문을 들어서 다 알고 있었어. 날 알아보는 눈치였어! 겨우 여기까지 도망쳐 왔는데 또 따라오다니!"

이지용은 마치 그 일이 방금 일어난 것처럼 안절부절못했다.

"그게 전부야?"

내가 인상을 쓰며 물었다.

이지용은 갑자기 겁을 먹은 것처럼 움츠러들었다.

"어?"

"그게 전부냐고? 널 알아볼 만한 사람이 와서 네가 불안해하니까 너한테 찾아가서 걱정하지 말라고 한 게 끝이야?"

"그 개 같은 새끼도 그랬어, 한밤중에 작업하고 있는 날 찾아와서는 자기만 믿으라고. 자기 말만 잘 따르면 자기가 지켜주겠다고, 앞으로 편하게 해주겠다고 했어. 그리고 뒤에서 날 껴안았어. 그리고……. 그리고……."

나는 도저히 이 상황을 믿을 수가 없어 머리를 감쌌다.

"맙소사."

나는 다시 녀석에게 다가가며 말했다.

"선한이는 그런 뜻으로 너한테 그런 게 아니야."

"맞아! 다 똑같아! 너도 마찬가지야! 여기로 불러내서 날 어떻게 하려고 했어?"

이지용은 주머니에서 휴지로 말아놓은 의료용 나이프를 꺼냈다. 처치실에서 가져온 것이었다.

나는 손을 들어 그를 진정시켰다.

"진정해. 네 말이 맞아. 나는 네 친구도 아니고, 네 고통을 공감할 정도로 좋은 사람도 아니야. 하지만 선한이는 달라. 선한이는 널 협

박하러 찾아간 게 아니야. 정말 널 지켜주려고 한 거야. 네 친구가
되어주려고 했던 거야."

"아니야, 사람은 혼자야. 자신을 지켜야 돼. 아무도 날 지켜주지
않아. 누구나 앞에선 다 똑같이 말했어. 하지만 뒤에 가면 다들 날
보며 수군대. 소리들이 들려 잠을 잘 수가 없어."

이지용은 양손으로 귀를 틀어막으며 괴로워했다.

"거짓말이야!"

내가 소리쳤다.

이지용의 눈에 초점이 돌아왔다. 그는 손을 내리고 나를 바라봤다.

"거짓말?"

"그래, 네가 잘못 생각한 거야. 네가 들고 있는 칼을 봐. 그거 어
디다 쓰는 거지? 사람을 해치는 데 사용하는 건가? 아니지, 사람을
살리는 데 쓰는 칼이잖아. 의사가 그 칼을 들고 너한테 가는데 넌
그걸 보고 칼을 든 강도라고 생각한 거야. 너한테 몹쓸 짓을 한 놈
은 널 해치려고 간 거지만 선한이는 아냐. 선한이는 정말 널 지켜주
려고 간 거야."

"정말?"

이지용은 자신이 들고 있는 의료용 나이프를 내려다봤다.

"그래, 그러니까 그거 이리 줘."

내가 이지용에게 다가가며 말했다. 팔을 뻗으면 닿을 거리까지
가서 나는 손을 내밀었다.

"그건 사람을 다치게 하는 칼이 아니야. 넌 아무도 다치게 하지
않을 거야, 그렇지?"

고개를 숙이고 칼을 내려다보던 이지용이 조용히 말했다.

"안 돼, 아무도 믿으면 안 돼."

이지용이 칼을 휘두르는 순간 불빛이 번쩍였다.

칼이 바닥에 떨어졌다. 이지용이 쓰러졌다. 쓰러진 병에서 포도주가 쏟아지는 것처럼 피가 이지용의 어깨 주변에 퍼져나갔다.

"빨리 옷 갈아입어."

내 뒤에서 환의를 벗으며 박대위가 다가왔다.

"뭐 해! 빨리 내 옷으로 갈아입고 올라가. 여긴 내가 처리할 테니까."

환의를 내려다보니 앞섶에 피가 튀어 있었다.

"야, 칼 들고 있는 미친놈한테 그렇게 가까이 가면 어떡해?"

박대위가 아직도 멍하니 서 있는 나에게 역정을 냈다.

귀가 멍멍했다. 꿈을 꾸고 있는 것처럼 모든 것이 느릿하게 보였다.

26

총탄은 이지용의 오른쪽 어깨를 관통했다. 응급실은 광통에도 있지만 낙후된 설비 탓에 이지용은 대학병원으로 이송되었다. 이지용의 왼쪽 어깨를 부숴놓은 이근택은 이틀 후 서울의 피시방에서 헌병대에 체포됐다. 갑작스럽게 탈영을 한 그는 수중에 있던 돈이 떨어지자 계좌에 있던 돈을 인출했고, 그것 때문에 덜미를 잡혔다. 이소윤 소위는 선한이가 보낸 편지를 제출했고 필요하면 증언도 하겠다고 했다. 헌병대는 사건을 재조사했다. 하지만 권중현은 자살했고 이지용은 정신병동으로 돌아가야 할 상황이었다. 난 약속한 대로 이근택이 날 공격한 것을 덮어뒀다. 이근택은 이지용의 어깨를 고의로 망가뜨린 혐의만 받았다. 사건의 전말이 드러나자 수사가 빠르게 마무리됐다.

이지용의 이야기는 내가 들은 대로였다. 끔찍한 일을 당하고 지역의 다른 대대로 전출을 갔지만 그는 적응하지 못했다. 자살 시도까지 한 끝에 자대 근처 군 병원의 정신과에 입원했지만 같은 사단의 병력들이 수시로 드나드는 상황에서 좀처럼 상태가 호전되지 않았다. 결국 자대에서 가장 먼 지역인 광주까지 후송을 온 이지용은 그제야 조금씩 안정을 찾았다. 나중엔 의무병 출신인 것을 살려 정신과 내에서 도우미를 맡기까지 했다. 군의관 입장에선 이 정도면 복귀를 해도 좋겠단 판단까지 들 정도였다. 제대할 때까지 입원을 시킬 수는 없는 노릇이었기 때문이다. 하지만 이지용은 돌아갈 준비가 되어 있지 않았다.

이지용은 도우미를 하며 친해진 정신과 의무병 이근택을 매수해 자신의 어깨를 망가뜨렸다. 돈은 이지용의 아버지가 면회를 와서 건네줬다. 병원에 입원해 있으면서 큰돈을 달라고 하는 아들이 의심스럽기는 했지만 성폭행을 당하고 정신과에 입원까지 한 아들의 요구를 아버지는 거절하지 못했다. 이근택은 이지용의 어깨를 고의로 다치게 한 혐의는 인정했지만 본인이 기술자란 것은 부정했다. 자신은 그저 퇴원 문제로 고민하던 이지용에게 기술자에 대한 소문을 이야기해줬을 뿐이란 것이었다. 하지만 이지용이 무서울 정도로 그 이야기에 집착을 했고, 내키진 않았지만 큰돈을 벌 수 있다는 생각에 딱 한 번 해본 것이었다고 주장했다. 그의 말대로라면 귀신이 소문을 만들어낸 게 아니라 소문이 귀신을 만들어낸 셈이었다. 군의관은 다른 환자의 난동을 말리는 과정에서 실수로 다쳤다는 말을 미심쩍어했지만 설마 둘이 짜고 그랬을 거라고는 생각하지 못했다. 찝찝했지만 정말 무슨 문제라도 있다면 관리 책임이 있는 자신한테도 좋을 것이 없었다. 결국 군의관은 복귀가 가능할 정도로 호전되었다고 판단한 이지용을 정형외과로 전과시켰다.

이지용은 공석이던 정형외과 도우미 자리를 꿰찼다. 계속 해오던 일이니만큼 이지용은 일을 잘했고 군의관과 간호장교에게 인정을 받았다. 때마침 병실을 장악하고 권력을 휘두르던 병실장도 퇴원했다. 새로운 병실장은 대하기 편한 사람이 했으면 좋겠다고 생각한 이지용은 투표를 건의했고, 선한이는 투표로 뽑힌 최초의 병실장이 됐다. 이지용과 같은 사단에서 환자가 후송 오기 전까진 둘 사이에 아무런 문제도 없었다.

같은 사단 출신이라고 이지용을 다 알지는 못할 것이다. 실제로 그는 이지용을 몰랐던 것 같다. 하지만 이지용에게 그의 군복 어깨에 붙은 사단 마크는 떨칠 수 없는 저주의 상징처럼 보였다. 이지용은 애써 침착함을 유지했다. 대부분의 사람들은 이지용이 동요한 걸 알아채지 못했으니 잘해낸 편이었다. 하지만 선한이는 달랐다.

후각이 발달한 개는 사냥에 쓰인다. 사람 중에도 유달리 냄새를 잘 맡는 사람이 있다. 돈의 냄새를 잘 맡는 사람은 부자가 되고, 권력의 냄새를 잘 맡는 사람은 한자리를 차지한다. 그들은 돈과 권력의 냄새를 맡으려 애쓰다 그 독한 냄새에 후각이 마비돼버린다. 온몸에서 악취가 나도 후각이 마비된 본인은 모른다. 사람 냄새가 나지 않는 사람이란 건 그렇게 만들어진다. 그런 사람은 사람을 사람으로 볼 줄 모른다.

선한이는 사람 냄새를 맡을 줄 알았다. 그것도 자신에게 이득이 될 만한 사람이 아니라 남들이 알아차리지 못하는 상처를 가진 사람을 알아봤다. 그리고 결코 향긋하지 않은 그 냄새의 주인공에게 다가갔다. 선한이는 평안의 가면을 쓰고 있는 이지용에게 위화감을 느꼈다. 선한이는 그 가면에 금이 가고 있다는 걸 간파했고, 그 틈으로 불안에 휩싸인 이지용의 맨얼굴을 봤다. 녀석은 셜록 홈즈와 다른 종류의 통찰력을 가졌다. 특별한 재주였다.

선한이는 최대위에게 이지용에 대한 걱정을 털어놓았고, 최대위는 예외적으로 이지용에 대해 말을 해주었다. 추악한 욕망에 따른 관심이나 보고서에 올릴 관심사병이란 말에 쓰는 관심이 아니라 상처 입은 영혼에 대한 진실한 관심임을 알았기 때문이다. 하지만 이지용은 그 차이를 구분하지 못했다. 그것을 구분하기에 그는 너무 망가져 있었다. 비극의 시작이었다.

이제 2002년도 하루가 남았다. 새해엔 집으로 돌아간다. 올 것 같지 않던 시간이 조금씩 현실감 있게 느껴졌다. 이 역사적인 순간을 베드에 누워서 맞이하기 싫었던 나는 박결과 함께 송구영신 예배에 참석하기로 했다. 이번만큼은 카운트다운을 함께 외치고 싶었다. 나는 개운한 마음으로 그 순간을 맞이하기 위해 남은 일을 마무리하려 했다. 얼마 남지 않은 이 비극의 끝을 내년까지 연장시키고 싶지 않았다.

"축하한다."

내가 말했다.

"축하까지 할 것 있습니까?"

이기자가 웃으며 말했다.

우리는 교회 앞 공터 벤치에 앉았다. 이기자는 여전히 깁스를 한 상태지만 움직임이 많이 좋아졌다. 곧 깁스도 풀 예정이었다. 나는 이기자의 깁스를 손가락으로 가볍게 두드렸다.

"도우미면 내년 봄까진 문제없겠다?"

"네, 재활도 다 못 하고 복귀하면 어쩌나 걱정했는데 다행입니다. 근데 지용이 이야기 들으셨습니까?"

상상만 해도 괴롭다는 듯 이기자의 잘생긴 눈썹이 찌푸려졌다.

나는 짧게 대답했다.

"봤다."

"네?"

"들은 게 아니라 봤다고."

"그게 무슨 말씀이십니까?"

"쌀쌀한데 더 질질 끄는 것도 뭐하지? 그래, 건강하게 새해를 맞아야지."

내 말에 이기자가 웃으며 고개를 갸웃했다.

이기자에게서 한 번도 본 적이 없는 종류의 웃음이다. 아마도 이게 이기자의 본모습일 것이다.

나는 처음으로 이기자의 이름을 불렀다.

"박제순 일병."

"웬일로 이름으로 부르십니까? 만날 이기자, 이기자 하시더니."

박제순은 음흉하게 웃었다.

"내가 이소윤 소위에게 접근했다고 헌병대에 찌른 게 너지? 미리 말해두지만 나는 이미 이소윤 소위를 만나고 왔어. 이소윤 소위는 나에 대해서 한마디도 한 적이 없어. 그런데 어떻게 헌병대에서 내가 이소윤 소위를 만나러 간 걸 알았을까?"

"아…… 그거 때문에 서운해서 그러셨습니까? 네, 맞습니다. 제가 말했습니다."

박제순은 천연덕스럽게 웃으며 말을 이었다.

"하지만 제 입장에선 말을 할 수밖에 없었습니다. 병장님이 이소윤 소위를 만났을 때 분위기가 안 좋았잖습니까? 그리고 얼마 후에 이소윤 소위가 자살 시도를 했다는 소문이 들리니까 제보를 할 수밖에 없지 않습니까? 저도 이소윤 소위하고 나름 친분이 있는데 말입니다. 병장님에게 개인적인 유감이 있어서가 아닙니다."

"헌병대에만 제보를 한 게 아니잖아. 권중현에게도 했지. 권중현이 하필 그때 나와 있었던 건 내가 이소윤 소위를 만난다고 네가 언질을 줘서야, 아닌가?"

"무슨 말씀을 하시는 겁니까? 자꾸 이상한 이야기를 하십니다."

박제순은 여유 있는 태도를 잃지 않았다. 하지만 입가의 미소는 조금씩 사라졌다.

"내가 CT 찍고 돌아왔을 때 넌 여기 있었지. 넌 혹시 이소윤 소위가 복귀하지나 않았을까 걱정이 돼서 살피고 있었던 거야. 그때가 간호장교들 퇴근하는 시간이었으니까. 그러다 우연찮게 날 보게 됐지. 하지만 나만 있었다면 굳이 목발까지 짚어가며 올 필요가 없었어. 네가 날 부른 건 나랑 이야기하고 있던 사람 때문이었어. 잠깐이지만 너랑 같은 시기에 정형외과에 입원했던 사람이었으니까. 나한테 새로운 정보를 줄까 봐 걱정이 됐던 거야. 그래서 내가 무슨 이야기를 들었는지 계속 돌려가며 캐물었지. 정작 내 질문에는 제대로 대답도 해주지 않고, 필요도 없는 권중현 이야기를 하면서 나한테 부담을 주려고 했어."

"와, 상상력이 풍부하십니다. 작가 하셔도 되겠습니다."

박제순이 웃으며 말했다.

"너야말로 배우 해도 되겠다. 이지용도, 이근택도 지은 죄들이 있으니 이 정도쯤 되면 안절부절못했는데 넌 아무렇지도 않다는 얼굴이네. 낯가죽이 두꺼운 건가?"

박제순의 얼굴에서 웃음이 사라졌다. 녀석은 무서운 눈빛으로 나를 노려봤다.

"그래, 그게 진짜 네 모습이지. 그 두꺼운 낯가죽 때문인지 이소윤 소위는 네 진짜 모습을 몰라보고 치과 진료 온 너한테 반해버렸어. 이소윤 소위가 그날 만나기로 한 건 선한이도, 이지용도 아니라 바로 너였어."

나는 박제순의 깁스를 잡았다.

"왜 이러십니까?"

박제순이 날카롭게 말했지만 나는 녀석의 다리를 비틀었다. 녀석이 비명을 질렀다.

"이소윤 소위는 애매모호한 태도로 애간장 녹이면서 인기를 즐기는 타입이 아니야. 오히려 문제가 생기는 일이 없도록 누군가 다가오면 미리 싹부터 잘라버리지. 이런 건 아무한테나 해주지 않는다고."

나는 박제순의 깁스에 적힌 이소윤 소위의 메시지를 가리키며 말했다.

"선한이는 누구 좋아한다고 동네방네 떠들 놈이 아니지. 선한이가 이소윤 소위를 맘에 둔 건 같이 치과를 간 너만 알아. 그러니까 이 빌어먹을 계획은 이지용이 세운 게 아니라 네가 제안한 거야. 왜 그랬지? 권중현도, 이지용도, 이근택도 다들 동기가 있었어. 넌 뭐야? 왜 그런 거야?"

"지금까지 이야기한 게 전부 다 추측뿐인 거 압니까?"

박제순이 아픔을 참으며 말했다.

"그렇게 나오겠다?"

나는 벤치 옆에 있는 주먹만 한 크기의 돌을 집어 계란을 깨듯 박제순의 깁스를 툭툭 건드렸다.

박제순이 움찔하며 소리쳤다.

"뭐 하는 짓이야!"

"이거 보기보다 무겁네. 빨리 말해주지 않으면 떨어뜨릴 것 같은데?"

나는 돌을 깁스와 수직으로 높이 들었다.

"어, 그래. 해봐. 떨어뜨려봐! 권중현은 뒤졌고, 이지용은 미쳤어. 이근택은 애초에 나랑 상관도 없는 사이고. 이소윤 소위? 그년이 무슨 말을 해줄 수 있을까? 그래, 거짓말했어. 주제도 모르는 네 등신 같은 친구를 도와주고 싶어서 거짓말했다고. 근데 그게 무슨 죄목에 걸리지?"

박제순이 눈을 부라리며 말했다.

나는 쥐고 있던 돌을 놓았다. 박제순이 눈을 질끈 감았다. 돌은 박제순의 깁스가 아니라 땅에 떨어졌다.

"흐 흐 흐 흐……."

눈을 슬며시 뜬 박제순이 웃기 시작했다.

속에서부터 터져 나오는 웃음을 참기 힘든지 박제순은 배를 붙잡고 말했다.

"그래, 이제 집에 가셔야 되잖아. 잘 생각했어."

"네 말이 맞아. 다 내 생각일 뿐 증명해낼 방법이 없어."

"암! 그렇고말고! 아하하하."

박제순은 웃다가 눈물까지 흘렸다.

오래 앉아 있었더니 허리가 아파왔다. 나는 자리에서 일어났다. 허리를 젖히는데 벤치 뒤쪽의 교회가 눈에 들어왔다. 예수의 첫 번째 기적은 물로 포도주를 만드는 것이었다. 박제순은 여전히 낄낄거리고 있었다. 나는 웃고 있는 박제순의 눈물을 피눈물로 바꾸고 싶었다. 기적이 필요했다.

"가기 전에 하나만 물어보자."

내가 말했다.

"뭔데?"

박제순이 눈물을 닦으며 말했다.

"내가 이지용이랑 군의관실에 있을 때 네가 들어왔잖아, 이지용 어머님한테 전화 왔다고. 그거 알고 들어온 거냐?"

"아, 그거? 당연하지 말입니다. 네가 들어갔을 때부터 심상찮다고 생각을 했지. 문 앞에서 듣고 있는데 분위기가 위험하다 싶어서 일단 문부터 열고 봤지."

"어머니가 전화를 하셨다는 거는……."

"당연히 거짓말이지. 그러고 보니까 내가 아주 큰 죄를 또 지었네. 하하하!"

박제순은 다시 웃기 시작했다.

"권중현 유서는 있기는 했던 거야?"

"어! 야, 그 새끼는 죽으려면 혼자 죽지, 성격은 거지 같아가지고 혼자는 못 가겠는지 다 써 갈겨놨더라, 개 같은 놈."

"그건 버렸나?"

"당연한 거 아냐? 이지용이 갖고 있으면 네가 또 덮치려고 할까 봐 내가 받아서 버렸지. 이제 이 지구상엔 없다네."

박제순이 히죽거렸다.

"정말 미안한데 딱 하나만 더 묻자."

"왜 그랬느냐고? 그래, 대답해줄게. 우리 병장님 고생 많이 하셨는데 속 시원하게 집에 보내드려야지."

박제순은 완전히 승리감에 도취된 얼굴로 말했다.

"내가 쭉 분위기를 보아하니 후송 한 번 잘못 타면 군 생활이 우리 이병장님처럼 꼬이는 거야. 그런데 시간은 자꾸 가고 회복은 더디고 걱정이 되는 거지. 멀쩡해질 때까지 버티다 가려면 도우미를 해야겠는데 중환자기도 하고 짬도 안 되고……. 그런데 내 동기 이지용이 나타나서 갑자기 도우미가 되네. 친하게 지내야겠다 생각했지. 어, 그런데 어느 순간부터 이지용이 병실장을 바라보는 눈이 이상한 거지. 친하게 지내려고 해주는데도 까칠하게 굴어서 재수가 없었는데 뭔가 건수가 있겠다 싶은 거야. 살살 꼬드겨보니까 아니나 다를까 꿍꿍이가 있더라고. 나는 그냥 거기에다 아이디어 하나

던져준 거지. 사실 내가 한 건 별로 없어."

"그냥 이지용한테 잘 보여서 도우미 하려고 그랬다고?"

"좀 어이가 없나? 그럴 수도 있겠네. 그런데 나도 놀랐어. 창피 좀 당한다고 그런 일로 죽을 줄을 알았나?"

"창피?"

"아, 병실에 소문이 좀 났거든. 병실장이 간호장교한테 헛짓 하다 걸려서 물러난 거라고."

"이지용이 그렇게까지 했어? 자기도 소문 때문에 그 지경이 됐으면서?"

"아니, 내가 그랬지."

"왜? 이미 원하는 걸 다 얻었는데 뭣 때문에?"

내가 소리쳤다.

"재밌잖아. 남 이야기 하는 거만큼 재밌는 게 어딨냐?"

박제순이 씩 웃었다.

나는 박제순에게 관심이 생겼다. 처음엔 이 녀석이 왜 이 일에 가담했는지에만 관심이 있었다. 하지만 이젠 녀석의 모든 것에 관심이 갔다. 박제순은 어떤 부모에게서 태어났을까. 어디서 자랐을까. 어떤 선생님을 만나고 어떤 친구들과 어울렸을까. 어떤 음식을 먹고, 어떤 책을 읽고, 어떤 음악을 들으며 지냈을까. 대체 어떻게 살아왔기에 이렇게 사람 같지 않은 사람이 되었을까.

"넌 다리가 아니라 마음이 부서졌구나."

내가 말했다.

"착한 척하지 마, 재수 없어. 사람이 자기 위해 살지, 누구 위해 살아? 넌 너 위해서 안 살아? 쉽고 편안하고 좋은 길이 있는데 왜 마다해? 갈 수 있으면 가야지."

"누굴 밟고서라도?"

"넌 그렇게 안 배웠어? 너도 네 친구처럼 순진한가 보구나. 그래도 네 말이 맞아. 기다리니까 결국 이렇게 봄날이 오잖아."

박제순이 환하게 웃으며 말했다.

피곤이 몰려왔다. 더 이상 이 녀석을 상대하기가 싫었다.

나는 마지막 질문을 던졌다.

"시는 어떻게 했냐?"

"응? 아, 니 친구가 쓴 시? 쓰레기는 쓰레기통에 버렸지."

"하하하."

나는 웃었다. 너무 화가 나면 웃음이 나올 때가 있다.

내가 웃자 박제순의 입가에서 웃음이 사라졌다. 우리는 같이 웃을 수가 없는 사이다. 녀석이 웃으면 내가 울고, 내가 웃으면 녀석이 울 것이다. 나는 웃으며 일어나 벤치 뒤편에 기대놓은 박제순의 목발을 잡았다.

"넌 봄을 맞이할 수 없어."

"뭐 하는 거야?"

녀석이 당황해서 나를 막으려 했지만 나는 목발을 들고 벤치에서 물러섰다.

"봄은 겨울을 견뎌낸 사람만 맞는 거야. 넌 이제부터 진짜 겨울을 맞게 될 거야."

"무슨 개소리야? 빨리 안 내놔?"

252

"잘 견뎌내면 너도 봄을 맞을 날이 올지도 몰라. 난 그러길 바라지 않지만 선한이는 그럴 거 같다. 목발은 필요 없어. 널 데리러 올거니까."

나는 목발을 가지런히 포개 왼팔로 들고 주머니에서 휴대폰을 꺼냈다.

"야, 그게 뭐야?"

박제순의 얼굴이 일그러졌다.

나는 한 손으로 번호를 누르고 통화를 시작했다.

"충성. 병장 이필립입니다. 네, 다 녹음했습니다."

"뭐?"

벤치에 앉아 있던 박제순이 한 발로 일어섰다.

나는 돌아서 걸으며 통화를 계속했다.

"네, 중요한 내용은 다 말했습니다. 미흡한 점도 있겠지만 이 정도면 충분하다고 생각합니다."

"야, 이 개새끼야! 거기 안 서?"

박제순이 한 발로 뛰어오며 외쳤다.

"네, 보입니다. 가겠습니다."

나는 전화를 끊었다. 헌병대원 두 명이 우리를 향해 걸어왔다. 그 뒤쪽에서 박대위와 헌병대 수사관이 기다리고 있었다. 뒤에서 비명과 함께 넘어지는 소리가 들렸다. 박제순은 덫에 걸려 다리를 다친 개처럼 울부짖으며 네 발로 기었다. 그는 내가 놓은 덫에 걸렸다고 생각하겠지만 덫을 놓은 건 내가 아니었다.

27

"오, 사, 삼, 이, 일, 와!"

카운트다운이 끝나고 새해가 밝았다. 교회에 모인 사람들은 잠시 예배를 멈추고 주변의 사람들을 돌아보며 새해 인사를 나눴다. 예배가 끝나고 떡국이 나왔다. 이소윤 소위의 친구는 이번엔 웃으며 떡국을 먹었다.

새해가 되고 보름이 지나 대전국군병원에서 찍었던 CT 판독 결과가 나왔다. 신경외과 담당 군의관이 나를 군의관실로 불렀다.

"자, 이 부분 보여?"

군의관이 라이트에 비친 CT 필름의 한 부분을 볼펜으로 가리키며 물었다. 내 척추를 옆에서 찍은 필름이었다. 에스 자의 곡선을 이루는 척추의 한 부분이 잔뜩 눌려 비스킷에서 삐져나온 크림처럼 바깥으로 튀어나와 있었다.

"그렇습니다."

"자, 이 부분이 충격을 받아 밖으로 삐져나와서 이 뒤에 있는 신경을 누르는 거야. 옆의 사진 봐봐."

군의관이 옆에 걸려 있는, 위에서 바라본 내 골반 필름을 가리켰다.

"여길 보면 왼쪽이랑 다르지? 위에서 내려다보면 오른쪽으로 삐져나온 거야. 그래서 넌 오른쪽 다리가 아픈 거지. 이걸 전문적으로 이야기하면 4, 5번 추간판 탈출증이야. 흔히 디스크라고 하지."

군의관은 다시 옆에서 찍은 척추 사진으로 돌아갔다. 그가 볼펜으로 짚어가며 설명을 계속했다.

"그럼 어떻게 치료를 하느냐? 이 튀어나온 걸 다시 집어넣을 수는 없어. 수술을 한다면 여기 요 튀어나온 부분을 제거해버리는 거야. 그럼 신경이 안 눌리겠지? 그런데 문제는 신경을 누르는 부분은 제거되지만 없애버린 부분이 재생되지 않는다는 거야. 그냥 그대로 살아야 돼. 허리는 계속 불완전한 상태인 거지. 그래서 수술을 해도 관리를 잘못하면 허리 통증으로 고생하는 거야."

나는 군의관의 말을 주의 깊게 들었다.

"내가 볼 때는 선택의 여지가 없이 수술을 해야 하는 상황은 아니야. 요즘 통증은 좀 줄어들었지?"

"그렇습니다."

"어차피 제대할 날도 많이 남지 않았으니까 여기서 재활하다가 사회 나가서도 계속 운동하고 하면 좋아질 거야. 열심히 하면 이전보다 건강해질 수도 있어. 절대로 착각하면 안 되는 건 뭐냐, 나는 허리를 다쳤으니까, 아, 넌 무릎도 다쳤지?"

나는 무릎을 만지며 고개를 끄덕였다.

"너 같은 경우 이런 생각 하기가 더 쉬울 수 있는데, 나는 이렇게 다쳤으니까 달리기도 못 하고, 윗몸 일으키기도 하면 안 되고, 그런 생각 하면 안 돼. 물론 조심해야지. 신중하게 몸이 어떤 반응을 보이는지 잘 살피면서 해야지. 하지만 반드시 운동을 해야 해. 무릎을 다치면 오히려 무릎 운동을 하고, 허리를 다쳤으면 허리 운동을 해야 하는 거야. 그래서 그 주변의 근육을 강하게 만들면 안에서 상한 부분이 재생되지 않더라도 근육들이 튼튼하게 잡아주면서 극복이 된다 말이야. 만약에 난 다쳤으니까 하면서 무조건 보호대 차고, 조심하기만 하고, 쉬기만 하면 근육이 약해지면서 통증이 더 심해져. 심하면 몸의 밸런스가 무너지면서 다른 곳까지 문제가 생길 수 있어. 무슨 말인지 알겠지?"

"알겠습니다."

"그래, 그럼 운동 열심히 하면서 쉬다가 가."

"감사합니다. 충성."

나는 군의관실을 나오며 빙긋이 웃었다.

수술을 할 정도의 상태는 아니란 진단도 반가웠고, 수술할 필요 없으니 쉬다 가란 한마디로 끝낼 수도 있는데 친절하게 설명을 해준 군의관도 고마웠다. 이젠 정말 편히 지내다 자대로 복귀해 제대하는 일만 남았다.

이지용, 이근택, 박제순은 군검찰로 이송돼 군사 재판에 회부될 예정이다. 선한이에게 누명을 씌워 자살에 이르게 한 혐의뿐 아니라 병역 기피와 유서 은닉 혐의도 포함됐다. 명확한 단어로 규정된 혐의들 외에 누명을 씌워 자살에 이르게 한 혐의는 어떤 결과가 나올지 궁금하다. 권중현은 이미 자살을 했고, 이근택은 그 문제완 상관이 없다. 이지용은 정신이 온전하지 못한 상태다. 이소윤 소위의 진술과 선한이가 남긴 편지, 그리고 내가 녹음한 박제순의 자백이 있지만 결정적인 증거가 될진 모르겠다.

사람들은 죄를 분류하고 딱지를 붙이고 경중에 따라 줄을 세우지만 그 줄에 속하지 않는다고 해서 죄가 아닌 건 아니다. 죄의 본질은 같다. 그 본질적인 문제를 해결하지 않는 한 우리는 죄에서 벗어날 수 없다. 하지만 재판 결과는 내 소관이 아니고 박대위가 관여할 일도 아니었다.

내 일이 끝남과 동시에 박대위가 광통에 남아 있을 이유도 사라졌다. 이젠 코를 골지 않게 된 박대위는 일월 말의 차가운 공기를 마음껏 들이마시며 광통을 떠났다. 그는 작별 인사를 하며 나에게 두 가지 선물을 남겼다. 그가 떠나며 건넨 봉투엔 광통에서 사단으로 돌아갈 택시비와 식대 그리고 면회를 왔던 김중위의 연락처가 있었다. 나는 돈을 챙기고 연락처는 버렸다. 적어도 제대 후 몇 년간은 군대와 관련된 어떤 것도 피하고 싶었다. 이소윤 소위라도 마찬가지였다.

이소윤 소위는 구정이 지나고 복귀했다. 나는 멀리서 그녀가 퇴근하는 모습을 지켜봤다. 가벼운 발걸음이었다. 그녀는 짐을 내려놓은 것처럼 보였다. 굳이 가서 확인할 필요는 없었다.

이월이 끝나기 전 세 명이 더 떠났다. 백병장과 택견과 박걸이었다. 백병장과 택견은 집으로, 박걸은 자대로 돌아갔다. 박걸이 떠나기 전 나를 찾았다. 복귀를 앞둔 박걸의 얼굴에선 긴장감이 느껴졌지만 두려움은 보이지 않았다.

"그냥 도우미 하지 그랬냐, 겨울 끝나고 가게."

내가 말했다.

이지용에 이어 박제순까지 이탈하자 최대위는 박걸에게 도우미를 맡지 않겠냐고 제안했다. 연속된 사건 사고에 지친 최대위 입장에서 박걸이라면 사고는 안 칠 거라고 생각한 모양이었다. 하지만 박걸은 받아들이지 않았다.

"아픈데도 돌아가야 한다면 모르지만 이제 괜찮아졌으니 하루라도 빨리 가는 편이 낫지 않겠습니까? 건강한 사람이 병원에 있는 것도 좋지 않은 것 같습니다. 그리고 이제 다음 달이면 봄 아닙니까?"

박걸은 봄을 이야기하며 웃었다.

"네가 나보다 낫구나. 그래, 넌 잘할 거야."

"아닙니다. 신세 많이 지고 갑니다. 그리고 저기……."

녀석이 주머니에서 군용 수첩을 꺼내며 말했다.

"연락처 주시면 나중에 연락드리겠습니다."

"야, 네가 언제 제대하는데?"

나는 웃었다.

"꼭 제대를 해야 합니까? 휴가 나가서 연락드려도 되지 않습니까?"

"황금 같은 휴가를 나와서 날 만나겠다고? 미쳤냐?"

나는 장난스럽게 말했다.

박걸은 엉거주춤하게 서서 이러지도 저러지도 못했다. 마침내 박걸의 팔이 땅으로 떨어지려 할 때 나는 박걸의 손에서 수첩을 빼앗았다. 나는 집 전화번호를 적어주고 두 팔 벌려 떠나는 녀석을 안아줬다.

"건강해라."

"감사합니다."

박걸은 그렇게 떠났다.

삼월이 됐지만 아직도 봄이란 단어는 어울리지 않았다. 겨울도 봄도 아닌 것 같은 날씨가 이어지고 혼란스런 날씨만큼이나 광통의 분위기도 변했다. 선한이 사건이 언론에 알려지자 군 당국은 문제의 원인을 개인의 부적응과 일탈로 돌리면서도 해결책으론 비공식적으로 운영되던 병실장과 도우미 제도의 폐지를 들었다. 그리고 모든 환자들은 상호 평등하다는 지침이 내려졌다. 어떤 이는 모든 문제의 원인을 개인에게 돌리고, 어떤 이는 구조적인 문제만 해결하면 모두가 행복해질 거라 믿는다. 하지만 어느 쪽도 문제를 해결하지 못한다.

신경외과 병실장이 자대로 복귀하고 후임이 없는 상황에서 신환자들이 내려왔다. 질서가 무너지고 간호장교들의 목소리는 높아졌다. 환자들 간의 다툼이 빈번히 일어났다. 표면적인 계급은 사라졌지만 이면의 계급들이 생겨났고 환자들은 자신들에게 이득이 될 사람들을 중심으로 패거리를 형성했다. 사월이 되어도 좀처럼 봄은 오지 않았다.

하지만 제아무리 대단한 권력을 가진 개인도, 사회가 만들어낸 어떠한 시스템도 봄이 오는 걸 막을 수는 없다. 거짓말처럼 따뜻한 바람이 불어온 사월의 어느 날, 제대를 한 달 앞둔 나는 군복을 입고 자대 복귀를 위해 서무과 앞에서 대기했다.

"이필립 병장?"

"네."

행정병이 날 부르는 소리에 안으로 들어갔다.

"여기 봉급 정산한 거하고요, 교통비하고 필름까지. 맞죠?"

"네."

"사인 좀 해주세요."

행정병이 서류를 내밀며 말했다.

보통 볼펜도 같이 주기 마련인데 행정병은 서류만 건네주고 고개를 처박았다. 말을 걸려다 바쁜 것 같아 주머니를 뒤져봤다. 다행히 펜이 있었다. 정형외과에 입원해 있을 때 그쪽 휴게소 전화 박스에서 주운 펜이었다.

나는 사인을 마치고 서류를 돌려주며 물었다.

"저기, 여기 분실물 센터 같은 거 있나요?"

"따로 있지는 않고요, 피엑스에 가서 물어보세요. 거기서 일단 받아뒀다가 안 찾아가면 연말에 모아서 기부하거든요."

"네, 감사합니다."

나는 서무과를 나와 바로 앞의 피엑스로 들어갔다. 늦었는지도 모르지만 떠나기 전에 모든 것을 제자리에 두고 가고 싶었다. 나는 판매대에 가서 피엑스병에게 주운 곳을 설명하고 펜을 맡겼다. 피엑스병은 분실물 관리 일지에 내 말을 받아 적고, 펜은 뒤편 바구니에 아무렇게나 던져놓았다.

피엑스를 나오자 따뜻한 봄 햇살이 기분 좋게 내리쬐었다. 이제 정말 끝이구나 싶은데 서무실 옆쪽의 체육관이 눈에 들어왔다. 예전엔 매일 가던 곳인데 이번 후송에선 오자마자 백병장과 갔던 것이 마지막이었다. 나는 괜히 마지막으로 턱걸이를 해보고 싶었다.

따뜻한 밖과 달리 체육관은 아직도 서늘한 기운이 감돌았다. 여전히 소문이 흉흉해서 사람이 많지는 않았지만 벤치프레스에서 운동을 하는 사람들이 몇 있었다. 나는 더플백을 탁구대에 기대놓고, 전투모를 그 위에 놓았다. 그리고 파이프 아래에 섰다. 내가 늘 턱걸이를 하던 자리이자 선한이가 죽은 자리였다. 막상 앞에 서니 마음이 저렸다. 나는 팔을 힘차게 돌리고 털기도 하면서 선한이 생각을 떨쳐냈다. 몸이 어느 정도 뜨거워지자 나는 파이프에 매달려 턱걸이를 시작했다. 뒤에서 운동하던 사람들이 날 보는 게 느껴졌다.

내 최고 기록은 선한이가 세어준 서른두 개였다. 공백이 길어서인지 열일곱 개를 넘어가자 힘이 부쳤다. 포기하지 말고 내 나이만큼은 해보자고 마음을 먹었다. 나는 매달린 채로 쉬어가며 스물두 개까지 올라갔다. 앞으로 세 개 남았다. 팔의 힘이 다했지만 나는 몸의 반동을 이용해서라도 스물다섯 개를 채우기로 했다. 몸을 활처럼 휘어 그 반동으로 두 번을 더 오르내렸다. 기세를 몰아 마지막 한 번을 더 올라가려다가 나는 그만 미끄러지며 떨어지고 말았다. 파이프에 매달려 몸부림치는 내 모습이 우스꽝스러웠는지 뒤에서 킥킥대는 소리가 났다. 창피했다. 나는 탁구대로 가서 더플백 위에 올려놓은 전투모를 집어 썼다. 챙 아래로 힐끗 보니 역시 벤치프레스에서 운동을 하던 세 명이 날 보고 웃고 있었다. 갑자기 그 자리에 앉아 있던 선한이가 생각났다. 지금 나를 비웃는 저들이 있던 자리에서 선한이는 날 응원하며 개수를 세었다. 이대로 물러나선 안 된단 생각이 들었다. 나는 전투모를 벗어 던지고 다시 파이프로 갔다.

좀 쉬었다 하면 어때. 아예 서른세 개까지 채워주지. 아니, 최대한 많이. 저 자식들이 놀라서 입을 다물 때까지.

나는 다시 턱걸이를 시작했다. 그리고 스물다섯 번째 턱걸이를 해냈다. 멈추지 않고 계속하려는데 갑자기 창문 너머의 전화 박스가 눈에 들어왔다. 나는 매달린 상태로 전화 박스를 노려봤다. 뒤에서 "겨우 하나 더 하려고 올라갔나"란 소리가 들렸다. 하지만 나는 파이프에서 내려와 체육관 밖으로 뛰어나갔다.

나는 피엑스로 들어가 판매대에서 계산 중인 피엑스병에게 말했다.

"저기요, 혹시 저기 체육관 왼쪽에, 대각선 쪽으로 보이는 전화 박스에서 노트 주워 온 사람 없었어요?"

"네?"

피엑스병은 갑자기 끼어든 나를 불쾌한 얼굴로 봤다. 그 앞의 손님도 마찬가지였다.

"죄송합니다."

나는 손님에게 사과를 하고 다시 피엑스병에게 말했다.

"손바닥만 한 파란 노트인데요, 아마 작년 시월 정도에⋯⋯."

"아⋯⋯."

"아세요?"

나는 소릴 질렀다. 사람들이 쳐다봤지만 개의치 않았다.

"네, 잠깐만요. 계산 좀 하고요."

피엑스병은 계산을 끝내고 안으로 들어갔다. 잠시 후 그는 파란 노트를 들고 나타났다. 펼쳐 볼 필요도 없었다. 선한이의 노트였다.

피엑스병이 노트를 건네며 말했다.

"원래는 연말까지 안 찾아가는 건 기부로 넘기는데 이건 뭐 시도 적혀 있고, 그림도 있고, 일기장 같기도 해서……. 작년에 있던 것 중엔 이것만 남았거든요. 이거 맞아요? 아저씨 거예요?"

"네! 아, 아니요. 제건 아닌데요, 제 친구 건데 지금 여기 없어서요. 어떻게 증명을 해야 하나요?"

"됐어요, 무슨 증명을 해요. 그냥 사인하고 가져가세요. 갖고 있으면 골치만 아픈데 저야 좋죠."

"감사합니다!"

나는 고개를 숙여 인사를 했다.

피엑스병은 그러거나 말거나 다음 손님을 맞이했다. 나는 사인을 한 후 노트를 들고 피엑스를 나왔다. 그리고 체육관으로 돌아갔다. 나를 비웃던 녀석들은 운동을 끝냈는지 어디론가 사라져버렸다. 나는 더플백을 들고 벤치프레스에 앉았다. 숨을 고르고 파란 노트를 펼쳤다.

28

　사건에 대해 뭔가 적혀 있다면 뒷부분일 것이다. 나는 뒷장부터 확인했다. 하지만 제일 뒷장은 노트가 아니라 연락처 페이지였다. 마지막 장엔 두 개의 전화번호가 있었다. 하나는 아버지 친구라고 적혀 있는 휴대폰 번호였고, 그 밑엔 칸을 무시하고 페이지를 가로질러 적은 전화번호가 있었다. 통화를 하며 급하게 받아 적은 것 같은 그 번호는 내가 복무 중인 수색중대 번호였다. 나는 더플백을 구석에 놓고 노트를 챙겨 체육관 창가에서 보이는 전화 박스로 갔다. 카드를 넣고 아버지 친구라고 적혀 있는 휴대폰 번호를 눌렀다. 신호를 기다리며 체육관 쪽을 바라봤다. 선한이가 목을 맨 체육관 창가가 보였다.

　신호가 끊어지고 말 한 마디가 들렸다.

　"네."

　낡은 목소리였다. 닳아서 평평해진 운동화의 밑창이 땅을 쓰는

소리 같기도 했고, 아무리 닦고 기름칠을 해도 더러운 M16 소총의
쇳소리 같기도 했다.

"여보세요?"

내가 아무런 말도 하지 않자 낮은 목소리가 이어서 말했다.

"누구십니까?"

나는 말없이 수화기를 내려놨다.

앞쪽에 있는 연락처들을 살폈다. 잉크의 종류가 달랐다. 마지막
장의 두 번호는 앞장의 번호와는 시간 차를 두고 적은 것이었다. 선
한이는 여기서 통화를 하면서 우리 부대 전화번호를 받아 적었다.
그리고 전화를 걸었다. 하지만 나는 근무를 나간 상태였다. 선한이
는 노트를 전화 박스에 두고 여기서 보이는 체육관 창가로 가서 목
숨을 끊었다. 선한이는 죽기 직전에 나를 찾았던 것이다. 나는 노
트를 들고 체육관으로 돌아갔다.

벤치프레스에 앉아 노트의 첫 장을 펼쳤다. 일기가 보였다. 입대
한 다음 날에 적은 것 같았다.

첫날밤이다. 어제 오후까지 알지 못했던 누군가의 손이 나를 흔
든다. 빨간 조명, 눈을 뜬 곳은 나의 침대가 아니다. 벌떡 일어나 옷
을 입는다. 오 분 안에 준비를 끝마쳐야 한다. 준비를 마친 나는 복
도로 나간다. 이제 나는 한 시간 동안 깨어 있어야 한다. 그리고 이
곳에서 이 년 이 개월을 지내야 한다. 자유를 잃고 나서야 자유의
소중함을 깨닫는다. 어둠 속에서 내가 흘려보낸 시간들에 미안함을
표한다. 불안과 두려움이 자책과 뒤섞여 눈물이 날 것 같다. 어디선

가 기적 소리가 들린다. 보이지 않지만 분명히 들린다. 어제까지 내가 머물던 세계의 소리다. 멀리 있지 않다. 마음이 가라앉는다. 조용히 다짐을 한다. 더 이상 주저하지 않겠다. 다시 나가게 되면 내가 하고 싶은 일을 하겠다.

하고 싶은 일이란 시를 쓰는 것이 분명했다. 시를 쓰며 살아가겠다는 말은 어떤 의미에선 대통령이 되겠다는 어린아이의 꿈보다도 허황되게 느껴진다. 시를 사랑했지만 그 길을 걸어갈 자신이 없던 선한이는 군에 오고 나서야 비로소 결단을 한 것 같았다.

다음 장으로 넘기자 습작으로 보이는 시들이 이어졌다. 선한이는 꾸준히 시를 썼다. 어떤 날은 시 대신 그날에 대한 짧은 기록이 적혀 있거나 자신에게 던지는 질문들도 보였다. 광통에 와서는 비교적 여유가 있어서인지 매일 글을 썼다.

글을 읽다가 문득 나에게 이걸 볼 자격이 있는지 의문이 들었다. 내가 노트를 봤을 때 선한이가 화를 내던 일이 떠올랐다. 나는 글자보다 글을 남긴 날짜에 집중하며 빠른 속도로 노트를 넘겼다. 첫 번째 후송이 끝나고 자대로 복귀하면서 글을 남기는 간격이 길어졌다. 가끔씩 남기는 글들은 시도 아니고 기록도 아니었다. 그것은 외침이고 호소였다.

자신이 부끄럽다. 난 아무것도 할 수 없다. 나는 어쩔 수 없는 건가. 오늘은 견딜 수 없이 화가 났다. 나는 무엇을 해야 하나. 예측하지 못한 일들이 오늘도 일어났다. 속이 안 좋다. 모든 게 엉망이다.

괴롭다. 지나온 날을 떠올리니 더 괴롭다. 밤이 너무나 길다. 무릎이 아프다.

　구체적인 설명이 없는 짤막한 문장들을 보면서 나는 한 장면만 봐도 이제까지의 줄거리와 앞으로의 내용까지 알 수 있는 빤한 드라마를 보는 기분이었다. 그것은 나의 드라마기도 했기 때문이다.
　다음 장으로 넘겼다. 그대로 넘어갈 수 없는 글자가 보였다. 내 이름이었다.

　필립이를 만났다. 다시 보기 힘들 거라 생각했는데 여기서 또 만날 줄은 몰랐다. 녀석은 오월 말에 다시 돌아왔다고 한다. 아쉽게도 오랜 시간을 같이 있지는 못할 것 같다. 녀석은 여전했다.

　선한이가 다시 광통에 온 첫날에 남긴 기록이었다. 나는 어떤 모습으로 여전했을까. 답은 다음 장에 있었다. 거기엔 한 페이지 가득 그림이 그려져 있었다. 선한이가 그린 나였다. 감탄할 정도로 훌륭한 솜씨였다. 하지만 거울을 보는 것 같지는 않았다. 선한이가 그린 나는 낯설었다. 친구라고 미화를 해서 눈을 크게 그리거나 코를 오뚝하게 해서가 아니었다. 전체적으로 얼굴에서 풍기는 분위기가 달랐다.
　차갑다는 말을 자주 들었다. 감정의 온도를 말하자면 나는 쉽게 끓지도, 쉽게 식지도 않았다. 눈에 보이는 감정의 표출은 적었다. 아마도 그런 면이 차갑게 느껴지는 모양이었다. 하지만 뜨겁게 눈물을 흘리거나 호탕하게 웃다가도 상황이 달라지면 얼음보다 차가워져 동상을 입힐 것 같은 사람들보단 내 쪽이 낫다고 생각했다. 나는 그런 사람들이 정은 많다거나 사람 냄새가 난다고 평가받는 것이 못마땅했다. 그러나 어떻든 내 인상이 차갑단 말은 부정하기 힘들었다. 하지만 선한이가 그린 그림 속의 나는 따뜻해 보였다. 삐딱하지 않은 건강한 눈과 엷지만 밝은 미소가 아무리 봐도 나 같지 않았다.

다시 노트를 훑어보는데 얼마 안 가 눈을 멈추게 하는 말이 또 나왔다.

처음 보는 아버지 친구가 면회를 오셨다. 아버지에 대해 물었지만 제대로 된 대답은 들을 수 없었다. 그래도 조금이나마 아버지의 이야기를 들어서 좋았다.

낡은 목소리가 분명했다. 선한이가 노트도 잊어버릴 정도로 급하게 뛰쳐나갔던 면회의 주인공은 그였다. 그가 와서 휴대폰 번호를 남기고 떠났던 것이다.

나는 계속 노트를 넘겼다. 또 내 이름이 나왔다. 내가 떠나던 날의 기록이었다.

필립이가 떠났다. 섭섭하다. 다시 만날 수 있을까.

나는 입술을 깨물었다.

그날의 모습이 선한이가 기억하는 내 마지막이라니. 녀석이 그런 그림처럼 웃어줬다면 얼마나 좋을까. 나는 뒤늦게 그림처럼 웃어보려 했지만 입술이 떨려 그럴 수가 없었다.

나는 도망치듯 페이지를 넘겼다. 이제 내가 보고 싶은 이야기가 나올 차례였다.

병실장이 됐다. 그것도 환자들의 투표로! 반장 한 번 해본 적이 없는데 무슨 일인지 모르겠다. 부담스럽기도 했지만 막상 되고 나니 뿌듯하다. 다치고 나서 쓸모없는 존재가 된 기분이었는데 뭔가 할 일이 생긴 것이 기쁘다. 잘해내고 싶다!

은근히 좋아하는 눈치였다더니 혼자서는 대놓고 좋아했구나. 의외였지만 알 것도 같은 마음이었다. 다리를 다치고 선한이는 열외 병력이 됐을 것이다. 아프다고 챙겨주는 건 본인들에게 부담이 되지 않을 때까지다. 짐이 되기 시작하면 사람 취급을 받지 못한다. 하지만 광통에선 모두가 같았다.

선한이는 병실장에게 주어지는 권력과 혜택 때문에 기뻐한 게 아니었다. 선한이는 병실장을 권력자가 아닌 자신과 같은 고통을 겪는 사람들을 위해 뭔가 할 수 있는 자리로 여겼다. 선거 때만 되면 국민의 종을 자처하다 선거 후엔 다른 사람이 돼버리는 정치인들과 달리 선한이는 리더란 섬기는 자리고 생각했다. 그래서 부담스러웠던 것이다. 하지만 당선이 되자 녀석은 기꺼이 그 책임을 다하기로 했다. 선한이는 내 생각보다 좋은 리더였다.

하지만 병실장이 된 것은 비교조차 되지 않는 기쁨이 곧 선한이를 찾아왔다. 한동안 기록만 남기던 선한이는 시인으로 돌아갔다. 이소윤 소위를 생각만 해도 터져 나오는 감정들이 선한이의 펜을 움직였다. 선한이가 백지 위에 옮겨놓은 마음은 과일이 익어가듯 커지고 탐스러워졌다. 하지만 선한이의 시는 전기가 나간 것처럼 한순간에 사라져버렸다. 아마도 그날이었을 것이다.

선한이는 그 뒤로 아무 글도 쓰지 않았다. 자대에 있을 때 쓰던 호소조차 보이지 않았다. 그게 문제였다. 괴로움이라도 표현했다면 나았을 텐데 선한이는 펜을 놓아버렸다. 아무것도 적혀 있지 않은 하얀 종이가 무서울 정도로 텅 비어버린 선한이의 마음을 보여주는 것 같았다. 그것을 보고 있기가 괴로웠던 나는 페이지를 마구넘겼다. 끝인가 싶었는데 노트의 마지막 장에 긴 글이 보였다. 정신없이 휘갈겨 쓴 그 글은 이소윤 소위에게 보낸 편지였다. 노트에 먼저 글을 쓴 후 편지지에 옮겨 보냈던 것이다.

만나주지 않을 것을 알기에, 만나러 갈 용기도 없기에 편지를 씁니다. 끝까지 읽어만 주시면 좋겠습니다.

나는 오래도록 시를 써왔습니다. 언제부터였는지는 모르겠습니다. 어느 날 시가 나를 찾아왔고 나는 시를 좋아하게 됐습니다. 가능하다면 평생 시를 쓰며 살아가고 싶었습니다. 시를 통해 사랑을 이야기하고 싶었습니다. 하지만 자신이 없었습니다. 나는 사랑받지 못하고 태어났기 때문입니다. 엉켜버린 내 삶이 내가 쓰고 싶은 시를 쓰는 것을 허락하지 않을 것 같았습니다. 군대에 와서야 나는 나의 비겁함을 깨달았습니다. 더 이상 핑계 대지 말고 시를 쓰자고 결심했습니다. 나는 다시 시를 썼습니다. 하지만 이곳에서의 내 삶역시 꼬여버리고 말았습니다. 나는 더 이상 시를 쓸 수 없었습니다. 나는 어쩔 수 없다고 생각했습니다. 그러다 당신을 만났습니다. 당신과 함께 시가 다시 나를 찾아왔습니다. 내가 그토록 쓰고 싶었던 시였습니다. 당신 덕분에 나는 사랑을 노래할 수 있었습니다. 당신이 나의 시를 보고 날 만나고 싶어 한다는 소리를 들었을 때, 나는 앞으로 시를 쓰며 살아갈 수 있을지도 모르겠단 생각을 했습니다.

미안합니다. 놀라게 했다면, 무섭게 했다면 미안합니다. 하지만 당신을 해칠 생각으로 간 것이 아닙니다. 나는 묻고 싶었습니다. 내 시가 온전히 전해졌는지 확인하고 싶었습니다. 내가 시를 쓰며, 삶을 사랑하며 살아갈 수 있다는 걸 확인하고 싶었습니다. 그것뿐입니다.

가능하다면 평생 시를 쓰며 살고 싶었습니다. 하지만 이젠 그럴수 없다는 걸 알았습니다. 미안합니다. 미안합니다.

나는 떨리는 손으로 페이지를 넘겼다. 그곳엔 또 하나의 그림이 있었다. 선한이의 자화상이었다. 그 그림은 선한이가 그린 나만큼이나 낯설었다. 내가 한 번도 보지 못한 선한이의 얼굴이었다. 이해할 수 없는 상황에 대한 혼란과 분노, 사람에 대한 불신과 두려움, 전해지지 못한 사랑에 대한 좌절이 선한이의 얼굴에 고스란히 담겨 있었다. 선한이는 이 얼굴을 하고 스스로의 목을 죄었을 것이다. 자살하기 전 스스로 남긴 영정 같은 이 그림 밑엔 서명처럼 작은 글씨로 네 글자가 적혀 있었다.

　살고 싶다.

　나는 그 페이지를 찢어 구겨버렸다. 그리고 입에 넣고 씹었다. 종이에 혀를 베어 피가 났다. 하지만 나는 뱉어내지 않았다. 벤치프레스에서 일어나 파이프로 갔다. 선한이가 죽은 그 자리에 매달려 파이프를 끊어버리기라도 할 듯 온몸을 흔들었다. 입안 가득 종이를 씹는 내 입에서 알 수 없는 신음 소리가 새어 나왔다.

　바보야. 살고 싶으면 살지 그랬냐. 시를 쓰고 싶으면 쓰면 되지 않냐. 고통스러우면 그 고통을 이야기하면 되지 않냐. 나쁘게만 변해가는 세상 같지만, 지금은 뭐 하나 나아질 구석이 없는 것 같지만, 살다 보면 너도 그런 고백을 할 날이 오지 않았겠냐. 아름다운 이 세상 소풍 끝나는 날, 가서 아름다웠다고 말할 날이 오지 않았겠냐. 너도 그처럼 살고 싶다고, 그런 시를 쓰고 싶다고 하지 않았냐. 뒤에서 수군거리는 게 참기 힘들었던 거냐. 창피했냐. 그럼 잠시 쉬다가 다시 하지 그랬냐. 나는 스물다섯의 봄을 맞았는데 너는 왜 스물넷의 가을에 멈춰 있냐. 이 따위 그림은 내가 먹어 치우겠다. 이건 네가 아니다. 이건 너의 얼굴이 아니다. 너는 그렇게 따뜻한 눈으로 다른 사람을 바라보면서 왜 너 자신은 그렇게 볼 줄 몰랐단 말이냐.

　아무리 몸부림쳐도 파이프는 꿈짝도 하지 않았다. 힘이 빠진 나는 땅에 떨어졌다. 나는 차가운 얼굴로 울었다.

29

광주를 떠나기 전, 나는 우체국으로 가서 선한이가 이소윤 소위에게 전하려고 했던 시를 찢어 그녀 앞으로 부쳤다. 그리고 전주에 있는 사단으로 향했다. 주말이 낀 탓에 나는 오 일 동안 사단 보충대에서 대기하다가 연대로 들어가는 차량을 얻어 타고 자대로 복귀했다.

부슬비가 내리는 화요일 오후였다. 나는 본부중대 앞에서 하차해 중대 막사로 향하는 오르막길을 걸었다. 내가 온갖 욕을 하늘에 퍼부으며 내려왔던 길이다. 비를 맞지 않도록 필름을 야상 안에 품고 더플백을 한쪽 어깨에 걸친 채로 올라가는데 위에서 군용 우의를 입은 경계 근무조가 내려왔다. 교대 시간인 모양이었다. 거리가 가까워지자 부사수로 보이는 녀석이 날 보며 움찔거렸다. 수색대의 흉장을 달았고 계급은 병장인데 처음 보는 얼굴이었기 때문이다. 아마 내가 후송을 간 사이에 들어온 이병 같았다. 그 모습이 웃겨서 내가 씩 웃자 부사수가 경례를 하려고 급히 손을 들었다.

"하지 마."

사수가 말했다.

사수는 후임 병장이었다. 병장은 병장에게 경례하지 않는 게 일반적이지만 부사수까지 경례를 못 하게 할 이유는 없다. 게다가 군이 경례까지는 하지 않는단 것이지 인사를 하는 건 당연한 일이다. 하지만 사수는 날 지나쳤다. 부사수는 안절부절못하며 따라갔다.

"군 생활 진짜 거지같이 하는구만. 좋겠다."

사수가 들으라는 듯 말했다.

후송을 다녀오고 누구에게도 대접을 받으려 한 적이 없었다. 가끔 잔소리 정도는 했지만 알아듣게 설명을 하는 식이었고, 그마저도 뭘 모르는 신병들의 실수에 대한 것이었다. 그 외엔 후임들과 충돌이 없었다. 그런데도 그런 행동을 했다. 나는 도무지 이해가 가지 않아서 날 때린 고참에게 물었던 것처럼 후임을 불러내 물어본 적도 있다.

나한테 왜 그러냐? 내가 너한테 무슨 실수라도 했냐? 있으면 말을 해봐라.

순수하게 이유가 궁금해서였다. 나도 인식하지 못한 사이에 기분 나쁘게 한 일이라도 있으면 사과할 생각도 있었다. 하지만 이유는 듣지 못했다. 이유도 모르고 맞는 것만큼이나 괴로운 일이었다.

다행히 모든 사람이 그런 건 아니었다.

"어, 오셨습니까?"

막사 안으로 들어가자 복도에 있던 후임이 날 보고 반갑게 맞았다.

같은 소대에 있는 행정병이었다. 다녀온 사이에 녀석도 병장이 되었다.

"잠깐 일루 와보십시오."

녀석이 뭔가 생각이 난 듯 내 손목을 끌고 갔다.

날 데리고 간 곳은 야간 근무조가 대기하는 내무실이었다. 문을 활짝 열자 훈련소 냄새가 코를 찔렀다. 이제 막 훈련소 생활을 마치고 연대로 내려온 이병들이었다. 직할대에 배치를 받는 인원들은 연대에 남고 나머지는 각 대대로 흩어지게 된다. 나도 이곳에서 대기하다가 수색대에 차출되었다.

"짜잔! 손자들입니다!"

녀석이 이병들 사이에 들어가 나를 돌아보며 말했다.

"삼월 군번?"

"네, 그렇습니다."

내 물음에 이병들이 일제히 우렁차게 대답했다.

"할아버지가 된 기분이 어떻습니까?"

녀석이 히죽거리며 물었다.

아버지는 빨리 할아버지가 되고 싶어 했다. 아버지에겐 이 세상이 끝이 아니기 때문이었다. 그래서 아버지는 나이 드는 게 싫지 않다고 했다. 나는 아버지의 말을 이제 조금은 이해할 것 같았다. 그래도 너무 빨랐다. 손자 정도는 보고 가도 됐을 텐데.

나는 행정실로 가서 복귀 신고를 했다. 반응은 비슷했다. 모두들 집에 갈 때가 돼서야 돌아온 나를 놀려댔다. 단순히 장난으로 그러는 사람도, 조롱이 섞인 사람도 있었지만 어느 쪽이든 상관없었다.

내무실로 돌아온 나는 짐을 풀어놓고 드러누웠다. 이제 여긴 내가 머물 곳이 아니라 떠날 곳이다. 그런 생각을 하니 장난도, 조롱도 웃음으로 넘길 수 있었다. 이유도 모를 적의조차 내 마음을 흔들지 못했다.

마지막 열이틀은 잡으려는 자와 도망치려는 자의 싸움이었다. 도망자는 나를 포함한 동기 여섯이고 추적자는 행정보급관이었다. 분대장에서 내려와 열외 병력이 된 동기들과 나는 어떻게든 마지막까지 우리를 써먹으려는 행정보급관을 피해 부대 곳곳에서 숨바꼭질을 했다. 하지만 필요하다면 귀신도 잡아 와 작업을 시킬 행정보급관은 쓰레기 분리수거장을 지키는 척하며 독서를 하던 나를 체포했다. 어쩔 수 없이 연병장으로 내려가자 이미 체포된 동기 다섯이 축구 골대 앞에서 나를 기다렸다.

"뭐야? 뭘 하래?"

내가 다가서며 물었다.

"못 들었어?"

"어, 내려가면 알 거라던데."

"축구 골대를 넓히래."

같은 내무실에서 생활하는 동기가 축구 골대를 치며 말했다.

"뭐? 왜, 규격에 안 맞아?"

"규격에 좀 안 맞으면 어떠냐? 무슨 국제 대회를 개최할 것도 아니고."

"그런데?"

동기들은 나에게 설명을 해주려다 서로를 보며 웃었다.

"같이 좀 웃지?"

나는 장난스럽게 인상을 쓰며 말했다.

내가 후송을 간 사이 다른 연대와 친선 축구 경기가 열렸다. 자존심이 걸려 있는 문제라 사병뿐 아니라 장교도 포함되어 베스트 멤버로 꾸려졌다. 투 톱 중 한 명은 고등학교 때까지 선수로 뛰었던 우리 부대 후임이 맡았고 나머지 한 명은 연대장이었다.

"결정적인 순간에 연대장님한테 찬스가 온 거라. 그런데……."

"수비는 홍해 바다처럼 알아서 쫙 갈라지고 연대장이 슛을 딱 했는데……."

"크로스바에 맞고 나가버렸다 이거지."

"그날만 세 번이나!"

녀석들은 앞다퉈 그날의 이야기를 해줬다.

"그러니까 지금 우리가 멀쩡한 축구 골대를 뽑아서 넓히는 이유가 연대장이 슛을 했는데 골대에 맞아서라고?"

내가 말했다.

동기들은 웃으며 고개를 끄덕였다.

"우리, 나라 지키러 온 거 맞지?"

내가 물었다.

이런들 어떠하리. 저런들 어떠하리. 우리는 연병장이 떠나가라 웃었다.

마지막 일주일은 먼저 나간 사람들 말처럼 지루하게 흘렀다. 우리는 새로운 골대를 연병장에 박아 넣고 모두 함께 크로스바에 매달려 연대장의 골을 기원했다.

말년 휴가 날, 우리는 다 함께 부대를 나가 터미널 앞의 군장사에서 예비군 마크를 달았다. 병장 마크를 단 지 겨우 열이틀 만이었다. 전국 각지에서 모인 우리는 터미널에서 헤어졌다.

보통 휴가를 나가기 전엔 어머니에게 연락을 했다. 그럼 어머니가 날짜에 맞춰 몽골에서 돌아왔다. 하지만 말년 휴가 때는 복귀하고 다음 날이 제대였다. 나는 어머니에게 제대 날짜에 맞춰 돌아와달라고 했다. 말년 휴가는 혼자 보낼 생각이었다. 그렇다고 집에서 멀뚱멀뚱 지낼 생각은 없었다. 나는 아는 동생과 함께 엑스트라 아르바이트를 나가기로 했다. 단기로 돈을 벌고 싶었는데 몸에 자신이 없어서 짐 나르는 일 같은 건 하기 힘들었다. 마침 동생이 보조 출연 아르바이트를 소개해줬는데 생각보다 일당이 높아서 괜찮단 생각이 들었다. 원체 영화를 좋아하기도 해서 나는 기대하는 마음으로 나갔다.

내가 간 곳은 사극 드라마 촬영 현장이었다. 하필이면 병졸 역할을 맡아 먼저 군에 다녀온 동생 녀석이 배를 잡고 웃어댔다. 촬영이 시작되자 나는 정말 군대에 다시 돌아간 것 같았다. 그것도 이병으로 강등된 상황이었다. 대본상 설정을 말하는 것이 아니라 피디와 반장이 보조 출연자들을 대하는 태도가 딱 조교가 훈련병을 대하는 것 같았다. 아니, 훈련병도 이렇게는 대하지 않았다. 피디와 반장은 자신보다 나이가 많건 적건 모든 말을 욕으로 시작해서 욕으로 끝냈다. 새파랗게 젊은 피디가 아버지뻘인 보조 연기자들에게 이 새끼, 저 새끼 해대는 걸 보고 있자니 넌 어디서 태어난 새끼냐고 묻고 싶었다.

"이렇게 안 하면 통솔을 할 수가 없어. 사람이 좀 많아야지."

동생이 발끈하는 나를 달랬다.

식사 시간을 한참 지나 잠시 짬을 내서 밥을 먹었다. 허겁지겁 식사를 마친 보조 출연자들은 정말 전쟁터인 것처럼 여기저기 너부러져 있었다. 차라리 부대로 돌아가 훈련을 받는 쪽이 낫겠다 싶었다. 전쟁 같은 오후가 지나고 밤이 찾아왔다. 하지만 전쟁은 멈추지 않았다.

야간 전투 장면을 찍으며 옆에서 연기를 하던 보조 출연자가 팔을 다쳤다. 어깨가 빠진 것 같았다. 나는 촬영이 멈추지 않은 상태에서 그에게 다가갔다.

"괜찮으세요? 어깨가 빠진 거 같은데."

나 때문에 촬영이 멈추자 조연출이 다가왔다. 태어나서 처음 보는 얼굴이었다.

"넌 뭔데? 네가 의사야?"

그가 나에게 말했다.

내가 황당해서 웃자 조연출은 호통을 쳤다.

"뭘 쪼개, 이 새끼야. 야, 이 새끼 누가 데리고 왔어? 당장 안 치워!"

동생이 급히 다가와 조연출의 팔짱을 끼고 돌아섰다.

촬영에서 제외되어 대기하고 있는데 어깨를 다친 사람이 팔을 붙들고 혼자 어디론가 가고 있었다. 어둠 속으로 사라지는 그를 따라가려는데 동생이 나타났다.

"어딜 가?"

"아니, 저 다친 사람은 어떡해? 여기 의사 없어?"

"의사가 어딨어? 자기가 알아서 하겠지. 그리고 아까처럼 그러면 안 돼. 추억 만들어주려고 카메라에 잡히는 장면으로 잡아 왔는데 다 망쳤잖아."

"이런 장면 찍으면서 의료진도 없어?"

"신경 쓰지 마. 괜히 꾀병 부리는 거야. 프로면 프로답게 행동해야지, 정신이 썩어갖고."

동생이 남자가 사라진 쪽을 보며 말했다.

나는 그의 뒤통수를 후려칠 뻔했다. 사고를 치기 전에 떠나는 게 좋겠단 생각이 들었다.

"나 그냥 갈란다."

"아, 왜 그래? 지금 가면 돈도 제대로 못 받아. 내가 반장한테 이야기해서 카메라에 잘 안 잡히고 쉬운 걸로 넣어줄게."

그는 자신에게 무슨 일이 생길 뻔했는지도 모르고 나를 잡았다.

촬영이 멈추고 우리는 어둠 속에서 자리를 잡고 휴식을 취했다. 보조 출연자들을 위한 휴식 공간은커녕 화장실도 없었다. 사람들은 주변의 으슥한 곳에 들어가 볼일을 보고 나왔다. 여자도 마찬가지였다. 나는 언덕에 걸터앉아 쉬었다. 동생은 불빛이 환한, 주조연 연기자들이 쉬는 곳 쪽에서 반장과 함께 이야기를 했다. 얼굴까지는 잘 보이지 않았지만 똥이라도 대신 닦아줄 것 같은 자세였다.

"아는 친구요?"

옆에 있던 중년의 보조 출연자가 동생을 턱짓으로 가리키며 물었다.

"네, 아는 동생인데요."

"줄은 잘 잡았네."

"줄이요?"

"어, 반장 패거리에 들면 쉽고 좋은 역할 계속할 수 있거든. 저 양반이 여기서 절대 권력자야. 눈 밖에 나면 일거리도 잘 안 주고, 준다고 해도 카메라에도 잘 안 잡히면서 일은 더럽게 힘든 것만 배정해줘요. 자기 마음에 들면 쉽고 카메라에도 잘 잡히는 걸로 주지."

나는 웃으며 일어나 옷에 묻은 먼지를 털었다.

옆에 있던 남자가 물었다.

"어디 가시게?"

"집에요. 수고하세요."

나는 꾸벅 인사를 하고 동생이 있는 곳의 반대쪽으로 걸었다.

한 십 분쯤 걸었는데 문득 내가 지금 어딜 가는지 모른다는 걸 깨달았다. 어디가 어딘지도 모르고, 시간이 늦어서 차도 안 다녔다. 게다가 옷도 갈아입지 않은 상태였다. 나는 어쩔 수 없이 돌아가다 오줌이 마려워 산속으로 들어갔다. 볼일을 보고 내려가는데 밑에서 다투는 소리가 들렸다.

"아, 평생 보조 출연만 할 거야? 내 청 한 번 들어주면 내가 카메라 잘 잡히는 좋은 역할들만 골라서 준다니까. 감독님한테 인사도 시켜주고."

"싫다니까요!"

가까이 가보니 반장이 한복을 입고 가체를 올린 젊은 여자 보조 출연자를 뒤에서 안고 있었다. 아까 들었던 이야기가 생각났다. 빤한 상황이었다. 나는 뒤쪽으로 돌아가 그들 앞에 나타났다.

"저기요."

내가 말하자 반장이 깜짝 놀라 돌아봤다.

여자는 흐트러진 옷자락을 잡고 내 뒤쪽으로 뛰어와 숨었다.

반장은 내 복장을 보고는 여유를 되찾고 오히려 호통을 쳤다.

"너 뭐 하는 새끼야! 누가 여기 오래? 너 일 그만하고 싶어!"

"벌써 관뒀습니다."

"뭐?"

"벌써 관뒀다고. 그러니까 당신 알량한 권력 따위 나한테 아무런 영향도 못 끼쳐. 어떻게 할래? 그냥 알아서 꺼질래, 아니면 내가 꺼지게 해드릴까?"

말년 휴가는 사실상 제대라고 해도 좋았지만 엄밀히 말하면 제대하는 날 자정이 되어야 완벽한 제대였다. 그 전에 사람이라도 치면 군인 신분으로 민간인을 폭행하는 것이다. 말은 그렇게 했지만 나는 순순히 반장이 물러가길 바랐다. 반장은 고맙게도, 또 어쩌면 당연하게도 고개를 숙이고 도망갔다. 그의 권력이란 이 세계를 벗어나면 통용되지 않는 것이었다. 그런 조그마한 권력에 취해 횡포를 부리고, 그 권력에 빌붙어 다른 동료들을 등쳐 먹고 살아가는 모습이 서글펐다. 군대를 나오면 다른 세상이 기다리고 있다고 생각했지만 어쩌면 세상은 군대보다 더 험악한 곳인지도 모르겠다. 그렇다 해도 계속 군대에 있고 싶지는 않다. 적어도 바깥엔 집에 갈 수 있는 자유는 있으니까.

일주일 후, 나는 집으로 돌아갔다.

30

의외였다. 주체할 수 없는 눈물을 흘리지는 않더라도 미치도록 기쁠 것 같았는데 막상 제대 신고를 하고 위병소를 나오는 기분은 말년 휴가 때보다 더 덤덤했다. 동기들과 헤어지기 전 터미널 앞에서 감자탕을 먹었다. 술을 즐기지 않지만 첫 잔과 마지막 잔은 함께 비웠다. 서울로 올라가는 버스에서 졸다 깨다를 반복했다. 톨게이트를 지나 서울 도심에 들어서자 뒤늦게 설레는 마음이 들었다. 고향의 품에 돌아온 기분이었다. 고향이란 단어와 서울이 어울리지 않는다고 생각하겠지만 서울은 엄연히 내가 태어나고 자란 고향이다. 그곳이 어디든 우리가 온 곳, 그리고 돌아가야 할 곳이 바로 우리의 고향이다.

나는 터미널에서 지하철로 잠실까지 간 후에 버스를 갈아타고 집으로 갔다. 집에는 아무도 없었다. 어머니는 저녁에 도착할 예정이었다. 나는 내 방에 들어갔다. 대낮인데도 책으로 가득한 방은

지하실처럼 어두웠다. 나는 창가에 쌓여 있는 책들을 바닥으로 내려놓고 창문을 열었다. 햇빛이 쏟아져 들어왔다. 보기에 좋았다.

나는 옷도 벗지 않고 오후 내내 책들을 정리했다. 책이 워낙 많아 땀이 날 정도였다. 대충 정리를 끝내고 샤워를 했다. 편한 옷으로 갈아입고 나니 잠이 몰려왔다. 나는 그대로 바닥에 누웠다.

얼마나 지났을까, 눈을 떴을 때 방 안은 이미 어둑해져 있었다. 살짝 열린 문 틈으로 거실의 불빛이 새어 들어왔다. 내 방과 마주한 주방에서 뭔가 끓는 소리와 칼질 소리가 났다. 된장찌개 냄새였다. 나는 일어나 방 밖으로 나갔다. 어머니가 오이를 썰다가 나를 돌아봤다.

"일어났어? 밥 먹어."

"돌아왔어"나 "수고했어"가 아닌 "일어났어"라는 어머니의 인사에 나는 군대를 갔다 온 것이 아니라 긴 낮잠에서 깨어난 듯한 기분이 들었다. 어머니는 나를 단숨에 일상 속으로 끌어들였다. 그게 좋았던 나는 웃으며 식탁에 앉았다.

"제대하니까 좋아?"

내가 웃는 모습을 보고 어머니가 말했다.

"생각보단 별로 감흥이 없네. 엄청 기쁠 줄 알았는데 조금 덤덤해서 신기해."

나는 식탁 위에 있는 컵에 물을 따라 마셨다.

"넌 천국 가서 아버지 다시 만나도 그럴 애니까."

어머니가 핀잔을 주며 말했다.

썰어놓은 오이와 상추가 식탁에 올라왔다. 어머니는 된장찌개의 불을 끄고 프라이팬에 생고기를 올렸다. 달궈진 프라이팬이 즉시 반응을 했다. 오래되지 않아 식탁엔 된장찌개와 고기까지 놓였다. 나는 어머니가 앉기를 기다렸고 어머니가 맞은편에 앉아 식사 기도를 하는 순간 밥을 먹었다.

"맛있어?"

눈을 뜬 어머니가 물었다.

"어, 근데 군대에서도 고기는 많이 주거든, 닭고기, 소고기, 돼지고기. 하루에 한 끼 정도는 고기가 나온다고 봐야 되는데 밖에서 먹는 거랑은 다르단 말이야."

나는 연신 젓가락질을 했다.

어머니도 웃으며 고기를 한 점 집어 먹었다. 그러다 갑자기 생각이 난 듯 손가락으로 나를 가리켰다.

"왜? 먹고 이야기해."

어머니는 간신히 입 안에 있는 것을 삼키고 말했다.

"군복은 세탁기 돌렸는데 짐 중에 무슨 노트가 있더라?"

"그거 내 거 아니야! 봤어?"

나는 놀라서 말했다.

"딱 봐도 네 거 아닌 거 알아. 아들 일기도 안 볼 판에 남이 쓴 걸 왜 보니? 근데 왜 그런 걸 갖고 있어?"

"친구 거야. 근데 내 거 아닌 건 어떻게 알았어?"

"맨 처음엔 네가 쓴 건 줄 알고 막 넘겨보니까 시 같은 게 적혀 있던데, 너랑 시가 어울리니? 그리고 네 그림도 하나 있더라. 넌 그림 못 그리잖아."

"뭘 또 그렇게 말씀을 하십니까? 나도 시 읽어. 엄마 아들 책 좋아하잖아, 몰라?"

"근데 네 그림은 너무 잘 그렸더라. 달라고 하면 안 되니?"

"왜, 갖고 있게?"

"응."

어머니가 활짝 웃으며 말했다.

이 표정을 봤다면 선한이는 줬을 것이다.

"가져, 괜찮아. 어차피 나 그린 건데."

"정말?"

어머니는 벌떡 일어나 거실로 갔다.

"뭐 급한 거라고 먹다가 가요?"

어머니는 아랑곳하지 않고 노트를 가져와 조심조심 내 그림을 찢었다.

"근데 그거 잘 그리기는 했지만 나 아닌 거 같지 않아?"

"무슨 소리야? 어렸을 때 모습 그대로구만."

"정말? 그런가?"

"그럼, 삐딱해지지 않고 그대로 잘만 컸으면 지금 딱 이 그림 같을 텐데."

"네?"

나는 인상을 썼다.

"인상 쓰지 마. 주름 생겨. 아버지 닮아가지고 주름도 그대로 가져가려고 하네."

어머니가 그림을 자신의 다이어리 사이에 끼고 말을 이었다.

"아들, 이제 뭐 할 거야?"

"뭐 하긴……. 일단 재활부터 좀 하고……."

심상찮은 분위기를 느낀 나는 된장찌개 속으로 숨기라도 할 듯 숟가락을 집어넣었다. 하지만 어머니는 내 숟가락보다 빠르게 고기를 한 점 집어 내 입에 넣었다.

그리고 날 똑바로 보며 말했다.

"몽골에 안 와볼래?"

나는 시선을 피하며 고기를 씹었다.

"이 고기 좋은 거야. 하나도 안 질기지?"

어머니가 말했다.

나는 고기를 꿀꺽 삼키고 짜증스럽게 말했다.

"아, 거기 가서 내가 뭐 해? 그리고 나 할 일도 있어. 그 노트도 처리해야 되고……. 암튼 뭘 하든 일단 몸부터 만들어야지."

"넌 엄마가 거기 가서 뭐 하는지 안 궁금하니?"

"알지, 고아원 한다며."

"넌 아버지가 거기서 무얼 하려고 했는지 안 궁금해?"

"뭐 다른 것도 해? 아, 학교 같은 거?"

어머니가 웃으며 피해 가려는 나의 어깨를 잡았다. 나는 수저를 내려놨다.

"와서 봐. 아버지는 네가 와서 봐주길 바랄 거야. 자신이 무엇을 봤는지, 왜 모든 걸 내려놓고 거기까지 갔는지, 너도 그걸 봐주길 바랄 거야."

어머니는 내 뺨을 때리지도, 목을 조르지도 않았다. 된장찌개와 고기를 내놓고 흔들림 없는 눈빛으로 나를 보고 있을 뿐이다. 때론 마주하기 힘든 진실이 폭력보다 무섭다.

"잘 먹었습니다."

나는 일어나 방으로 들어가버렸다.

어머니는 일주일 동안 함께 지내다 몽골로 돌아갔다. 돌아갈 때까지 어머니는 몽골 이야기를 꺼내지 않았다. 나는 어머니를 배웅하며 속으로 죄송하다고 말했다. 하지만 할 일이 있다는 건 사실이었다.

어머니를 보내고 돌아오는 길에 한강에 들렀다. 오월의 푸르른 날씨 속에 평일 이른 오후에도 많은 사람들이 나와 있었다. 농구 코트에선 공 튀기는 소리가 요란했고, 포장된 도로 위로 인라인스케이트와 자전거를 타는 사람들이 지나갔다. 나는 그들을 지나 모래로 된 땅 위에 서 있는 한 남자에게 다가갔다. 환갑이 넘은 것 같은 백발의 남자. 모래사장에 찍힌 그의 발자국이 낯설었다.

그는 낡은 목소리로 말했다.

"왔나?"

"안녕하세요."

나는 고개를 숙여 인사했다.

"'안녕하세요'라……. 그래, 제대한 지 얼마나 됐지?"

"일주일 지났습니다."

"얼마 안 됐구만."

"천지를 창조할 수도 있는 시간인데요."

그가 버릇없는 개를 보듯 나를 노려봤다. 그의 옆엔 얌전한 자세로 앉아 있는 그레이하운드가 보였다. 그는 내가 그 개 같은 태도를 취해주길 바라는 것 같았지만 난 그럴 생각이 없었다.

그의 눈이 날카롭게 빛났다.

"하긴 긴 시간이기도 하군. 한 주 전만 해도 눈도 마주치기 힘든 존재였을 텐데. 내가 어떤 사람인지 아나?"

"뭘 하셨는지 정확히는 모르지만 지금은 그만두신 거 아닙니까?"

"……"

형형히 빛나던 그의 눈이 감겼다.

그는 모래 위에 기둥처럼 서 있던 다리를 옮기며 말했다.

"좀 앉지. 다리가 아프네."

"네."

나는 그를 따라 모래사장 밖 벤치로 갔다. 그레이하운드가 주인을 따라 옆에 앉았다. 그가 개를 쓰다듬었다. 따뜻한 봄날에 두꺼워 보이는 검정과 회색의 긴 옷을 입은 그는 그레이하운드와 묘한 조화를 이뤘다.

"그래, 할 이야기가 뭔가? 일은 다 끝난 걸로 아는데."

"그 이후에 보고드릴 일이 생겼습니다."

나는 메고 있던 가방을 열어 선한이의 노트를 꺼냈다. 그는 보고란 단어가 마음에 드는 것 같았다.

그가 노트를 든 내 쪽으로 몸을 기울이며 말했다.

"그게 뭔가?"

"선한이 노트입니다. 직접 남긴 기록들이죠."

"줘보게."

그가 민첩하게 손을 뻗었다. 나는 노트를 든 팔을 뒤로 뺐다.

"먼저 제 질문에 대답해주시면 드리겠습니다."

"지금 나랑 장난하자는 건가? 날 개처럼 대하려는 게야!"

그가 호통을 치자 발치에 있던 그레이하운드가 납작 엎드렸다.

나는 일어서며 말했다.

"장난이 아닙니다. 제 질문에 답해주시지 않으면 그냥 갈 겁니다. 그리고 답해주셔도 이걸 완전히 드리지는 않을 겁니다. 이걸 가져야 할 분은 따로 계시니까요."

그는 나를 노려보며 위엄을 지키고자 했다. 하지만 애초에 그가 쌓아 올린 권위란 무너지고 말 것이었다. 수많은 사람이 무릎을 꿇었던 왕궁도 폐허가 된 후엔 관광객들의 발치에서 구경거리가 될 뿐이다.

"무엇이 궁금한가?"

그는 왕궁을 지키는 늙은 경비원처럼 말했다.

"선한이 아버님이시죠?"

"그건 이미 짐작하고 있던 것이 아닌가?"

"선한이 아버님 친구시기도 하고요."

나는 선한이 노트의 연락처 부분을 펴서 보여줬다.

"저는 박대위 통해서 연락드린 게 아닙니다. 이걸 보고 했지요."

"전화를 걸어서 아무 말도 안 한 사람이 있었지. 자네였구만."

"제 전화는 중요하지 않습니다. 중요한 건 선한이 전화지요. 선한이가 전화를 걸었지요?"

그가 고개를 끄덕였다.

"죽던 날에요?"

"그렇네."

"아마도 죽기 직전이었겠죠, 맞습니까?"

"그럴 거라고 여겨지네."

"선한이가 뭐라고 했습니까?"

"별 이야긴 없었어. 자네 이야기만 하다가 끊었네."

"무슨 이야기요?"

"자네 번호를 잃어버렸다고 알아봐줄 수 없겠냐고 했네. 면회를 갔을 때 도움이 필요하면 연락하라고 했거든."

"그리고요?"

"자네는 좋은 친구다, 잘 지내는지 궁금하다, 잘 지내면 좋겠다⋯⋯. 그런 말이 전부였어. 이건 오히려 자네가 말해줘야 하는 거 아닌가? 나와 통화를 한 후에 자네에게 전화를 걸었을 거 아니야. 하지만 자넨 서로 연락한 적이 없다고 했지."

"정말입니다. 근무를 나간 사이에 걸어서 받을 수가 없었습니다."

"어이가 없군. 죽기 전에 자네한테 전화를 걸었다는 건 뭔가 꼭 하고 싶은 말이 있었다는 건데 고작 근무를 나가서 받을 수 없었다니."

그가 힐난조로 말했다.

"근무는 제가 짜는 게 아닙니다. 그리고 선한이가 죽기 전에 마지막으로 목소리를 듣고 싶었던 사람은 제가 아닙니다."

"무슨 소리야? 분명히 자네 번호를 묻고⋯⋯."

"선한이와 저는 분명 가깝게 지냈습니다. 이제 와서 보니 제가 생각했던 것보다 훨씬 소중한 친구였습니다. 제가 인연을 너무 소홀하게 여겼습니다. 제 잘못이죠. 하지만 결국 우리는 잠시 함께 지내며 가깝게 지낸 정도였습니다. 관계란 건 서로 영향을 주고받죠. 제가 선한이를 생각하는 것보다 선한이가 저를 생각하는 마음이 크긴 했지만 죽기 전에 마지막으로 전화를 걸 정도의 사이는 아니었습니다."

"그럼⋯⋯."

"아버지 친구라면 모를 것 같았습니까? 제가 봐도 두 사람은 닮았는데요. 얼마나 복잡한 가정사가 있는지는 모르겠습니다. 하지만 숨어 있다 갑자기 나타났으면 자신을 밝혀야 하는 거 아닙니까? 그러지도 못할 거면 왜 나섰습니까?"

그는 신음을 뱉으며 몸을 앞으로 숙였다. 엎드려 있던 개가 일어나 무릎 아래로 떨어진 주인의 손을 핥았다.

"선한이는 자신이 사랑받지 못하고 태어났다고 했습니다. 무슨 뜻입니까?"

"그런 말을 했던가⋯⋯."

"말씀해주십시오. 저는 들을 자격이 있다고 생각합니다."

그는 한참을 말없이 고개를 숙이고 있다가 입을 열었다.

"개 키워봤나? 그레이하운드라고 원래는 사냥개지."

그가 귀를 긁어주자 개는 기분이 좋은지 꼬리를 흔들었다.

내가 아무런 대답도 않자 그는 목줄을 풀어주고 개의 엉덩이를 쳤다. 개는 힘차게 달렸다. 하지만 한쪽 다리가 불편해 보였다.

그 모습을 멍하니 보다가 그가 불쑥 말했다.

"애 엄마는 후임 장교였네."

"기무사의······."

"옛날엔 보안사라고 불렸지."

박대위와 김중위 정도의 관계였다. 그는 가능한 모든 방법을 동원해 그녀를 자기 사람으로 만들었다. 강제적인 방법을 쓴 건 아니었다. 그가 혼자였다면 오히려 사랑을 쟁취해낸 남자로 칭송받았을지도 모른다. 하지만 그는 이미 가정이 있었다.

"나 자신에 대해서 지나친 확신을 갖고 있었어. 아무 문제도 없이 상황을 통제할 수 있다고 믿었는데 그게 문제였네."

그녀와의 관계는 점점 괴로워졌다. 초반의 긴장과 흥분은 사라지고 불안과 두려움이 그 자리를 채웠다. 괴로움의 크기가 커질수록 집착의 크기도 커졌고 의심은 강해졌다. 정보기관의 엘리트 요원답게 이중생활을 멋지게 해낼 자신이 있었건만 현실은 양쪽 모두 파멸을 향해서 달려갔다.

"결국 위에서 알게 됐지. 불러서 정리하라고 하더군. 질질 끌려다니면 결정적인 순간 발목을 잡힌다면서······."

욕심은 채워진 상태였다. 그는 그녀와의 관계를 청산했다. 그뿐 아니라 상부의 방조 아래 정보를 조작해 그녀를 조직 밖으로 몰아냈다. 어느새 그녀는 정신 나간 스토커가 돼 있었다.

"당시엔 잘못이란 생각도 안 했네. 이제 살았다는 생각만 들었지. 역겹나?"

그가 잠시 말을 멈추었다가 말했다.

자신의 잘못을 고백하는 인간에게 돌을 던지는 건 쉬운 일도, 옳은 일도 아니다.

"개가 너무 멀리 간 것 같습니다."

나는 도로 근처까지 간 개를 가리키며 말했다.

그는 주머니에서 호루라기를 꺼내 입에 물었다. 짧게 두 번 소리를 내자 개가 돌아왔다.

"그 후로 나는 미친 듯이 일에만 몰두했어. 남들이 꺼리는 임무도 자청해서 맡았지. 지금 생각해보면 내가 한 짓을 잊기 위해서였던 것 같기도 해. 아무튼 그 덕분인지 나는 누구나 부러워할 만큼 출세길을 달렸어. 나조차도 내가 그렇게 될 줄은 몰랐네."

그가 돌아온 개의 얼굴을 어루만지며 말했다. 개는 혀를 내밀고 헉헉거렸다.

"새로 마련된 관사에 들어갔는데 전망이 아주 기가 막혀. 세상을 발아래 둔 기분까지 들더군. 와인 한잔 들이켜면서 기분 좋게 웃고 있는데 문득 창에 비친 내 얼굴이 보이는 거야. 내 주름이 이렇게 깊었나. 나도 참 많이 늙었구나. 그러고 있는데 갑자기 기침이 나는 거야. 몇 번 콜록대고 났더니 창에 비친 내 얼굴에 붉은 점들이 덕지덕지 붙어 있었어. 그때부터 경치 따윈 보이지도 않더군."

나는 그를 봤다.

생각보다 말랐던 몸, 따뜻한 날씨에도 껴입은 옷, 창에 묻은 피는 닦아낼 수 있지만 약해진 몸을 뚫고 나오는 병색은 숨길 수가 없었다.

"많은 걸 바쳐 이뤄낸 성공이었지. 그런데 이 녀석이 암이란 놈하고 같이 온 거야. 갑자기 모든 게 변해버렸네. 그때 알았지. 내 주변엔 같이 기뻐할 사람도, 슬퍼할 사람도 없다는 걸."

그는 개와 눈을 맞추며 희미하게 웃었다.

"휴가를 내서 미국에 갔네. 이혼한 아내와 아들이 텍사스에 살고 있거든. 갑자기 얼굴이라도 보고 싶단 생각이 드는 거야. 선물을 사 들고 문 앞까지 갔다가 아들과 마주쳐서 쫓겨났네. 그 와중에 손녀 얼굴을 잠깐 보긴 했지. 예쁘더구만."

손녀의 얼굴을 떠올리는 그의 입가에 미소가 스쳐 갔다.

그는 계속 이야기하느라 목이 마른지 자주 침을 삼켰다.

"괜찮으십니까?"

그는 걱정 말라는 듯 손을 흔들었다.

"호텔로 돌아가서 술을 푸고 있는데 미국에 사는 친구 녀석이 찾 아왔어. 재미있는 곳에 데려가주겠다고 날 끌고 간 곳에서 이 녀석 을 만났네."

친구가 그를 데려간 곳은 개 경주장이었다. 그레이하운드는 사 냥개로 유명하지만 경주견으로도 사용됐다. 개들이 출발선에 서고 총성이 터지면 올림픽에서 라인을 따라 설치된 카메라가 선수들을 쫓아가듯 가짜 미끼가 개들의 앞에서 경기장을 따라 돈다. 사냥으 로 훈련된 그레이하운드들은 가짜 미끼를 쫓고, 사람들은 그 모습 을 보며 돈을 걸었다.

"원래 그레이하운드는 가축을 노리는 코요테를 잡는 용도로 쓰 였어. 나는 사냥개 역할을 나쁘게 생각하지 않았네. 누군가 해야 할 일이었고, 떳떳하진 못해도 의미 있는 일이라고 믿었지. 나는 주 인을 위해 최선을 다해 코요테를 잡았고, 주인은 그런 나를 아꼈어. 적어도 나는 그렇게 생각했어. 그런데 거기서 가짜 미끼를 쫓아 달리는 개들을 보고 있으니 난 사냥개가 아니라 경주견이었단 생각이 들더군. 안간힘을 썼지만 내가 평생 쫓아다닌 건 다 가짜였고 주인이라고 생각했던 사람들은 나에게 판돈을 건 도박꾼이었던 거야. 그리고 평생을 그렇게 달리는 동안 내 곁엔 아무도 남지 않게 됐어. 모든 것이 헛되게 느껴졌어. 나는 거기 서서 전 재산을 잃은 사람처럼 펑펑 울었어."

어린아이처럼 울면서 친구에게 끌려 나오던 그는 경기장 뒤편 어두운 곳에서 방금 경주를 마친 그레이하운드 한 마리를 보게 됐다. 개의 다리를 살피던 백인이 고개를 가로젓자 그 모습을 지켜보던 카우보이 사내가 라이플을 들고 다가갔다.

"부상을 입어 더 이상 경주를 할 수 없는 개를 라이플로 은퇴시키려는 거였어. 나는 달려들어 개를 감쌌네. 그리고 한국말로 계속 살려달라고 외쳤어. 개를 살려달라는 건지, 나를 살려달라는 건지 모를 정도로 악을 썼어. 그사이 친구가 끼어들어 중재를 했네. 어차피 경주용으로는 쓸 수 없으니 값을 치르고 가져가겠다면 말리지 않겠다고 하더군. 나는 뒷일 따위 생각하지 않고 얼마 남지 않은 내 권력을 그 일에 쓰기로 했지."

그는 개를 데리고 연합훈련 차 한국으로 향하는 미군함을 이용해서 돌아왔다.

"바다를 보면서 대체 어디서부터 잘못된 것일까 생각하는데 한 여자가 생각나더군. 잊고 있었단 사실이 놀라울 정도였어. 한국에 돌아와 그녀를 찾았네. 결혼을 하지 않았는데 아들이 있었어. 확인

296

을 해봐야겠단 생각이 들었지. 알아보니 무릎을 다쳐서 광통에 있다더군. 신분을 숨기고 만나봤지. 환의를 입은 앳된 까까머리 하나가 숨을 헐떡이면서 면회실로 들어오는데 확인이고 뭐고 필요가 없었어. 옛날 내 모습이었거든."

그의 얼굴이 일그러졌다. 본 적이 있는 얼굴이었다. 그의 얼굴과 선한이가 남긴 자화상이 겹쳐 보였다.

"엄마에게서 내 이야기는 듣지 못한 것 같았어. 당연한 일이지. 아버지는 어떤 분이었냐고 묻더군. 그 말이 마치 과거의 내가 나타나 지금의 나에게 묻는 것 같았어. 너는 지금까지 어떻게 살아왔느냐고. 나는 대답을 할 수가 없었어. 무슨 말을 하는지도 모르고 나오는 대로 이야기를 하고는 도망쳐버렸지."

그가 내 팔을 붙잡고 말했다.

"살고 싶어. 남은 시간이라도 제대로 살고 싶어. 어떻게 해야 하지? 어떻게 해야 제대로 살 수 있지?"

나는 뭐라고 대답해야 할지 몰랐다. 개는 울먹이는 주인을 바라보며 신음 소리를 냈다.

나는 그가 진정하기를 기다렸다가 천천히 일어섰다.

"가는 건가?"

그가 말했다.

"이거 받으십시오."

나는 그에게 선한이의 노트를 건넸다.

그가 의아한 얼굴로 노트를 받으며 말했다.

"나한테 주는 거야? 다른 사람한테 줄 거라고 하지 않았나?"

"원래는 그러려고 했습니다. 하지만 아버님이 주시는 편이 좋을 거 같습니다."

"누구한테……."

"아시지 않습니까?"

그는 시선을 피하며 노트의 겉면을 손으로 닦았다.

"죽으면 그 아이를 만날 수 있을까……."

"쓸데없는 생각 하지 마십시오. 선한이는 만나고 싶어 하지 않을 겁니다."

"그렇겠지."

"이해를 못 하시는군요. 아버님을 싫어해서가 아닙니다."

그가 고개를 들고 나를 봤다.

"선한이가 어떤 친구였느냐고 물으셨죠? 선한이는 아버님이 소풍처럼 사시길 바랄 겁니다. 그런 친구입니다. 그래서 만나고 싶어 하지 않을 겁니다. 그러니까 사십시오. 선한이가 살고 싶어 했던 삶을 사십시오. 그리고 가서 아름다웠다고 말해주십시오."

그의 등이 동그랗게 말렸다. 그에게 남겨진 시간이 얼마나 될지 모르지만 나는 어쩌면 그가 저 노트의 여백을 채울 수 있을지도 모르겠단 생각이 들었다.

나는 그를 남겨두고 떠났다.

31

다시 겨울이 찾아왔다. 나는 빨간 패딩을 입고 캐리어 가방에 앉아 비행기 시간을 기다렸다. 이틀 후면 크리스마스였다. 나는 이번 크리스마스를 어머니와 함께 몽골에서 보내기로 했다. 새해도 맞이하고 올 생각이라 열이틀 일정이었다. 긴 여행은 아니지만 겨울이라 옷만으로도 부피가 컸다.

지난 반년 동안 꾸준히 재활을 했다. 나는 군의관의 말을 따랐다. 아프니까 보호해야 한다는 생각으로 쉬고만 있지 않았다. 자전거 타기가 허리와 무릎을 동시에 강화할 수 있다고 해서 나는 십만 원짜리 자전거를 사서 동네에서 한강까지 타고 다녔다. 집에선 윗몸 일으키기와 앉았다 일어서기를 한 개부터 시작해 하나씩 늘렸다. 정확한 자세로 천천히, 하지만 꾸준히 해나갔다. 가끔은 허리가 아프고 무릎이 붓기도 했다. 그럴 때면 괜찮아질 때까지 아무것도 하지 않고 쉬었다. 내 몸의 목소리에 귀를 기울이고 조급해하지 않앉다. 그러다 통증이 잦아들면 게으름 피우지 않고 다시 운동을 했다. 반년이 지나자 나는 오히려 다치기 전보다 몸이 좋아졌단 생각이 들었다. 여전히 컨디션이 나쁜 날은 허리가 아프고, 오른쪽 무릎도 조금 부어 있지만 일상생활은 문제가 없었다. 농구같이 몸을 부딪치는 운동은 부담이 됐지만 십 킬로미터 정도는 어렵지 않게 뛸수 있었다.

몸이 좋아지는 걸 느끼면서 나는 마음의 재활도 같지 않은가 하는 생각이 들었다. 부모에게 상처를 받거나, 사랑하는 사람에게 배신을 당하거나, 믿었던 친구에게 사기를 당하면 다시는 사람에게 마음을 열기가 싫어진다. 아무도 날 사랑하지 않는다고 생각하고 세상엔 믿을 사람이 없다고 여긴다. 그렇게 마음을 걸어 닫고 철저하게 자신을 보호하면 상처 입을 일은 없을 거라고 생각한다. 하지만 그런 사람의 마음은 보호대를 차고 매일 누워만 있는 사람의 허리와 무릎처럼 약해진다. 허리를 다쳤기 때문에 윗몸 일으키기를 하고, 무릎을 다쳤기 때문에 앉았다 일어서기를 해야 하는 것처럼 사랑 때문에 다쳤다면 사랑해야 하고, 잘못된 믿음은 건강한 믿음으로 다시 세워야 한다. 마음의 목소리에 귀를 기울이고, 아프면 무리하지 말고 매일 한 개씩 개수를 늘리듯 사랑하고 믿는 훈련을 해야 한다. 그러면 어느 순간 이전보다 단단한 마음을 갖게 된 자신을 보게 될 것이다.

나는 수속을 마치고 비행기에 탑승했다. 몽골까지는 세 시간이 조금 넘게 걸렸다. 나는 가방에서 G. K. 체스터턴이 쓴 『브라운 신부의 지혜』를 꺼냈다. 신부가 탐정 역할을 하는 독특한 추리소설이다. 제대 후에 나는 새로운 책을 읽기보단 이전에 읽은 책들을 다시 읽었다. 결과는 놀라웠다. 감명 깊게 읽었던 책은 그럴싸한 거짓말로 차 있고, 지루해 보였던 책은 내가 알아보지 못한 보석들이 페이지마다 박혀 있었다. 『카라마조프 가의 형제들』을 다시 읽으며 시작된 나의 독서 목록 정리는 나의 가치관을 새롭게 정리하는 시간이기도 했다. 그리고 내가 몽골로 가는 이유기도 했다.

나는 이전에 읽은 책을 다시 보듯 아버지의 인생을 살펴보고 싶었다. 영화든 소설이든 마지막이 중요하다. 나는 신의 부름을 받아 교통사고로 죽었다는 마지막만으로도 아버지의 인생을 인정할 수가 없었다. 결말이 좋고 나쁘고를 떠나 미완성이 아닌가. 뭔가 대단한 일이 일어날 것처럼 시작해놓고 어처구니없이 끝나는 작품에 좋은 점수를 줄 독자는 없다. 하지만 나는 미완성인 작품이라도 그 속에 위대함이 있을 수 있다는 걸 『카라마조프 가의 형제들』을 읽으며 깨달았다.

아버지 인생에서 내가 놓친 부분이 있지 않을까. 아버진 무엇을 봤기에 모든 걸 내려놓고 그곳으로 떠난 걸까. 아버지가 하려고 했던 일은 무엇이고, 아버지를 불렀다는 신은 왜 그 일을 시작도 하기 전에 아버지를 데려갔을까. 그리고 그 땅에서 아버지를 이어 살아가는 어머니의 인생은 어떤 모습일까. 나는 내 눈으로 확인하고 싶었다.

『브라운 신부의 지혜』를 덮자 비행기가 눈이 대지를 덮고 있는 울란바토르 공항에 도착했다. 몽골 시간으로 오후 세 시를 막 지난 때였다. 나는 입국 수속을 마치고 짐을 챙겨 밖으로 나갔다. 몽골의 겨울은 시월부터 시작되어 다음 해 사월까지 이어진다. 영하 삼십 도까지 떨어지는 반년간의 겨울이다. 아버지는 칠 년 전 십일월에 몽골에 왔다.

나는 두툼한 등산용 패딩의 지퍼를 목까지 끌어올리고 털모자를 눌러 썼다. 나는 어머니에게 연락을 하지 않고 혼자 울란바토르로 향하는 버스를 탔다. 도로를 제외한 모든 곳이 눈으로 덮여 있었다. 눈발이 강하진 않아 다행이었다.

공항에서 울란바토르 시내까지는 멀지 않았다. 차가 시내로 들어섰다. 고층 건물들도 보였지만 대부분은 오 층 아래의 건물들이었다. 나는 미리 준비한 메모를 들고 운전사에게 다가가 내릴 곳을 가르쳐달라고 했다. 서울시와 울란바토르가 자매결연을 맺고 조성한 '서울의 거리'였다. 아버지가 몽골을 방문했을 때 처음 만들어진 곳이기도 하다. 아버지는 제일 먼저 이곳에 들렀다고 한다. 도착을 하자 운전사가 나에게 신호를 줬다. 나는 고맙다는 뜻의 몽골어인 '바야를라'를 두 번 외치고 버스에서 내렸다.

'서울의 거리'라지만 한국식 정자가 있을 뿐 눈에 띄는 것은 없었다. 다른 것이 있다고 한들 바람이 불고 추위가 심해 구경할 여유가 없었다.

아버지가 어떤 옷을 입고 갔더라.

나는 기억을 더듬었다. 낡고 무거운 검정 무스탕을 입고서 웃고 있는 아버지가 떠올랐다. 아버지는 무스탕을 취급하는 의류 회사를 운영했다. 유명 브랜드는 아니지만 상대적으로 저렴하고 질이 좋아 건실한 회사였다. 그런 회사를 넘기고 몽골로 가겠다고 했을 때 어머니와 나는 놀랐다. 더 놀라운 것은 아버지의 설명을 듣고 어머니가 반나절도 지나지 않아 동의를 한 것이었다. 하늘이 맺어 준 인연이 분명했다. 하지만 열일곱 살이던 나는 도무지 이해할 수가 없었다. 당장은 오지 않아도 좋다고 하는 아버지에게 나는 당장에도 나중에도 갈 생각이 없다고 말했다.

뭐가 좋다고 그렇게 웃었는지.

나는 고개를 저었다.

추위 때문에 어디론가 들어가고 싶었지만 아직 가볼 곳이 있었다. 아버지의 동선을 정확히 알지는 못했지만 지도를 보면서 생각한 것이 있었다. 눈과 바람을 피하기 위해 고개를 숙이고 걸으며 나는 아버지 역시 이 길을 걸었을 거라고 생각했다.

반년 전 어머니를 배웅하러 공항에 나간 날, 나는 어머니에게 오래 품어오던 질문을 던졌다.

"아버진 내 이름을 왜 빌립에서 땄을까?"

"왜? 필립이 어때서? 멋있기만 하구만."

"어감은 좋은데……. 보통 성경에서 딴다고 하면 바울, 모세, 다윗……. 더 유명한 사람 많잖아? 나도 그런 건 원하지도 않지만 빌립은 뭐랄까, 너무 이성적이고 계산이 앞서고 의심도 많고……."

"딱 너네."

"그러니까! 나도 그건 인정해. 그런데 지금 모습을 보고 그런 이름을 지으면 모르겠는데 이제 막 태어난 아기한테 지어줬으니까 신기하단 거지."

"신기할 것도 많다. 내 아들이라면 하고 생각했겠지."

"내 아들이라면"이란 어머니의 말이 내 마음에 박혔다. 비어 있는 빈 칸에 정확히 들어맞는 모양의 말이었다.

아버진 스스로 납득하지 못하는 것은 어떤 것도 쉽게 받아들이지 못하는 나에게 의심해도 좋다고 했다. 의심은 불경한 일이 아니라고 했다. 그리고 생각하라고 했다. 끊임없이 고민하고 질문을 던지라고 했다. 이 땅에서 그 모든 질문의 답을 찾지는 못하겠지만 내가 신에 대해 생각하기를 멈추지 않으면 신이 나를 사랑한다는 것을 알게 될 거라고 했다. 그리고 그거면 충분하다는 걸 알게 될 거라고 했다.

나는 내 아버지라면 걸었을 거라고 생각한 길을 따라 마침내 아버지 인생의 마침표가 찍힌 곳에 도착했다.

횡단보도의 신호등이 파란색으로 바뀌었다. 오가는 사람들 사이에서 나는 고개를 처박고 땅을 봤다. 아버지가 흘린 피의 흔적은 보이지 않았다. 옆을 지나가는 사람들이 하는 말은 하나도 알아들을 수가 없었다. 갑자기 머리가 아팠다. 신호가 빨간색으로 바뀌고 나는 비틀거리며 한 걸음을 내디뎠다.

날카로운 브레이크 소리가 들렸다. 나는 움찔하며 멈췄다. 천천히 고개를 들었다. 내 앞에 버스 한 대가 비스듬하게 섰다. 버스의 앞문이 열리고 기사가 문으로 나와 나를 향해 소리를 질렀다. 욕인 것이 분명했지만 나는 알아듣지 못했다.

나는 미소를 지으며 그에게 말했다. 하지만 그는 알아듣지 못했다.

나는 눈물을 흘리며 그에게 말했다. 하지만 그는 알아듣지 못했다.

끝내 내 말을 알아듣지 못한 그는 화를 내며 운전석으로 돌아가 앞문을 닫았다. 앞문에는 '자동문'이라는 한글이 적혀 있었다. 622번 주황색 버스가 출발했다.

웅성대는 사람들 사이에서 나는 기사가 알아듣지 못한 혼잣말을 했다.

"아버지, 제가 왔어요."

작가의 말

무덤은 산허리에 있는 소박한 굴인데, 입구가 돌로 막혀 있었다.
예수께서 말씀하셨다.
"돌을 치워라."
죽은 자의 누이인 마르다가 말했다.
"주님, 이미 악취가 납니다. 죽은 지 나흘이 되었습니다."
예수께서 마르다의 눈을 들여다보며 말씀하셨다.
"네가 믿으면 하나님의 영광을 볼 것이라고 내가 말하지 않았느
냐?"
그러고는 "어서 돌을 치워라" 하고 다른 사람들에게 명하셨다.
—메시지 신약, 「요한복음」 11장에서

눈을 떴다. 해가 중천에 떴지만 빛이 들어오지 않는 지하실 안
은 컴컴했다. 나는 어둡고 낮은 천장을 보며 굴 안에 있는 것 같다
고 생각했다. 십 년의 기다림 끝에 첫 번째 소설을 출간했지만 나
는 굴을 벗어날 수 없었다. 여전히 앞길이 보이지 않았고 굴의 입구
는 거대한 돌로 막혀 있었다. 글을 쓰며 살아갈 자신이 없었다. 글
을 쓰지 않고 살아갈 자신도 없었다. 결국 무언가를 써야만 했는데

무엇을 써야 할지는 몰랐다. 나도, 나의 글도 산 채로 무덤에 갇힌 것만 같았다.

나는 간신히 일어나 화장실로 들어가 불을 켜고 물을 받았다.

떨어지는 물에 멍하니 손을 대고 있던 내 입에서 혼잣말이 튀어나왔다.

"살고 싶다."

생각지도 못한 혼잣말을 해놓고 나는 놀라서 고개를 들었다. 나는 거울을 보며 방금 내가 한 혼잣말을 되뇌었다.

살고 싶다.

힘들어서 내뱉은 푸념이 아니었다. 그건 기도였다.

기도에 대한 응답이었을까. 그 순간, 나는 무엇을 써야 할지 깨달았다.

나는 노트북을 열고 키보드를 두드렸다. 화면 위에 '살고 싶다'라는 글자가 떠올랐다. 그날부터 마감일까지 두 달여의 시간 동안 나는 매일 글을 썼다.

잘될 거란 믿음 따윈 없었다. 마감일에 맞추기도 급급한 상황이었다. 이미 늦었단 생각이 수도 없이 들었다. 완성을 한다 한들 좋은 작품이 될까 싶었다. 죽은 자가 일어나는 것만큼이나 불가능한 일이라고 느껴졌다.

하지만 그럴 때마다 떠오르는 말씀이 있었다.

무덤의 돌을 치워라. 네가 할 일은 그것이다.

죽은 자를 살리는 글재주는 없어도, 무덤의 돌은 치울 수 있다는 생각이 들었다. 나는 매일 아침 일어나 무덤의 돌을 치우는 심정으로 글을 썼다. 힘껏 최선을 다해 밀면 된다. 그다음은 내가 할 일이 아니다. 그렇게 생각했다.

마감 하루 전인 성탄절 밤, 아기 예수가 사람의 몸을 입고 이 땅에 온 그날 밤까지 나는 무덤의 돌을 치우는 일을 계속했다. 다음 날 아침, 나는 제일 앞장에 '살고 싶다'라고 적혀 있는 종이 뭉치를 들고 어두컴컴한 굴을 나섰다.

날은 흐렸고, 눈이 조금 내렸다. 그리고 나는 살아 있었다.

수상의 영광을 하나님께 돌린다.